BASTEI
LÜBBE

Taschenbücher von ROBERT ASPRIN
im BASTEI LÜBBE-Programm:

Geschichten aus der Diebeswelt
20089 Die Diebe von Freistatt
20091 Der Blaue Stern
20093 Zum wilden Einhorn
20095 Die Rache der Wache
20098 Die Götter von Freistatt
20101 Verrat in Freistatt
20107 Der Krieg der Diebe
20113 Hexennacht
20122 Sturm über Freistatt
20140 Armeen der Nacht
20149 Die Farbe des Zaubers
20155 Die Säulen des Feuers
20167 Die Herrin der Flammen
20179 Der Bann der Magie

20084 Ein Dämon auf Abwegen
20085 Ein Dämon kommt selten allein
20086 Ein Dämon macht noch keinen Sommer
20109 Dämonen-Futter
20110 Ein Dämon mit beschränkter Haftung
20137 Ein Dämon für alle Fälle
20144 Ein Dämon dreht durch

Robert Asprin & Lynn Abbey (Hg.)

Geschichten aus der Diebeswelt

# IM HERZEN DES LICHTS

Ins Deutsche übertragen
von Lore Straßl

Mit Illustrationen von
Helmut W. Pesch und Johann Peterka

BASTEI LÜBBE

BASTEI-LÜBBE-TASCHENBUCH
Band 20192

Erste Auflage:
November 1992


Deutsche Lizenzausgabe 1992
Bastei-Verlag
Gustav H. Lübbe GmbH & Co.,
Bergisch Gladbach
Originaltitel: Aftermath
Lektorat: Reinhard Rohn
Titelillustration: Barclay Shaw
Umschlaggestaltung:
Quadro Grafik, Bensberg
Satz: Fotosatz Schell, Bad Iburg
Druck und Verarbeitung:
Brodard & Taupin,
La Flèche, Frankreich
Printed in France

ISBN 3-404-20192-2

# Inhalt

# Anmerkung des Herausgebers

Dem aufmerksamen Leser fallen möglicherweise kleine Unstimmigkeiten bei den Figuren dieser Stories auf. Ihre Sprechweise, ihre Darstellung bestimmter Ereignisse, und ihre Ansichten, wer in der Stadt mehr oder weniger zu sagen hat, variieren von Zeit zu Zeit.

DAS SIND JEDOCH KEINE UNSTIMMIGKEITEN!

Der Leser sollte diese scheinbaren Widersprüchlichkeiten noch einmal genauer betrachten und dabei dreierlei bedenken:

Erstens: Jede Geschichte wird aus einer anderen Sicht erzählt, und jeder sieht und hört die Dinge eben ein bißchen anders. Selbst augenscheinliche Tatsachen werden durch Wahrnehmung und Standpunkt des einzelnen beeinflußt. So wird beispielsweise ein Spielmann ein Gespräch mit einem Magier anders wiedergeben als ein Dieb, der dasselbe Gespräch mit anhörte.

Zweitens: Die Bürger von Freistatt sind zwangsläufig mehr als nur ein bißchen paranoid. Sie neigen dazu, im Gespräch manche Dinge entweder ganz zu übersehen oder abzuwandeln. Sie tun das eher automatisch als vorsätzlich, weil es für das Überleben in dieser Gesellschaft notwendig ist.

Drittens: In Freistatt ist der Konkurrenzkampf groß. Man wird z. B. nicht angeheuert, wenn man von vornherein zugibt, ›der zweitbeste Schwertkämpfer der Stadt‹ zu sein. Man schneidet also nicht nur auf, was die eigene Person betrifft, sondern setzt auch seinen gefährlichsten Rivalen herab oder ignoriert ihn. Folglich variiert die Rangordnung in Freistatt je nachdem, wer erzählt – oder mehr noch, wem man glaubt.

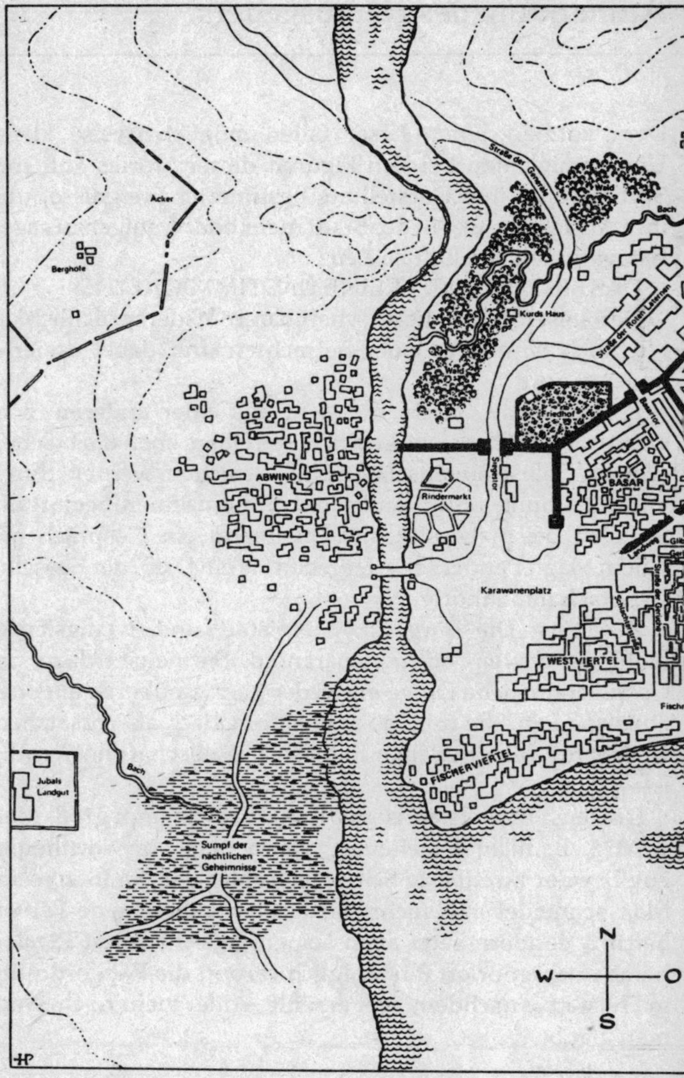
Acker
Berghöfe
Straße der Generäle
Wald
Bach
Kurds Haus
Straße der Roten Laternen
Wald
Friedhof
Basartor
Siegestor
ABWIND
Rindermarkt
BASAR
Landweg
Straße der Gerüche
Karawanenplatz
Schlachterstraße
WESTVIERTEL
FISCHERVIERTEL
Jubals Landgut
Bach
Sumpf der nächtlichen Geheimnisse
N
W
O
S

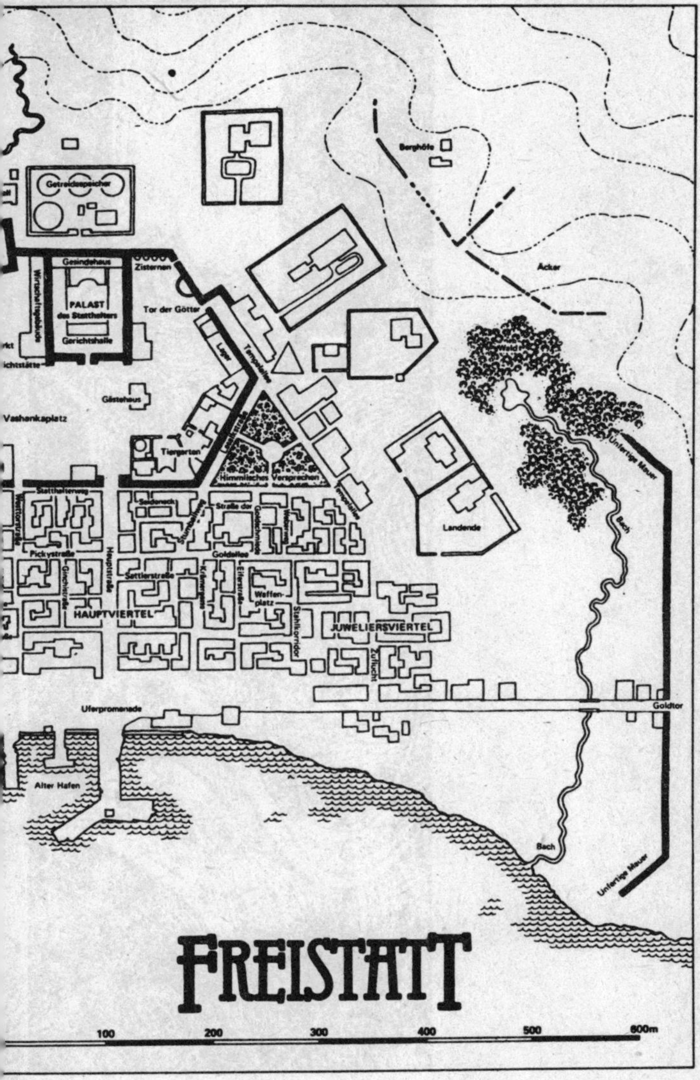

Berghöfe
Getreidespeicher
Äcker
Gesindehaus
Zisternen
Wirtschaftsgebäude
PALAST
des Statthalters
Gerichtshalle
Tor der Götter
Lager
Tempelstraße
Wald
Gästehaus
Vashankaplatz
Tiergarten
Himmlisches Versprechen
Unfertige Mauer
Statthalterweg
Westtorstraße
Seidoneck
Straße der
Goldschmiede
Webereck
Bach
Landende
Pickystraße
Hauptstraße
Goldallee
Sattlerstraße
Krämergasse
Elferstraße
Waffenplatz
Ginchistraße
HAUPTVIERTEL
Stahlkorridor
JUWELIERSVIERTEL
Zuflucht
Uferpromenade
Goldtor
Alter Hafen
Bach
Unfertige Mauer
FREISTATT
100
200
300
400
500
600m

PESCH

# In den Fußstapfen des Geheimnisvollen

## Janet Morris

Tempus hatte Freistatt mit seinen Stiefsöhnen und dem Rankanischen 3. Kommando verlassen. Nur die Verfemten und Taugenichtse waren geblieben.

Seltsamerweise wirkte die Stadt nach dem Abschied des Geheimnisvollen viel veränderter, als es eigentlich sein dürfte, nur weil ein einziger (dem man verschiedene Namen gab, wie Tempus, den Geheimnisvollen, den Finsteren und noch andere, unschönere Bezeichnungen) seine Privatarmee von knapp hundert Mann gesammelt hatte und abgezogen war. Aber irgendwie schien Freistatt nun aller Kraft beraubt, verängstigt und verstört.

Freistatt kauerte wie ein von Wölfen aus der Deckung gehetzter Schneehase, den seine Jäger nun umzingelten. Es zitterte und schnupperte in den Wind, als überlege es verzweifelt, in welche Richtung es laufen sollte. Es hockte wie gelähmt da und schien von besseren Zeiten zu träumen, während der kalte Frühlingswind feuchte Versprechen frischen Lebens vom Meer her landeinwärts blies, und die Wölfe mit geifernden Lefzen näher kamen.

An diesem Frühlingsabend patrouilliert Miliz mit entschlossenem Schritt durch die übelriechenden Straßen. Huren wispern an ihren Türen, statt wie sonst marktschreierisch auf sich aufmerksam zu machen. Betrunkene halten sich taumelnd entlang weißgetünchter Mauern und torkeln nicht herausfordernd in die Gegenden, wo Bettler mit blanken Messern in den Gossen lauern. Und der Wind, der von der bewegten See kommt, scheint zu kichern: Tempus, seine Stiefsöhne und das 3. Kommando haben die Stadt ihrem Schicksal überlassen, sind angewidert neuen, überschaubaren Abenteuern entgegengeritten. Freistatt ist nicht nur dem Untergang geweiht, es hat seine letzte und größte Hoffnung verloren: den Geheimnisvollen und seine Krieger.

Der Wind treibt sein Spiel damit, die Stadt leerzufegen, ihre Edlen die Kälte bis in die Knochen zu treiben, die machtlosen Zauberer in der Magiergilde festzuhalten und die hilflosen Soldaten in ihren Kasernen. Der Wind ist ein Sturm der Heimsuchung.

Noch nie war der Frühling so unheilträchtig im Labyrinth wie in diesem Jahr, da die ersten rauhen Böen mehr Schutt als verrottende Borke und alte Lumpen durch die Straßen peitscht. Der Wind stemmt sich gegen die Brustpanzer der rankanischen Berufssoldaten, die in Vierertrupps nach dem Rechten sehen, wo nichts im Rechten ist. Er heult durch die Straßen zur Oberstadt und wirft sich gegen die verriegelten Fenster der Magiergilde, hinter denen Nekromanten, jetzt, da Magie ihre Kraft verloren hat, die Zügellosigkeit ihrer Toten noch mehr fürchten als den Zorn der Liebesdienerinnen, bei denen ihre Jugend- und Schönheitszauber nun ohne Wirkung bleiben.

Und der Wind heult hinauf zur Oberstadt, wo die übriggebliebenen Edlen die Wirklichkeit ignorieren und ihre Feste inmitten all des Schutts feiern, den die einander befehdenden Faktionen, die Hexen und Zauberer, die Vampire und Zombies, die Geister und Dämonen, die Götter und ihre Anbeter, zurückgelassen haben.

Der Wind ist von der Art, wie ihn wahrscheinlich jeder schon einmal erlebt hat: Er braust aus einem nassen, grauen Himmel, der keine Grenzen kennt und den Horizont verbirgt. Laute scheinen von Nirgendwoher zu kommen und sich im Nirgendwo zu verlieren. Es gibt keine Ferne und keine Nähe, keine Zukunft und keine Vergangenheit. Man findet keine Wärme, nicht einmal bei jemandem, der dicht neben einem steht. Streckt man trostsuchend die Hand aus, ist sie klamm wie die eines Toten.

Critias, der allein unten am Hafen ist, gehen allerlei Fragen durch den Kopf. Verdienen Bettlerarmeen den warmen Sonnenschein im Gesicht? Brauchen die Untoten der Vampirin drüben in der Schlachthausgegend den Kuß der Sonne? Kann es einen strahlenden Morgen für die Magier geben, die sich in ihrer Festung verbarrikadiert haben, wo Düsternis ungebrochen ihr Zepter schwingt? Werden Zip und seine Volksfront für die Befreiung von Freistatt das Züngelchen der Waage für oder gegen die jahreszeitliche Veränderung neigen? Und spielt es überhaupt eine Rolle, ob der Frühling je wieder in diese vom Pech verfolgte Diebeswelt einzieht?

Denn Tempus war abgezogen und hatte – was zurückgelassen? Crit hatte er zurückgelassen mit der nominellen Verantwortung für die unregierbare Stadt, so daß Crits Partner, Straton, sich einfach wortlos umgedreht hatte und davongestapft war – aber nicht zu der abgezogenen Armee. Nein, Strat war nicht landaufwärts mit dem Geheimnisvollen gezogen, nicht westwärts, Niko entgegen. Crit war überzeugt, daß Strat einen anderen Weg genommen hatte: geradewegs in die Umarmung der Finsternis, zu seiner Liebsten, Ischade. Und diesmal war es nicht Crits Schuld, sondern Tempus', der sich üblicherweise mehr um das Wohlergehen seiner Männer sorgte.

Aber es war unmöglich gewesen, vernünftig mit Tempus zu reden. Er hatte einfach alle Stiefsöhne, ebenso wie das 3. Kommando, mit sich genommen und die Stadt ihrem Schicksal überlassen.

Und hatte Crit zurückgelassen, ihm die ganze Verantwortung für Gerechte und Ungerechte gleichermaßen aufgebürdet. Also gab es eine neue Rangordnung in dem heimgesuchten Freistatt, die nur insoweit gerecht war, als daß sie alle und jeden kränkte, ohne irgend jemanden zufriedenzustellen.

Schreib es der schlechten Laune Tempus' zu, die ihm den

Schimpfnamen ›der Finstere‹ eingebracht hatte, sagte sich Crit. Ihm blieb der Rest des Jahres, der Anordnung Therons nachzukommen, ein einiges, friedliches Freistatt zu schaffen. Falls ihm das nicht gelänge, hatte Theron gedroht, würde er die geballte Rankanische Armee herschicken – ein Soldat in jeder Hütte und eine Faust in jedem Gesicht.

Nicht, daß sich Crit viel aus der Stadt selbst machte. Durchaus nicht. Wohl aber machte er sich etwas aus seinem Ruf, daraus, nicht zu versagen, immer zu tun, womit man ihn beauftragt hatte.

Obwohl er zum ersten Mal in seinem Leben wirklich Einwände erhoben, gedroht hatte, seinen Abschied einzureichen, als Tempus ihm die Verantwortung übertragen hatte, Ordnung herzustellen, wo nie Ordnung geherrscht hatte, brachte Critias es doch nicht fertig, eine Aufgabe unbeendet zu lassen. Egal, was es kostete.

Und es hatte ihn unmittelbar seine einzigen Freunde hier gekostet: Straton, seinen rechten Partner und Heiligen-Trupp-Bruder; Kama, des Geheimnisvollen Tochter, die in Freistatt mit den anderen zurückgelassen worden war, denen ihr Vater am meisten grollte; Marc, den Waffenschmied, der sein Verbindungsmann zu Freistättern wie Zip gewesen war; und Zip selbst, den VFBF-Führer und Befehlshaber dritten Ranges, der Crit nun als seinen Feind sah, weil Crit jetzt ganz oben in der Hierachie von Freistatt stand.

Wonach es ihn nie verlangt, was Strat jedoch so sehr für sich erstrebt hatte.

Crit schüttelte den Kopf und zuckte zusammen, als Feuchtigkeit, die sich in seinem zerzausten Haar gefangen hatte, auf seine Stirn und die Wangen spritzte. In unauffälliger Kleidung, wie sie in der Hafengegend üblich war, wartete er auf einen Verbindungmann. Er tat etwas, womit er sich auskannte. Tempus hatte ihm eine zerstörte Stadt hinterlassen, die er irgendwie zu einem funktionierenden Ganzen zusammenschmieden mußte, wenn er nicht versagen wollte. Und

Crit kannte sich mit allem aus, was von einem Soldaten verlangt wurde – aber Versagen war ihm fremd, damit würde er nicht zurechtkommen.

Strat fehlte ihm, wie ihm Essen und Trinken fehlen würde. Kama fehlte ihm nicht ganz so sehr, aber er liebte sie immer noch. Und er haßte diesen Abschaum, mit dem sie sich eingelassen hatte: Molin Fackelhalter, den politisch engagierten Priester eines Pantheons, der nicht in diese ilsigische Welt gehörte.

Alle rankanischen Eroberer dieser ilsigischen Stadt namens Freistatt sowie die beysibischen Invasoren, die danach gekommen und ein Bündnis mit dem rankanischen Statthalter Prinz Kadakithis geschlossen hatten, zählten die Bürger hier fälschlich zu der Art, die regierbar war. Und nun war es Crits Verantwortung, für Recht und Ordnung zu sorgen, wo das Gleichgewicht zwischen Göttern und Magie plötzlich zusammengefallen war, und es nur noch eines gab, Freistatt mit Waffengewalt zu regieren.

Als Oberbefehlshaber der Schutzkräfte unterstand er dem Prinz-Statthalter Kadakithis, der wiederum Theron unterstand und vielleicht mehr als nur seinen Palast verlieren würde, wenn die Forderungen des Kaisers nicht erfüllt wurden; ebenso unterstand er Kadakithis' beysibischer Gemahlin Shupansea, die nicht einmal menschlich war, sondern eine Art Fischfrau von jenseits eines gefährlichen Meeres; und er fühlte sich verantwortlich für Kama, weil sie des Geheimnisvollen Tochter und mehr Crits Frau war als Molins.

Kama hatte Crit ein Kind geboren, und sie hatten es auf einem Schlachtfeld verloren. Seither ging sie mit besonderer Vorliebe mit Männern ins Bett, bei denen sie annahm, daß es Crit besonders tief treffen würde, wenn er davon erfuhr. Er erfuhr es auch immer, denn sie war ihres Vaters Tochter und fand, daß weibliche Verhaltensregeln nur für niedrigere Geschöpfe da waren, genau wie ihr Vater fand, daß Regeln lediglich für seine Feinde galten.

Mehr als alles andere wünschte sich Crit, Strat zu finden, mit ihm Freistatt zu verlassen, um nach Ranke zu reiten, Theron seinen Fall vorzulegen und sich von ihm anderswo einsetzen zu lassen. Hier war nicht der richtige Platz für ihn. Tempus allein wußte, was er getan hatte, das zu verdienen.

Aber hier war er nun mit den übrigen Ungeliebten, Ungeschätzten und Unerwünschten – mit Strat, mit Kama, mit Randal, einem Krieger/Magier, mit Gayle, dem einzigen des 3. Kommandos, dem Tempus befohlen hatte, hierzubleiben.

Und mit jenen, die sie gehofft hatten, hinter sich zu lassen: der Vampirin Ischade, dem halb wiederhergestellten Geist des Stiefsohns Janni, dem Dämon Schnapper Jo, der den Schankburschen im Wilden Einhorn gemacht hatte, und dem, was irgendwo in der Oberstadt von dem kleinen Nisibisimagier Haught und von der Nisibisihexe Roxane übrig war.

Strat hatte gesagt, daß Tempus den Mut verloren hatte und einfach geflohen war und Crit zurückließ, damit er die Sache ausbade. Ausgerechnet die Sache, die Strat so gern selbst in die Hand genommen hätte, hatte Crit da gedacht, aber es nicht ausgesprochen.

Während er so allein wartete und hoffte, sein Kontaktmann würde bald kommen, hatte er viel zu viel Zeit zum Grübeln.

Er kannte sich aus, kannte sich selbst. Für die Art von Untergrundarbeit, für die man ihn ausgebildet hatte, war Selbsterkenntnis unabdingbar. Ohne sie hätte sein Kummer über Strat und das schreckliche Dreiecksverhältnis zwischen ihnen beiden und der Vampirin längst sein Tod sein können, ja, mochte es noch immer sein, wenn er sich zu sehr davon ablenken ließ.

Er hatte eine Aufgabe zu erledigen, hatte sehr viel zu tun. Dafür hatte er gesorgt. Er konnte sich zu viel Zeit zum Grübeln nicht leisten. Diese Aufgabe vor ihm würde nicht leicht sein, aber er brauchte etwas, das seine Gedanken von seinem Partner ablenkte. Heute nacht ging es darum, Tasfalen zu finden und zurückzubringen, denn seine gesamte hochwohlgeborene Familie war verschwunden. Fackelhalter wollte, daß dieser Idiot gefunden wurde – oder daß Crit bei der Suche umkam, damit es keine ernsthaften Rivalen um Kamas Gunst gab, bis er getan hatte, was immer er mit seiner gegenwärtigen Gemahlin zu tun plante.

Crit durchschaute Molin Fackelhalter. Molin wußte sehr wohl, daß die Aufgabe, die er Crit aufgezwungen hatte, ein Himmelfahrtskommando war, und ebenso wußte er, daß Crit sie an keinen der Männer, die ihm zur Verfügung standen, weitergeben würde. Zips Militia taugte zu nicht viel mehr als zum Herumstolzieren und sich bei ihrer nächtlichen Streife in Straßengeplänkel verwickeln zu lassen. Walegrins Standortsoldaten machten ihre Sache tagsüber sehr gut, aber sie verstanden nichts von Spionage und Aufklärung. Und Crit wollte die Magiergilde nicht hinzuziehen – obwohl Randal, der Magier der Stiefsöhne, sich dort aufhielt, änderte das nichts an der Tatsache, daß in Freistatt der Preis für Zauberhilfe immer zu hoch war.

Blieben nur noch Jubals Spitzbuben, und auf einen davon wartete Crit. Jubals gesichtslose Horde würde heute nacht einen mit Gesicht ausspucken, und dieser eine würde Crit zu Tasfalen führen.

Sobald Crit festgestellt hatte, daß es Tasfalen noch gab (oder nicht mehr gab – sein Leichnam würde auch genügen), hatte er Fackelhalter vom Hals. Und er könnte sich mit Kama beschäftigen. Denn Crit hatte vor, dieses Problem ein für allemal zu lösen: er würde Kama entweder aus dem Palast holen und dafür sorgen, daß sie in das, was von der Stiefsohnkaserne übrig war, zurückkehrte; oder er würde ihr Verhältnis mit Molin benutzen, um den Hohenpriester zu erpressen.

Er war sich selbst nicht klar, was ihm lieber wäre, aber ihm gefielen beide Alternativen zumindest so gut, daß er die

Zähne zu einem humorlosen Lächeln entblößte, während er wartete.

Und wartete. Und wartete. Er stand. Er saß. Er stiefelte hin und her. Er lehnte sich an. Er hörte sein Pferd wiehern und dann mit den Hufen über das Kopfsteinpflaster scharren. Er schaute nach ihm, überprüfte den Sattelsitz, streichelte die Pferdenase. Strats Brauner hätte es vielleicht zu dem Wiehern, das er gehört hatte, veranlassen können, aber Crit sah den Braunen nirgends.

Das war ganz gut so, denn der Braune machte ihn nervös. Machte alle nervös, die keine wiederauferstandenen Pferde mochten, die am Widerrist Flecken hatten, durch die man im richtigen Licht die Hölle selbst sehen konnte.

Das Wiehern hatte Crit plötzlich klargemacht, daß er Strat momentan gar nicht sehen möchte. Nicht, ehe er das Problem Kama und Fackelhalter gelöst hatte. Nicht jetzt, da der graue Himmel und die grauen Häuser und die graue Hafengegend eins mit dem grauen Pferd zu sein schienen, das Tempus ihm dagelassen hatte, vielleicht als kleine Entschädigung, weil er ihn hier zurückgelassen hatte.

Der Graue war ein Prachtstück, eines der besten Pferde aus dem Gestüt der Stiefsöhne oben am Hexenwall. Er war mehr wert als ein ganzer Häuserblock im Labyrinth samt allem, was dazugehörte; nach Meinung mancher, mehr als die ganze Stadt.

Aber Crit hätte es Strat ohne Zaudern überlassen, wenn der das Geisterpferd aufgäbe und die Vampirfrau, die es für ihn herbeigezaubert hatte ...

»Psst!« flüsterte eine Stimme hinter ihm. Crit beherrschte sich, er zuckte weder zusammen, noch ließ er sich irgendwie anmerken, daß er nahe daran gewesen war, in Deckung zu springen und das Schwert zu ziehen.

Er drehte sich langsam um und sagte: »Du kommst spät, Falkenmaske.«

»Wir sind keine Falkenmasken mehr«, entgegnete eine

Stimme mit merkwürdigem Akzent aus dem Schatten einer tief ins Gesicht gezogenen Kapuze. »Und ich war nie eine. Wir sind freie Mitarbeiter. Werden pro Auftrag bezahlt. Du hast doch nichts gegen Söldner, oder? Warst ja selber einer.« Es war ein nördlicher Akzent in dieser eigenartig gedehnten Ausdrucksweise, trotzdem verriet die Stimme eine Nervosität, die gefährlich werden mochte.

Crit spähte in die Düsternis, doch das einzige, was er dadurch deutlicher sah, war die Takelung eines Fischerkahns, der weit hinter dem Fremden am Kai vertäut war.

Lag es an einem Tarnzauber oder am trügerischen Licht, daß das Gesicht im Dunkeln verborgen blieb? Der Bursche befand sich außer Reichweite, aber nur knapp. Und irgendwie vertraut schien er ihm auch, aber nicht anders erging es ihm mit halb Freistatt. Er war jemand, mit dem er vor langer Zeit zu tun gehabt hatte, sagte ihm eine innere Stimme, und Crit forschte in seinem Gedächtnis, um der bekannten Stimme ein Gesicht zu geben.

Um die Stimme noch einmal zu hören, fragte er: »Worauf bist du aus? Auf ehrliche Arbeit? Es gibt keine, nicht hier. Wärst du lieber in meinen, denn in Jubals Streitkräften? Ist es das?«

»Deine? Dann hast du welche? Hat der Schwarze mich *deshalb* geschickt, dir auszuhelfen?«

Aus der angespannten Stimme des Mannes war Befriedigung zu hören. Er war jemand, den die Heiligen Trupps nicht gerade mit Glacéhandschuhen angefaßt hatten. Jemand, der diese Situation mehr genoß, als eigentlich der Fall sein dürfte, weil er Crit und seinesgleichen mehr fürchtete, als er zugeben würde.

»Hast du einen Namen, Freund?« fragte Crit leichthin und änderte seine Haltung soweit, daß er die Hand an seinen Gürtel und die Finger um seinen Dolchgriff legen konnte, ohne es weder zu auffällig, noch zu verstohlen zu tun.

Es entging dem Verbindungsmann nicht, und er warf den Kopf zurück. »Vis. Sagt dir der Name was, Befehlshaber?«

*Befehlshaber!* Daran konnte Crit sich immer noch nicht gewöhnen. Nahm Tempus ihm sein Verhältnis mit Kama immer noch so übel, daß er ihn zu Jahren der Zwangsarbeit hier verdammte, die nur in einem gewaltsamen Tod enden konnte?

Denn Crit erinnerte sich nun an diesen ›Vis‹, und das beruhigte ihn nicht gerade. Mradhon Vis, ein Nordmann, ein Dieb, ein Missetäter, ein ehemaliger Komplize des nisibisischen Zauberlehrlings Haught. Sie hatten mehr als einmal Information aus Vis herausgeprügelt, als die Stiefsöhne gegen die Nisibisihexe hier gekämpft hatten. Strat, der Inquisitor der Stiefsöhne, war dafür zuständig gewesen. Crit war damals der Abwehroffizier gewesen. Sie hatten diesen Narren in ihr Geheimquartier gebracht, die eisernen Läden geschlossen und ihm die Art von Respekt eingebläut, der zu Haß wird, wenn die lenkende Hand fehlt.

Es hatte Dutzende, vielleicht Hunderte gegeben, die er und Strat wie Vis behandelt hatten. Wenn Crit überhaupt solange am Leben blieb, würde zumindest einer versuchen, ihn umzubringen.

»Vis«, wiederholte er leise. »Stimmt. Ich erinnere mich. Also, gehen wir. Wollen doch sehen, was du zu bieten hast.«

»Es ist mir ein Vergnügen, Befehlshaber«, sagte der Söldner mit unterdrücktem Lachen. »Wenn du mir in die Schatten dort drüben folgst, kannst du dich selbst überzeugen.«

»Ich sage dir«, flüsterte Kama angespannt und blickte über ihren Bierkrug hinweg auf Straton. »Zip schafft die Altarsteine zur Oberstadt in die Tempelallee – die Steine *und* was sie beherbergten.«

Müde lehnte sie sich zurück und ließ verstohlen den Blick über die übrigen Gäste des Wilden Einhorns wandern. Sie war sicher, daß keiner von ihnen ihre Worte gehört hatte. Sie hatte leise gesprochen, trotz ihrer schweren Zunge. Kein Mensch, zumindest. Der Dämon, der heute nacht noch spät hinter dem Schanktisch stand, hatte große graue Ohren und Augen, von denen man nie wußte, wohin sie wirklich schauten. Sein warziges Gesicht war abgewandt, doch das hatte nichts zu sagen. Er könnte sie in dem Bronzespiegel hinter der Theke beobachten.

»Na und?« brummte Strat mürrisch und rieb abwesend die schmerzende Schulter. Früher war er vielleicht der beste Kämpfer unter den Stiefsöhnen gewesen, aber jetzt war er doppelt verwundet: Ischade konnte seine Schulter nicht heilen, und es gab keine Stiefsöhne hier, zu denen er gehören könnte.

»Wir müssen es verhindern« sagte sie. Strat tat ihr leid, genau wie alle anderen, die ihr Vater hier zurückgelassen hatte. Sie und Strat hatten jetzt etwas gemein – etwas, das mehr war, als Crit hatte. Sie mußten das Bollwerk des Kommandos stützen, denn es könnte sein, daß Tempus sie auf die Probe stellte. Daran hatte niemand, außer Kama, gedacht. Wenn ihr Vater eines Morgens in die Stadt geritten kam, bereit, sie wieder in seinem Trupp aufzunehmen, falls sie Ordnung in der Stadt hergestellt hatten, wollte Kama in seinen Augen bestehen.

Aber dieser große Stiefsohn war entweder zu betrunken oder zu tief verletzt, als daß er verstanden hätte, was sie meinte. »Es verhindern? Warum? Was ist schon dabei, wenn Zip einen niedlichen Dämon oder eine unbedeutende ilsigische Gottheit gefunden hat, die er anbeten kann? Das spielt doch keine Rolle. Den Göttern geht es hier nicht besser als den Magiern – oder den Kriegern.«

Strat vertraute nur Ischades Magie, das wußte Kama. Er hatte zu viel gesehen, zu viele wiederauferstandene Tote, zu viele Untote, die sich des Nachts auf den Straßen herumtrieben, Strat hatte sein Schicksal gesehen und es willkommen geheißen. Er war ebenso eine Kreatur der Vampirin wie ihre Sklaven.

»Komm, Straton!« beharrte sie und zupfte an seinem Ärmel. »Komm mit. Ich zeige es dir.«

»Du und deine Liebhaber!« knurrte Strat, während die Stühle über die mit Sägespänen bedeckten Holzdielen scharrten. »Was, zur Hölle, willst du tun, wenn du ihn dabei überraschst, wie er seinem Dämon die Füße leckt?«

»Pst!« mahnte Kama. Sie legte eine Hand auf Strats Kreuz und schob ihn zur Tür wie ein Weib, das seinen betrunkenen Ehemann von einem Saufgelage abholt, um ihn nach Hause zu dirigieren. Schnapper Jo grüßte mit seinem dämonischen Grinsen und senkte das stachlige Kinn in respektvoller Geste.

Großartig! Ehrerbietung von einem Dämon, von Freunden in hohen Ämtern, aber von ihren wirklichen Freunden deshalb entfremdet. Crit und Gayle und Randal mieden sie wie die Pest. Nur Straton, der sich in einer ähnlichen Lage befand, Straton als einziger von all den Männern, mit denen sie im Hexerkrieg gekämpft hatte, erkannte sie an. Und Zip ...

Wie Strat gespöttelt hatte, war Zip ein weiterer ihrer Liebhaber. Männer bedienten sich ihrer Muskeln und ihres Geschlechts, andere einzuschüchtern, und niemand dachte deshalb schlecht von ihnen. Kama arbeitete anders, aber sie setzte ein, was notwendig war. Was eine Aufgabe verlangte. Es kränkte sie zutiefst, daß die Männer, mit denen sie Seite an Seite gekämpft hatte, ihr jetzt die kalte Schulter zeigten, nur weil sie zuließ, daß der Hohepriester seinen Einfluß einsetzte, um ihr zu helfen.

Wenn ihr Vater Dutzende von Liebschaften gehabt hätte, hätte nicht ein Freistätter die Nase gerümpft. Vielleicht sollte sie ihren nächsten Bettpartner mit dem Messer zwingen und allen beweisen, daß sie ihres Vaters Tochter war. Vielleicht würde Crit dann aufhören, sie zu übersehen, wenn sie sich begegneten ...

Strat stolperte an der Schwelle, rülpste und torkelte die Stufen zur Straße hinunter. Der Braune wieherte und spitzte die Ohren. Kama schauderte. Das verdammte Pferd war mausetot, wußte es nur nicht. Strat wußte es offenbar ebensowenig, er fummelte in seinem Beutel und brachte ein Stück von einer Zuckerrübe zum Vorschein, das er dem Braunen auf dem Handteller entgegenstreckte.

Die samtigen Lippen des Geistpferds schnappten behutsam nach dem Leckerbissen, dann schnaubte es erfreut.

Nun, vielleicht nicht ganz mausetot. Aber unnatürlich wie die Hölle. Unnatürlich wie Freistatt – der Ort, den Kama in der Biographie, die sie über ihren Vater schrieb, völlig unerwähnt zu lassen beabsichtigte. Freistatt verdiente keine Chronisten, es verdiente einzig und allein die völlige Auslöschung, die es offensichtlich ohnehin suchte.

Freistatt hatte seinen eigenen Schutzgeist, daran zweifelte Kama nicht, einen ilsigischen Geist, der endlich genug von all diesen Einmischungen hatte und den Ort zum ewigen Abgrund schob. Sie wollte nichts, als weit fort zu sein, ehe Freistatt von den Rankanern in Schutt und Asche gelegt, von den Beysibern ausgenommen und dem völligen Verfall preisgegeben, oder durch Bürgerkrieg Stein um Stein auseinander genommen wurde.

Als Historikerin kannte Kama alle Anzeichen, die auf den Niedergang einer Stadt hinwiesen. Und Freistatt fehlte nicht ein einziges: Seine Götter waren hilflos; seine Magie hatte ihre Wirkung verloren; seine Bevölkerung war von Generationen des Hasses gespalten; seine Kinder wollten nur vernichten.

»Was, Strat?« fragte sie, aus ihren Gedanken gerissen von Worten, die sie nicht verstanden hatte. Sie blickte auf. Der kräftige Stiefsohn saß bereits im Sattel, hielt die Zügel mit der Rechten und hatte den linken Arm auf den Oberschenkel gelegt.

»Ich sagte, daß es leicht sein müßte, Zip zu finden – jetzt

ist seine Schicht. Wenn du ihn sehen willst, brauchen wir bloß zur Wachstation zu reiten.«

Sie schüttelte den Kopf. »Ich sagte dir doch, daß er heute nacht diese verdammten Steine in die Tempelallee schafft. Und das verfluchte Ding, das in ihnen haust. Weiß es aus zuverlässiger Quelle.« Zu dieser nächtlichen Stunde war die Wachstation sicher für Strat – Crit hatte den Tagdienst. Strats ehemaliger Partner verbrachte die Nächte in dem alten Geheimquartier der Stiefsöhne am Schlachthof.

»Wohin dann?« Strats Stimme war plötzlich unsicher.

»Hinunter zum Fluß, Soldat. Wenn du das schaffst – am Ufer des Schimmelfohlenflusses, meine ich, so nahe bei Ischade ...«

»Du hast keine Ahnung, was ich alles schaffe, Mädchen«, sagte Strat, dem der Schnaps zu Kopf stieg. »Ich habe mir dieses Bürschchen öfter am Kragen geschnappt, als er unter deine Röcke gegriffen hat. Du wolltest Hilfe, jetzt hast du sie. Falls du deine Meinung geändert hast, ist es mir auch recht. Aber wir können nicht einfach hier sitzen bleiben.«

Sie holte ihr Pferd. Ihr Nacken war heiß, trotz der eisigen Kälte des zaudernden Frühlings. Ihre Finger lagen steif um die glatten Zügel, und die Fuchsstute tänzelte unter ihr. Für diese Aufgabe war es das falsche Pferd, es war zu nervös, zu unerfahren. Aber die Stiefsöhne hatten alle Pferde mitgenommen, die nicht persönliches Eigentum der Zurückgelassenen waren. Ausgenommen das Trospferd, natürlich, das von Rechts wegen ihr zustand, das jedoch Crit bekommen hatte, weil sich Tempus derartige Kränkungen nicht verkneifen konnte.

Es war nicht gerecht, aber fair war ihr Vater nie gewesen. Er wollte keine Tochter. Scherte sich nicht darum, wie sehr Kama sich auch um ihn bemühte. Eine Frau galt nichts für ihn. Und ihre Affäre mit Fackelhalter hatte alles nur verschlimmert, statt verbessert.

Versuchte Tempus, indem er Crit das Pferd gab und ihn

zwang, mit ihr hierzubleiben, ihr zu sagen, daß er ihnen beiden vergeben würde, wenn sie zu Crit zurückkehrte? Hatte er Crit als akzeptable Wahl ausgesucht? Oder scherte Tempus sich keinen Deut?

Kama würde dasselbe versuchen. Sich keinen Deut zu scheren. Die Prüfung, die Freistatt war, zu verstehen und zu bestehen, die Strafe, hier stationiert zu sein. Aber eben, weil sie hier stationiert war, wie irgendwelche seiner Männer diese beschwerliche Pflicht zugeteilt bekommen hatten, wagte sie nicht, sich vor der Aufgabe zu drücken. Sonst hätte es den Anschein, als wolle sie von ihrer Blutsverwandtschaft profitieren, sich besondere Gefallen erschleichen, zugeben, daß sie, eine Frau, nicht denselben schweren Dienst machen konnte wie die Männer.

*Hilf dem Standortkommandanten und der Hierarchie hier, einigermaßen Ordnung herzustellen, das ist deine Aufgabe. Du hast Talent, Informationen zu sammeln. Sammle!* hatte ihr Vater ihr befohlen. Und das war das einzige, was er überhaupt zu ihr gesagt hatte.

Und Crit hatte sie selbstbewußt über den Tisch im Geheimquartier angestarrt, denn er hatte bereits gewußt, wen Tempus zum Oberbefehlshaber von Freistatts Streitkräften ernennen würde. Er hatte gewußt, daß sie zu ihm kommen mußte, ihm unterstellt sein würde.

Es stank zum Himmel! Sie versetzte ihrem Fuchs einen Tritt und einen unsanften Klaps. Während sie so neben dem halbbetrunkenen Straton zum Fluß trabte, wünschte sie sich, sie wäre anderswo, könne etwas anderes tun. Zip von dieser Art Fehler abzuhalten, war nicht ihre Aufgabe, sondern die Crits.

Das wußte Strat ebensogut, aber er hatte es nicht ausgesprochen. Crit war der Befehlshaber der vereinten Streitkräfte, einschließlich der fünfzig regulären Garnisonssoldaten unter Walegrin. Aber Zip war Unterbefehlshaber und für die zweite und dritte Schicht verantwortlich.

Nur Crit oder jemand aus dem Palast konnte Zip befehlen, die Finger vom Altar am Fluß zu lassen.

Aber Kama würde lieber sterben, als zu Crit zu gehen und ihn zu bitten, sich eines Problems anzunehmen, mit dem sie nicht fertig wurde. Daß sie Strat mit einbezog, machte die Botschaft um so klarer: Wir, die dich lieben, lassen uns nicht so behandeln! Um deines kostbaren Kommandos wegen hast du uns beide vor den Kopf gestoßen, jetzt werde damit fertig. Aber erwarte nicht, daß wir zu Kreuz kriechen!

Strat hatte sich den Befehl über die Freistätter Streitkräfte gewünscht und hätte ihn von Rechts wegen auch bekommen müssen. Crit hatte ihn am wenigsten gewollt, also hatte er ihn bekommen. Damit blieb die Vampirin mit ihrem Einfluß aus dem Spiel, aber zu einem Preis, wie ihn nur Tempus gefordert haben konnte. Nur Tempus, der kein Gewissen hatte, konnte ein Heiliges-Trupp-Paar trennen, ebenso wie er einst Kama und Critias getrennt hatte, die einander in Liebe verbunden gewesen waren.

Plötzlich spürte sie Tränen in den Augen und wischte sie weg. Sie konnte sich jetzt keine Gefühle leisten, das beeinträchtigte ihre Urteilsfähigkeit. Im allgemeinen gelang es ihr recht gut, die nächsten Schritte von Männern vorherzusehen. Bei Crit allerdings nicht.

Und bei Strat war ihre Vorahnung jetzt kaum besser, was jedoch möglicherweise daran lag, daß er betrunken und sein Brauner eine Geistkreatur war, die sie veranlaßte, eine Abkürzung über die Schimmelfohlenbrücke hinunter zu der Straße zu nehmen, die an Ischades Haus vorbeiführte.

Zip befand sich in einem Zustand, in dem ihm jedes nächtliche Geräusch feindselig vorkam, unten am Ufer des Schimmelfohlenflusses, von wo aus er die gespenstischen Lichter von Ischades Haus kaum zu sehen vermochte. Er hatte eine Schubkarre bei sich und oben am Ufer einen Wagen, den drei seiner Miliz bewachten. Aber er hatte keinem erlaubt, hier herunter zu kommen. Nicht zum Altar.

Niemand sollte die gehäuften Steine berühren, hatte das Wesen gesagt, dem er diente. Und es hatte ihn beauftragt, Blut zu bringen, und hatte den Zeitpunkt und die Art seines Umzugs in die Oberstadt bestimmt. Das Wesen wollte in der Tempelallee wohnen, bei den Göttern. Zip hatte ihm eine Heimstatt in einer Gasse hinter dem Tempel des Sturmgotts gefunden. Dort würde es gerne bleiben, hatte es beteuert.

Und er hatte ein neues Opfer für das Wesen gefunden, ein besonderes Geschenk, das ihm eines seiner Mädchen gebracht hatte. Dieses Mädchen wollte in der Straße der Roten Laternen arbeiten und Rattenfall ade sagen. Im Austausch für das, was sie am Abwindstrand gefunden hatte, war Zip nur zu gern bereit, ihr den Wunsch zu erfüllen. Dem rotäugigen Wesen, das in den Steinen hauste, würde dieses neue Geschenk gefallen, daran zweifelte Zip nicht im geringsten.

Er kauerte sich neben den kniehohen Steinhaufen und sagte: »Schau her, Gott, ich habe ein Geschenk für dich, sobald du umgezogen bist. Aber jetzt muß ich mit den Steinen anfangen und mich allein plagen, wenn du nicht zuläßt, daß mir meine Männer helfen.«

Er wartete auf eine Antwort, doch die einzige Erwiderung war das Funkeln eines halbverborgenen roten Auges und ein Scharren, als ob Gewicht verlagert würde.

Was war das nur für ein Wesen, dem er hier diente? Meistens gab es keinen Laut von sich. Er wurde ohne Worte veranlaßt, dies oder das zu tun. Er spürte seine Anwesenheit, und die Dinge, die er ihm brachte – Stücke von Menschenfleisch, Lederbehälter mit warmem Blut, hübschen Tand – verschwanden. War es nur Rankanern feindselig gesinnt? Oder überhaupt allen? Zip wollte, daß es sein Freund war. Er wollte, daß es der Freund der Ilsiger war, der Hüter der Revolution, da es zweifellos zu einer kommen würde.

Er wollte, daß es sich als prächtig und mächtig zeigte und half, Zips Feinde zu Fall zu bringen. Aber es hatte bisher nicht mehr getan als die Opfer anzunehmen, Zip Alpträume zu verursachen und ihm mitzuteilen, daß es in die Oberstadt umziehen wollte.

Wer wollte das nicht? Alle von Zips Leuten aus der Rattenfalle wollten es; alle, die im Labyrinth unter ständiger Belästigung durch die Obrigkeit standen, wollten es. Das wollten auch die zwölfjährigen Mütter und einbeinigen Väter von Zips Revolution, die er nie gewollt hatte. Er hätte dem Kampf vielleicht sogar ganz entsagt, wenn Tempus ihn nicht ausgewählt hätte.

Zip verstand nicht, weshalb die rankanischen Mächte seine Hilfe und die VFBF an ihrer Seite wollten. Die Rankaner hatten ihm einfach nicht geglaubt, als er versucht hatte, ihnen zu erklären, daß zwei Dutzend Bandenangehörige mit Lammblut und Farbpinseln keine politische Bewegung waren.

Aber da seinen Dieben und Bettlern der Schutz von Crits Ordnungshütern versprochen worden war, wenn sie die Nachtstreife übernahmen, und Zip die Verantwortung auf sich genommen hatte, war es ganz einfach zu seiner Aufnahme ins Machtgefüge und in die bessere Gesellschaft gekommen.

Das wurde von dem Feind, der ihm am meisten zu schaffen machte, nicht gerade gebilligt. Was ihm am meisten zu schaffen machte, war die Tatsache, daß seine bösen Buben und Mädchen genau das taten, was sie zuvor getan hatten – sie nötigten, erpreßten, belästigten harmlose Bürger, brandschatzten –, und das jetzt alles mit dem Schutz und zum Wohle des Staates.

Es ergab keinen Sinn, bis es allen Sinn der Welt ergab. Und als Zip bewußt wurde, was Tempus ihm angetan hatte, war es schon zu spät gewesen, war Zip bereits Teil der Obrigkeit, ein verhaßter Ordnungshüter, ein Hund mit rankanischem

Halsband, und seine Miliz war nicht besser als irgendeiner aus Walegrins demoralisierter Armee. Sie hatten die Opposition nicht besiegt, sie waren Teil von ihr geworden!

Sie waren nicht die Revolution, sie waren die tragende Kraft hinter der Ungerechtigkeit, die sie erschaffen hatte.

Als er das Crit wütend gesagt hatte, hatte der zynische Stiefsohn die blitzend weißen Zähne gezeigt und erwidert: »Je mehr die Dinge sich verändern, desto mehr bleiben sie gleich. Wo liegt dein Problem? Macht dir die Sache keinen Spaß mehr, nun da du das Recht hinter dir hast? Es ist schließlich das einzige, was deinesgleichen beherrscht, und auf diese Weise werdet ihr nicht um eine Hand oder gar den Kopf kürzer gemacht werden. Du hast Talent, und wir sind die Talentsucher. Danke deinen schleimigen Göttern, daß wir dich entdeckt und eingesetzt haben, ehe du bei einem Sklavenhändler als Wagenschmierer gelandet wärst.«

Das war noch etwas, das Zip zu schaffen machte. Critias wußte offenbar mehr über seine Angelegenheiten, als es eigentlich möglich war. Mit »Schleimgöttern« spielte er ganz offensichtlich auf den Altar an. Und was die Sklavenhändler betraf – nun, Zip hatte mehr als eine arme Seele den Seufzerfluß abwärts verkauft, um die Revolution zu finanzieren. Aber damals war es eine Gewissenssache gewesen. Und jetzt war es eine verdammte Staatsangelegenheit.

Gayle, der Verbindungsmann des 3. Kommandos hatte ihm gesagt, er solle nicht anfangen, darüber nachzudenken, sondern lediglich seine Liste der Entbehrlichen aufstellen. Er haßte sich jetzt, ebenso wie er Kama haßte, dieses Weibsstück, das ihn in die ganze Sache hineingezogen hatte, und ihr verdammtes Ethos des 3. Kommandos, das selbst die gemeinsten Untaten guthieß, wenn sie ihren Zweck erfüllten. »Was immer den Zweck erfüllt«, mochte ja für des Geheimnisvollen Tochter tragbar sein und für ihre Meute Totschläger, aber nicht für Zip.

Schon gar nicht, wenn er, falls er nicht aufpaßte, genau

wie sie werden würde. Hier hatte er also diesen Altar, diesen Gott oder was immer es war, diesen Opferfresser, der nie wirklich sagte, daß er ihm seine Sünden nehmen, ihn reinwaschen könnte, aber es doch gewiß so meinte. Es war dieses Wesen mit den roten Augen im Altar, das ihn glauben ließ, in seinem Wahnsinn läge Methode. Es hatte einen Plan. Es wollte, daß Zip die Rankaner und die Beysiber unterwanderte, die Schwächen ihrer gemeinsamen Feinde studierte und befehlen lernte. Es hauste ein lebendes Wesen dort drin – oder zumindest etwas Wirkliches, was die anderen Götter nicht waren, soweit Zip es sehen konnte. Es hatte Wünsche und Bedürfnisse.

Es wollte Fleisch und Blut, und es wollte in die Oberstadt ziehen, und es brauchte Zip, der Befehlshaber der Miliz sein sollte, um ihm dienen zu können. Er mußte jemandem dienen. Es gab sonst keine Rechtfertigung für das, was er und sein kleiner Trupp Rebellen taten. Er brauchte eine gute Sache, und die roten Augen im Altar, das Schlürfen, wenn es das frische Blut zu sich nahm, und das göttergleiche Rülpsen danach, das war seine gute Sache.

Nur der Flußgott allein wußte, was er von Zip wollte, aber er *wollte* ihn. Niemand hatte ihn je zuvor gewollt. Dann kamen sie, alle gleichzeitig, Kama und der Geheimnisvolle und der Flußgott und ... Nein, Kama war vor dem Gott gekommen, aber das war unwichtig.

Wichtig war, daß er die Steine in die Oberstadt schaffte. Mit einem Federkiel markierte er jeden Stein, ehe er ihn vom Haufen in seine Schubkarre hob. Als sie voll war, konnte er fast in das Herz des Altars sehen.

Aber dann hatte er die Schubkarre die Uferböschung hinaufschieben müssen, was gar nicht leicht war, und als er das getan hatte und seine Jungs beauftragt hatte, die Steine auf das Eselfuhrwerk zu laden, war jemand aus der Dunkelheit gekommen und hatte ihn gerufen.

»Ho!« rief Zip, während er seinen Jungs zuwinkte, die Steine auf dem Wagen zu bedecken. »Wer da?«

Ein Pferd in der Düsternis, ein einzelner Reiter. Er ging steif darauf zu, legte die Hand um das Messer im Gürtel, sein Nacken prickelte.

Endlich antwortete der Reiter: »Zip, ich bin es.«

»Verdammt!« fluchte Zip leise. »Kama, bleib stehen. Es ist rutschig. Ich komme hinauf.« Er wandte sich seinen Rebellen zu. »Lauft hinunter, ladet die restlichen Steine auf und bringt sie zu der Stelle, die ich euch gezeigt habe. Markiert sie sorgfältig und ordnet sie genauso an, wie sie gelegen haben. Ich hole euch schon ein.«

Aber er wußte, daß er nicht dazu kommen würde. Und er wußte, daß der Gott zornig sein würde.

Kama war schön, wie sie so im schwachen Licht des hinter Wolken verborgenen Mondes vom Pferd rutschte. Sie erregte ihn immer wieder, so oft er sich auch sagte, daß er auf die Art von Problem, das sie darstelle, gern verzichten konnte.

Sie roch nach frischem Heu und hatte etwas Straßenstaub auf dem Haar. Und alles an ihr, ihre samtigen Schenkel und festen Brüste, ihr feines Gesicht und ihr süßer Atem, ihre Stimme und ihre Haltung, drückte ihre Klasse aus, den Abgrund zwischen ihnen, der sich nie überwinden ließ, so sehr er sich auch bemühte.

Und wieder versuchte er es, wortlos und verzweifelt, als würde es irgendwie helfen, wenn er sie mit dem Rücken in den Schlamm legte. Aber es half nicht, half nie und würde es auch nie.

Sie lachte sanft und duldete es, bis auch sie die Erregung packte. Aber es war immer das hochgeborene Mädchen mit der Samthaut, das sich herabließ, das ihn aus den falschen Gründen aufregend fand, das gleichmütig mit ihm spielte, obwohl es ihn das Leben kosten mochte, falls Crit oder Molin dahinterkamen.

Und so, als sie erbebte und ihm ins Ohr flüsterte: »Strat hat mich begleitet, er ist irgendwo da hinten. Keine Panik, nur beeil dich«, drohte seine Leidenschaft zu versiegen, explodierte dann jedoch, als sie ihm mit den Nägeln über den Rücken fuhr.

»Verdammt!« sagte er und rollte sich herum.

»Das haben wir schon viel zu lange nicht mehr getan«, stellte sie fest.

Er starrte zu den Wolken empor, die den Mond wie eine halb durchsichtige Stadtmauer verbargen. »Bei weitem nicht lange genug. Nicht, wenn du mit Priestern und Oberbefehlshabern schläfst. Ich bin ein niedriger Wachoffizier, hast du das vergessen? Ich bin dabei, dich zu vergessen. Habe jetzt was eigenes.«

Was er früher nicht gehabt hatte. Er biß sich auf die Lippe und hätte fast den Blick von ihr abgewandt. Aber er konnte es nicht. Es war ihre verdammte Figur, die ihnen beiden das jedes Mal antat. »Zip«, sagte sie mit verführerischer Stimme. »Laß den Steinhaufen, wo er ist. Du weißt nicht, was du weckst. Keiner von uns weiß es.«

Er setzte sich hastig auf. »Jetzt verstehe ich. Du bittest mich nett, und Strat ist mitgekommen, um mich weniger nett zu bitten, falls ich deinem Wunsch nicht nachkomme, richtig? Aber es geht dich nichts an, rankanische Hure.« Er plagte sich auf die Füße und zog die Hose hoch. »Komm mir nicht mehr in die Nähe, hörst du? Nicht deinem Vater zuliebe und auch nicht, weil einer deiner Liebhaber glaubt, ich brauchte es. Ich brauche es nicht. Ich werde es nie brauchen, nicht auf diese Weise!«

Auch sie war aufgestanden. Sie rief seinen Namen. Er konnte nicht von ihr fortlaufen, nicht von einer Frau, wenn seine Jungs es sehen konnten. Er erinnerte sich, als sie ihn vom Rand des Grabes zurückgeholt, ihn gesund gepflegt hatte.

Sie mochte ihre Männer hilflos, verwundet, wenn sie genug von Schlachten hatten und des Krieges müde waren, das wußte er. Er konnte sich nicht vorstellen, was sie an

Molin anzog, aber Macht war ein ewiges Aphrodisiakum. Und wie ihr Vater schwelgte sie darin.

Er war ihr nicht gewachsen. Er wünschte sich immer, er könne sie wie ein Rattenfallenmädchen behandeln – sie für sich beanspruchen, nur für sich. Er hatte eine komische Vorstellung von sich, wie er in Seide und Leder und Bronzeharnisch mit ihr bei irgend so einem strategischen Spiel in Ranke saß, wo ihresgleichen Jadefiguren auf einer marmornen Landkarte bewegten, die stellvertretend für Armeen standen. Grimmig schob er die Hände in seine Hosentaschen und schritt eilig davon.

»Zip!« rief sie, eilte ihm nach und griff nach ihm. Und er brachte es nicht fertig, ihr seinen Ellbogen zu entziehen. »Wir brauchen dich. *Ich* brauche dich. Und du schuldest es mir ...«

Er blieb abrupt stehen. Er hätte wissen müssen, daß es dazu kommen würde. »Stimmt, wir arbeiten jetzt alle zusammen, außerdem hast du mir einmal das Leben gerettet, und deshalb kannst du mich jetzt herumkommandieren, meinst du? Nichts zu machen, meine Dame. Das ist eine ilsigische Angelegenheit, und du bist keine Ilsigerin. Hast du das verstanden, oder muß ich es in Rankene wiederholen?«

»Ich weiß, daß du eine Art Talisman am Strand gefunden hast und daß du, wenn du es diesem – diesem *Wesen* gibst, vielleicht nicht mehr in der Lage sein wirst, zu beenden, was du angefangen hast. Wenn du diese Steine woanders hinbringen mußt, schlage ich dir einen Handel vor.«

Er verschränkte die Arme und blickte auf sie hinunter. Zumindest das war zu seinem Vorteil: er war größer als sie. »Dann sprich schon«, forderte er sie auf.

»Ich werde niemandem von dem Altar erzählen, wenn du mir den Talisman gibst, den du diesem Wesen opfern wolltest.«

»Wie hast du das erfahren?« platzte er heraus. »Durch Randal, deinen kleinen Magier? Hast du mich beschattet?«

Sie blickte ihn nur an, und ihre Augen waren voll Selbstsicherheit und einer Macht, die ihr zierlicher Frauenkörper gar nicht ausstrahlen dürfte. Es war Tempus' Blut in ihr.

Laut sagte er: »Nein, ich bin nicht an deinem Handel interessiert. Warum auch?« Er drehte sich um, um die Böschung wieder hinunterzusteigen.

Doch plötzlich war Straton auf diesem gespenstischen Braunen da, über den alle Bescheid wußten. Er lehnte sich gegen das Sattelhorn und putzte sich den Daumennagel mit einer schimmernden Klinge. Direkt zwischen Zip und dem Pfad zum Ufer stand er.

»Willst du irgendwohin, Bürschchen?« fragte Strat.

»Strat«, warf Kama ein. »Ich komme schon zurecht.«

»Ich wollte gerade gehen«, sagte Zip.

»Irrtum«, sagte Strat zu ihnen beiden. Dann fuhr er fort: »Zip, du wirst ihr geben, was sie will. Und du wirst tun, was sie befohlen hat. Oder du bekommst es mit mir zu tun. Kama, da draußen geht was vor, das wichtiger als Vobfs ist. Mach Schluß mit deinem Bürschchen und komm.«

Kama zuckte unmerklich zusammen, streckte jedoch ihre Hand ruhig aus und wandte sich wieder an Zip. »Entweder du gibst mir den Talisman, oder Strat und ich steigen da hinunter und zerschmettern fünf oder sechs dieser Steine. Möchtest du das riskieren und herausfinden, was passiert, wenn wir drei uns in die Haare kriegen?«

Zip blickte von dem kräftigen Krieger zu der zierlichen Frau und sah etwas, das sie gemein hatten: die unerbittliche, erbarmungslose Härte all jener, die von der guten Sache, der sie dienten, überzeugt waren. Er mußte diese Einstellung erst noch lernen. Ehe es soweit war, hatte er keine Chance gegen sie.

Er langte in seinen Gürtelbeutel und händigte ihr den Gegenstand aus, den ein Mädchen im Seetang gefunden hatte. Er glitzerte kaum, denn er war nicht einmal aus Gold, nur aus Bronze. »Da, nimm ihn. Und befriedige deine Lust in Zukunft anderswo. Ich will nichts mehr mit dir zu tun haben!«

Er hörte Strats spöttisches Kichern, während er davonstapfte. Er fragte sich, ob das Wesen im Altar die Art, wie er sein Geschenk verloren hatte, als mildernde Umstände gelten lassen würde.

Und was geschehen würde, wenn es das nicht tat.

Ischades Zuhause am Schimmelfohlenfluß war auf gespenstische Weise beleuchtet. Als sie näher kamen, erkannte Kama Crits graues Pferd. Bestürzt kniff sie die Augen zusammen. Kein Wunder, daß Strat angelaufen war, um sie zu holen: Crit bei Ischade war Öl zu dicht an einer brennenden Fackel.

»Ihr Götter, Strat, wir lieben ihn beide noch, ist dir das klar?«

»Ich habe es mir fast gedacht«, bestätigte Strat mit seltsamem Ton. »Aber er liebt uns nicht. Hol ihn dort heraus, Kama. Wenn ich hineingehe, wird es nur noch schlimmer. *Ihr* gefällt es bestimmt nicht, daß er seine Nase in Dinge steckt, die ihn nichts angehen.«

Kama war bereits abgestiegen und reichte Strat die Zügel. »Ich weiß. Bleib du hier. Es würde zu nichts führen, wenn ihr zwei euch deswegen streitet.« Ehe sie zur Tür rannte, drehte sie sich noch einmal um. »Strat, wir müssen uns an die Dinge gewöhnen, so wie mein Vater sie zurückgelassen hat. Es schmerzt uns alle. Crit wollte dieses Kommando nicht. Nicht auf diese Weise.«

»Für das und ein Goldstück wirst du bei Myrtis immer noch gut bedient.«

Auf diese Bitterkeit fand Kama keine Antwort. Sie rief zu der Tür, der sie immer ausgewichen war, denn hinter ihr war etwas, womit sie nichts zu tun haben wollte: Ischade.

Durch die Gartentür, die Eingangsstufen hinauf, wo sie

klopfenden Herzens stehenblieb und sich fragte, was sie tun würde, wenn *sie* ihm etwas getan, wenn sie ihn verzaubert, ihn in ihren Klauen hatte wie Strat und Janni und Stilcho und die übrigen ...

Ihr Herz hämmerte, als sie an die Tür klopfte und plötzlich mehr als eine Männerstimme dahinter hörte und hoffte, daß diese anderen Stimmen nicht die von Untoten waren. Sie hatte Untote nur aus der Ferne gesehen, aber allein die Erinnerung daran jagte ihr eisige Schauder über den Rücken ...

»Ah, Madame Ischade, ich bin wegen Crit hier«, platzte sie mit einer Stimme heraus, die ihr höher vorkam als während ihrer Schulzeit.

Augen, die dunkler und tiefer als ein Brunnen waren, blickten sie aus einem bleichen Gesicht an, dessen Züge seltsam verborgen blieben, und ihre Hand fühlte sich kälter als alles an, was Kama je berührt hatte.

»Gut.« Der Kopf in der Kapuze nickte. Hinter Ischade leuchteten grelle, bunte Farben, aber sie selbst war ganz schwarzweiß. »Tretet ein.« Die Augen waren so schwarz, so tief, daß man sich in ihnen verlieren konnte.

Geh in keine Falle. Blick sie nicht zu lange an! ermahnte sich Kama. »Crit?« Sie stellte sich auf Zehenspitzen. »Crit?« Die Vermummte verließ sie.

Da war er, mit zwei Männern, die sie erkannte: Vis und ein stotternder Bettler, Mor-am. Schlechte Gesellschaft, schlechter Ort. Kama schauderte und tastete nach ihrem Gürtel, nach den Wurfsternen, die sie von Niko hatte. Konnte man hier überhaupt jemanden töten? Würden Tote hier tot bleiben? Könnte sie mit dem Bettler, dem Söldner und mit Ischade fertig werden, falls Crit soviel Hilfe brauchte?

Versuchen konnte sie es, das mußte sie. Aber da kam Crit zur Tür. Seine Haltung drückte Ärger aus, nichts Schlimmeres. »Guten Abend«, sagte er, und Kama konnte sich nicht denken, wohin die Vampirin verschwunden war. »Was führt dich hierher, Kama?«

Er drückte sie mit der Schulter nach draußen, und schon war die Tür hinter ihnen geschlossen. Seine Hände umklammerten schmerzhaft ihre Schultern. »Törin«, zischte Crit. »Misch dich da nicht ein! Ich habe auch so schon genug Schwierigkeiten.« Seine Lippen bewegten sich kaum, während er flüsterte. Seine Wangen waren hohl, und Kama hatte schreckliche Angst.

»Crit, ihr Götter, was immer es ist, du kannst es nicht allein tun! Strat ist bei mir, wir sind hier, um ...«

»Strat? Bei dir? Er wohnt hier, Kama. Schläft hier. Tut hier, was immer er tut. Für sie. Nicht für uns. Geh jetzt. Ich suche jemand für Fackelhalter. Sonderauftrag.«

Sie versuchte seine Hände abzuschütteln. Sie ließen ihre Schultern nicht los. Herausfordernd sagte sie: »Was immer du tust, ich tue es ebenfalls. Sonderauftrag.«

Das konnte er nicht nachprüfen, nicht, ohne zu Randal zu gehen. Und Randal würde vielleicht für Kama lügen, behaupten, Tempus hätte eine Botschaft geschickt.

Seine Berührung wühlte sie auf. Sie fragte sich plötzlich, ob die Dinge sich vielleicht glätten ließen, wenn wenigstens eine Nacht lang jeder Liebhaber in Freistatt im richtigen Bett läge.

Critias' Gesicht war plötzlich eine Maske der Angst: Schilde als Augen und ein Schlitz, wo der Mund sein sollte. Er drückte das Kinn an den Hals und starrte sie an, schließlich schüttelte er ganz leicht den Kopf. »Du willst mitmachen. Na gut. Wir begeben uns in die Oberstadt und suchen nach Tasfalen in einem der noch stehenden Häuser. Dort sollen wir nachsehen, hat sie gesagt. Ich und die zwei Kerle, die ihr gehören, und du. Aber Strat nicht!«

Crit, er ...«

»Ist nicht vertrauenswürdig! Zu sehr ihre Kreatur. Sag ihm, er soll sich verziehen, bis ich weg bin. Sag ihm, wenn er mit mir reden will, soll er erst mal als Zeichen seines guten Willens dieses Pferd loswerden. Ich brauche kein Geistpferd und schon gar keinen Geistreiter, denn er ist auf dem besten Weg, einer zu werden. Geh schon, sag's ihm. Und dann warte vor der Gartentür auf mich.«

Er gab ihr einen kleinen Schubs, und sie wünschte sich, er würde so stark für sie empfinden, auch wenn seine Gefühle ebenso heftig und hart wären wie für Strat.

Wie ein Page am Hof rannte sie zu Strat und sagte: »Er will in die Oberstadt, um Tasfalen für Fackelhalter zu finden. Er will nicht, daß du dich einmischst. Wir reden später mit dir. Bleib du bei Ischade. Falls es schiefläuft, brauchen wir jemanden, der weiß, wohin wir gegangen sind. Und vielleicht Ischades – und deine Hilfe.«

»Das hat er nicht gesagt.«

»Nein, das nicht. Ich begleite ihn, und ich sage es!«

»Ich komme ...«

»Er will, daß du hierbleibst, Strat. Er will, daß du hier bist, für den Fall des Falles ...« Es hörte sich wie eine Beschwichtigung an.

Strats Pferd wich ein paar Schritte zurück, und von dort hörte sie Strat sagen: »Dann geh. Ischade hat ihn gewarnt, hat ihm etwas gesagt. Ich werde herausfinden was. Wenn du Hilfe brauchst, bekommst du sie.« Seine Stimme klang schwer.

Kama war froh, daß sie sein Gesicht nicht sehen konnte. Blind rannte sie zu ihrer Stute, schwang sich in den Sattel und trieb das nervöse Tier zur eisernen Gartentür, wo seltsame Blumen blühten. Der Talisman, den sie Zip abgenommen hatte, brannte unter ihrem Gürtel heiß gegen die Lederkleidung, so heiß, daß sie schwitzte.

Es lag sicher an der Nähe von Ischades Schutzzauber, sagte sie sich. Sie brauchte sich deshalb keine Sorgen zu machen, sie hatte auch ohne den Talisman schon genug.

Crit schlang ein Bein über den Sattelknauf und zündete sich eine Zigarette an. Er starrte über die Straße auf das Haus. Weder an der Eingangstreppe noch links oder rechts der Trümmer, an denen sie vorbeigekommen waren, gab es irgendwelche Spuren des Wirbelwinds und des feurigen Vernichtungssturms, die Tasfalens Familiensitz verwüstet hatten. Dieses Haus war unbeschädigt, die Läden geschlossen. Die Vampirfrau war sicher gewesen, wo sie suchen mußten, aber durchaus nicht sicher, daß die Suche klug war.

»Sie hat gesagt«, erklärte Crit Kama, »daß Tasfalen mit Haught im Haus ist. Du erinnerst dich doch an Haught.«

»Ja«, erwiderte Kama gepreßt mit zusammengebissenen Zähnen.

Mor-am und Vis, Ischades Werkzeuge, waren auf der anderen Seite. Verdammter Tempus, der Crit in die Zange zwischen Zauberei und Politik gestoßen hatte. Vis hatte ihn zu Mor-am geführt, der gegrinst und ihn mit mehr Befriedigung, als Crit gefiel, zu Ischade gebracht hatte.

Die Vampirin war höflich gewesen. Beide hatten Strats Namen vermieden. »Unser gemeinsamer Freund«, hatten sie Straton genannt, und seinetwegen war Ischade bereit gewesen, Crit zu sagen, wo er suchen mußte.

»Aber«, hatte sie ihn gewarnt, »jenes Haus beherbergt mehr als die beiden Männer, Critias. Betretet es nicht, sondern öffnet lediglich die Tür – wenn Ihr das vermögt.«

Das hatte sie um Strats willen gesagt, das wußte Crit, nicht seinetwegen. Es kostete ihn Mühe, die verkrampfte Faust zu öffnen. Er stellte fest, daß er die Nägel in die Handteller gebohrt hatte, daß die Finger schmerzten. »Sie sagte«, bemerkte er schließlich ruhig, »daß du den richtigen Schlüssel für dieses Schloß hast.«

»Wie bitte?« Die Frau auf der Fuchsstute lenkte ihr Reittier näher heran.

»Du hast richtig gehört. Hast du irgend etwas bei dir, was sie gemeint haben könnte?«

»Bist du sicher, daß sie das nicht bildlich gemeint hat?«

Crit wußte, worauf Kama anspielte. Tempus und eine nichtmenschliche Frau hatten sich in der Oberstadt vor einer verschlossenen Tür gepaart, woraufhin alles mögliche geschehen war.*

»Es ist mir egal, was sie gemeint haben könnte. Wir werden nichts dergleichen tun. Was hast du bei dir, was vielleicht funktionieren könnte?«

»Schlüssel«, antwortete Kama mit beißender Logik. »Eine ganze Menge Schlüssel. Für mein Gemach, das Wachhaus, das Geheimquartier am Schlachthof, Molins ...«

»Erspar mir die Liste. Probieren wir mal einige aus.« Er schwang erst das eine, dann das andere Bein über den Widerrist seines Grauen und griff, kaum daß seine Füße den Boden berührten, nach seiner Armbrust. Ein Bolzen könnte vielleicht selbst das beste Schloß zerschmettern.

Sie schlangen stumm die Zügel um die Beine ihrer Pferde, was darauf hindeutete, daß sie beide damit rechneten, ihren Auftrag möglicherweise nicht zu überleben. Crit warf einen heimlichen Blick auf Kama und fragte sich, wie es ihr gelungen war, sich ihm so schnell und geschickt anzuschließen. Aber er mußte zugeben, er war froh, jemanden dabeizuhaben. Er war ein Heiliger Truppler und ausgebildet, sich auf einen Partner zu verlassen. Er wäre diese Sache nicht allein angegangen, und Vis war nicht die Art von Mann, dem er seine rechte Seite bedingungslos anvertrauen würde.

Nicht, daß Kama irgendeine Art von Mann gewesen wäre.

Nachdem er die Straße überquert hatte, warf Crit einen Blick über die Schulter, weil er Vis' Stimme hörte – nicht die Worte, nur den Ton. Und er sah, wie er Lebewohl winkte, so beredt feindselig und so schadenfroh, daß er nahe daran war, den Söldner an Ort und Stelle zu erschießen.

* *Freistatt ist für Liebende* von Janet und Chris Morris, Geschichten aus der Diebeswelt: *Die Herrin der Flammen*, Bastei-Lübbe 20167

Aber Kama las seine Gedanken und legte beruhigend die Hand auf seinen Arm. »Es sind Ischades Leute. Sie werden warten und ihr Bescheid geben, falls wir nicht herauskommen. Dazu brauchen wir sie.«

»Mist«, knurrte Crit.

»Stimmt.« Kama lächelte, fast wie ihr Vater.

Dann stiegen sie die Stufen hinauf, und Crit lehnte den Rücken an die Wand, hielt die Armbrust schußbereit und versuchte, alle anderen Richtungen im Auge zu behalten, während Kama Schlüssel um Schlüssel ausprobierte und dabei wie ein nisibisischer Fuhrknecht fluchte.

Schließlich blickte sie auf. »Nichts zu machen. Kein einziger paßt.« Entmutigt stützte sie den Ellbogen auf den Türknauf.

Sie blickten einander an, und Crit mußte die Augen abwenden. In diesem Schweigen hörten sie, daß sich hinter der dicken Tür etwas rührte.

Da blickten sie einander aufs neue an.

»Willst du anklopfen?« fragte Kama leise.

»Lieber nicht«, flüsterte Crit zurück. »Wir könnten versuchen, das Holz ...«

»Warte!« sagte Kama und fingerte in ihrem Gürtel. »Vielleicht hilft das.« Sie brachte einen bronzenen Gegenstand zum Vorschein, ungefähr von der Länge ihrer Hand.

»Kann nicht passen«, erwiderte Crit, der noch immer die schußbereite Armbrust hielt und noch immer Vis und Moram beobachtete.

»Muß es vielleicht auch gar nicht. Es wurde an den Strand gespült. Ich hörte davon von ... einigen meiner Leute. Verwandelte im Säckel des Finders eine Goldmünze zu Blei und ein Kupferstück zu Lehm.«

»Und?«

»Und wir wollen sehen, was es mit diesem Metall macht.«

»Na gut.« Crit zuckte mit den Schultern und bemühte sich, sich nicht zu ärgern. Kama hatte das Ding nicht selbst gefunden, sondern es sich für ihre eigenen Zwecke von jemand anderem beschafft. Und sie hatte davon von irgendeinem Informanten gehört, von dem Crit nichts wußte. Nichts würde in Freistatt funktionieren, wenn sie nicht anfingen, zusammenzuarbeiten. Aber was er von Kama momentan wollte, würde auch nicht gerade dazu beitragen.

Sie verzog die schmalen Lippen und beugte sich über das Schloß. Er wagte es nicht, den Blick von der Straße zu nehmen, aber er hörte, wie sie mit Bronze auf Bronze tupfte, dann fluchte, wieder tupfte und – kicherte.

»Na?« fragte er, als sie sich aufrichtete und den Talisman in ihren Gürtel zurücksteckte.

»Wollen wir höflich sein, nun, da das Schloß kein Problem mehr darstellt?«

Er nahm eine Hand von der Armbrust, stützte sie auf seine Hüfte und tastete nach dem Schloß. Die Finger waren schmierig, als er sie zurückzog. Er hob sie an die Nase und roch Schlamm wie vom Schimmelfohlenfluß, der an Verwesung denken ließ. Überrascht fluchte er und verlangte eine Erklärung.

»Ich habe gehört, daß es so wirken könnte. Das ist alles.«

»Großartig.« Er spuckte über die Schulter. »Wenn du das nächste Mal so was ›hörst‹, dann komm damit zu mir.«

»Habe ich ja getan.«

»*Vorher!*« sagte er, gerade als ein Schlurfen und Scharren hinter der Tür laut wurde. Er und Kama sprangen gleichzeitig zurück.

Die Tür öffnete sich wie ein Sargdeckel. Und dahinter stand etwas, das sehr wie Tasfalen aussah, der eitle Lord, der so lange vermißt gewesen war. »Ssstimmt«, sagte der Edle mit absolut gräßlicher Stimme, die sich anhörte, als wäre sie seit tausend Jahren nicht mehr benutzt worden.

Hinter dieser Gestalt konnte Crit noch jemanden sehen: Haught.

Und diese beiden Bilder überlagernd, sah er das leuchtende Gesicht Ischades. Sie hatte die Brauen zusammengezogen, schüttelte den Kopf und ihre Lippen formten Worte: *Flieht!* hörte er: *Flieht, wenn euch eure Seele teuer ist!*

»Komm, Kama. – Entschuldigt, daß wir Euch gestört haben, Tasfalen«, rief Crit, während er rückwärts die Treppe hinunterstieg, dabei Kamas Arm in eisernem Griff und die Armbrust unter dem anderen Arm hielt.

»Wir sollten nur nachsehen, wo Ihr seid. Kommt doch bitte zum Palast, wenn Ihr Zeit habt – Molin Fackelhalter würde Euch gern sehen.«

Bis er das alles gesagt hatte, war er mit Kama bereits halb auf der Straße, und das Mädchen flüsterte: »Was ist los mit dir? Hast du den Verstand verloren? Oder deinen Mumm?«

»Der Auftrag ist erfüllt, das ist alles. Wir haben hier nichts mehr zu tun. Es gibt keinen Grund, den Mann zu verhaften. Ich mußte ihn nur finden.« Seine Stimme bebte.

Crit blickte sie nicht an, als sie zu ihren Pferden gingen, denn er ertrug die Verachtung in ihren Augen nicht, aber er sah sie nur zu deutlich in der Miene der zwei wartenden Knechte Ischades, und das brannte wie Höllenfeuer.

»Was ist los mit dir, Stiefsohn, hat Tempus deine Eier mit ins Oberland genommen?« brüllte Vis aus sicherer Entfernung, als Crit aufsaß.

Crit schoß einen Bolzen ab, doch er zielte beiläufig. Das Geschoß prallte harmlos gegen den Mauerstein neben Vis' Kopf.

Aber da war auch noch Kama, die stirnrunzelnd in ihrem Sattel kauerte.

»Wir müssen es Fackelhalter melden«, sagte er. »Dazu brauche ich dich. Reiten wir los.«

Er würde die Sache mit dem Talisman auf sich beruhen lassen, wenn sie ihm die Chance gab. Er hatte noch keine Ahnung, wie er es anstellen sollte, Kama heute nacht zum Bleiben zu bewegen, aber versuchen würde er es auf jeden Fall. Fackelhalter würde sich mit einem schriftlichen Bericht abfinden müssen. Es war ganz einfach zu verdammt kalt in Freistatt, um in dieser Nacht allein zu schlafen.

Der Himmel wurde heller, über den Tempeldächern bereits königsblau. Zips schwarzes Stirnband klebte schweißnaß um seinen Kopf, obwohl die schwindende Nacht in der Tempelallee so kalt war wie am Ufer des Schimmelfohlenflusses.

Er richtete sich von den Steinen auf, die nun in der Gasse gestapelt waren. Jetzt war er allein. Er hatte seine Jungs unter bitteren Verwünschungen fortgeschickt, als ihm bewußt geworden war, was sie getan hatten.

Oder vielmehr, was er sie hatte tun lassen. Sie hatten Kamas und Strats wegen die Steine berührt. Schlimmer noch, sie hatten sie auch noch falsch markiert!

Zip hatte sich den Rest der Nacht abgeplagt, das Durcheinander zu sortieren. Aber alles, was er trotz aller Mühe zuwege brachte, war ein leerer Steinhaufen, der sich einfach nicht mehr in die Form zusammenfügen lassen wollte, die er unten am Fluß gehabt hatte.

Noch einmal stellte er die Steine um, von denen er wußte, wie sie gehörten – die obersten drei. Doch wieder stürzten sie nach innen, rissen andere mit sich und das Ganze bildete in der Gasse neben dem Tempel des Sturmgotts von Ranke wieder ein wirres Durcheinander.

Und als die Steine rollten und schließlich zur Ruhe kamen, schien der Boden unter Zips Füßen aufs neue zu beben. Doch diesmal fiel ihm das Zittern der Erde gar nicht auf, so sehr zitterte er selbst.

Der Flußgott war gar nicht erfreut, das spürte er. Vielleicht war er verschwunden, oder er wollte einfach nicht hierherkommen, weil er die Sache vermasselt hatte. Aber Zip hatte das außerordentlich ungute Gefühl, daß das Wesen mit den roten Augen über den wirren Zustand seines Zuhauses mehr denn nur verstimmt war. Obendrein war Zip sich gar nicht so sicher, ob er diesen Ort hier überhaupt gut genug fand, da er ja nicht *auf* der Tempelallee lag, sondern ein Stück abseits der Durchfahrtstraße.

Wenn seine Jungs die Steine doch nur richtig markiert

hätten! Wenn Kama und Strat doch nur nicht dazwischengekommen wären! Wenn doch nur der Tag noch nicht so bald anbrechen würde! Zip saß nicht zum ersten Mal im Schlamassel. Mit mehr Zeit und Ruhe könnte er die Steine bestimmt richtig ordnen.

Es waren insgesamt dreiunddreißig. Einige hatten eine sorgfältige Markierung. Es konnte doch nicht unmöglich sein, herauszubekommen, welche Steine zur unteren Reihe gehörten! Aber offenbar war es das doch. Er schaffte es einfach nicht. Er hatte es bereits viermal versucht. Und jetzt dämmerte es schon fast. Zuerst würde der Himmel sich blau färben und die Sterne verschlingen. Dann würde ein Purpur wie vom Umhang eines Königs die Tempelmauern entlangkriechen, dem die Zungen roter Flammen folgten, welche die Dunkelheit verbrannten. Wenn sich danach das zarte Grün und das Rosa des neuen Tages ausbreiteten, würden die Priester und Akolythen kommen, um ihre morgendlichen Pflichten aufzunehmen.

Man würde Zip dort entdecken, wohin sich Ilsiger normalerweise nicht trauten – in der unmittelbaren Nähe eines rankanischen Tempels. Und dann würde der Flußgott sich seiner Rache erfreuen.

So würde es sein, das wußte Zip. Er zitterte am ganzen Leib vor Angst und Schwäche. Er war zu erschöpft, davonzulaufen, zu müde, um sich zu verstecken. Ihm war, als hätte die Dunkelheit ihm Kraft und Mut entzogen, als wäre seine Seele so zerlegt wie dieses Heim aus Steinen, das er nicht mehr zusammenzusetzen vermochte.

Er kauerte sich den Tränen nahe neben die eingestürzten Kalksteinblöcke. Er hätte gern Abbitte geleistet, es hatte nicht in seiner Absicht gelegen, den Schrein des Flußgottes durch die unbefugten Hände seiner Rebellen zu entweihen. Er hatte wirklich versucht, das Richtige zu tun.

Und in seiner tiefen Not tat er das, was unzählige Menschen im Lauf der Zeit getan hatten. Zip betete: *Gott,* flehte er lautlos mit geschlossenen Augen und den Händen auf dem Stein, den er selbst markiert hatte. *O Gott, vergib deinem getreuen Diener. Das Böse hat nach mir gegriffen. In meiner Torheit habe ich gegen dich gesündigt. Vergib deinem getreuen Diener und hilf mir, es richtig zu machen. Hilf deinem getreuen Diener, deinen Tempel zu errichten, und ich werde dir das Blut einer Jungfrau unter zwölf, die Augen eines Ochsen darbringen – was auch immer du möchtest, laß es mich wissen, und ich werde es tun. Aber hilf mir, daß es mir gelingt, deinen Tempel aufzubauen, und gib mir ein Zeichen, daß du mit diesem Ort einverstanden bist.* Bevor ich dabei geschnappt und in den Kerker geworfen werde, fügte er stumm hinzu.

Denn er hatte einen Laut gehört, der ihn erstarren ließ, als wäre er versteinert: ein Pferdehuf, der gegen ein Steinchen stieß, und das Scharren eines anderen auf Kopfsteinpflaster.

Er hielt den Atem an und hörte mehr: das Rauschen eines buschigen Pferdeschweifs, das Klingeln der Glöckchen eines Halfters. Verflucht, jetzt ist alles zu spät, dachte er.

So nahm der Gott also Rache an ihm, ging ihm durch den Kopf. Er würde die Augen öffnen, sich umdrehen – und was würde er erblicken? Einen bewaffneten Edlen aus dem Palast? Einen Standortsoldaten? Eine beysibische Kämpferin? Oder sonst jemand, der ihn zur Gerichtshalle schleppen würde, weil er es gewagt hatte, sich auf des Sturmgotts Tempelanlage herumzutreiben. Nicht einmal seine Bestallung als Wachoffizier konnte ihn jetzt noch retten, nicht vor der Strafe für die Entweihung heiligen Bodens, wenn dieser Boden den Rankanern heilig war.

Er hob die Lider und blickte auf das Durcheinander von Altarsteinen. Nun, er hatte es versucht. Er fragte sich, was aus diesen Steinen würde, aus dem Zuhause des Gottes und aus dem Gott selbst. Würde er sich und die Steine auf magische Weise zum Fluß zurückversetzen, wo es sicher war?

Und wenn dieser Gott dazu nicht imstande war, was würde dann mit dem armen Zip geschehen, der es fertiggebracht hatte, nicht nur sein Leben zu ruinieren, sondern auch noch das eines Gottes?

Er biß sich auf die Lippe und entschloß sich, sich umzudrehen und seinem Schicksal zu stellen.

Was er erblickte, war ein einzelner Reiter. Das Pferd wirkte riesig in der Düsternis, seine gewaltige Brust schien Zip mit den Augen eines Panthers anzustarren und hatte den klaffenden zahnbewehrten Rachen eines Panthers.

Zip blinzelte und erkannte, daß dieses Geschöpf ein Streitroß in einem Pantherfell war. Und die Großkatze, die dafür ihr Fell hatte geben müssen, war riesig gewesen und so beeindruckend, daß ihr Schädel nicht lediglich gehäutet, sondern ausgestopft und mit Glasaugen versehen worden war.

Das Pferd hatte die Farbe des Schimmelfohlenflusses; Mähne, Schweif und Füße waren schwarz. Sein Zaumzeug war offenbar aus Sumpfgras geflochten; ein modriger Geruch ging davon aus. Das Tier scharrte über den Boden und senkte den Kopf. Erst da richtete Zip seine Aufmerksamkeit auf den Reiter, der nun absaß.

Zip erinnerte sich nicht, wie er auf die Füße gekommen war, nur an die elegante Bewegung des Mannes, als er sich aus dem Sattel schwang und sagte: »Was haben wir denn hier?«

»Uh, ich versuche bloß, das wieder zusammenzusetzen.« Zip deutete vage hinter sich auf die wirren Altarsteine und bemühte sich, den zerlegten Schrein mit seinem Körper zu schützen.

Der Helm des Reiters drehte sich langsam. Sein Visier war geschlossen. Seine Rüstung war aus Bronze oder gehärtetem Leder. Jedenfalls war er wie ein Söldner gerüstet, der gut bezahlt wurde: die Arme waren unbedeckt, von einem Schutz um die Handgelenke abgesehen. Er trug einen Harnisch, Lendenschutz und Wadenschutz, und alles sah maßgefertigt aus. Von seinem Waffengürtel hing ein Reiterschwert über die Hüfte, und hinter ihm sah Zip zwei Schilde am Sattel sowie Bogen und Köcher, doch in der Hand hielt der Reiter nur einen Speer.

Als er ohne ein weiteres Wort auf ihn zukam, benutzte der Mann den Speer als Stab. Und dann, als diese gesichtslose Erscheinung ihn fast erreicht hatte und Zip sich bereits fragte, ob sich hinter dem erschreckenden Visier überhaupt Augen befanden, sprach der Mann wieder: »Ich sehe, wo Euer Problem liegt.«

Er marschierte einfach an Zip vorbei zu dem wirren Steinhaufen.

»Nein, nicht! Bitte nicht! Niemand soll diese Steine berühren ...« Ohne zu überlegen, sprang Zip auf den Gerüsteten zu, da schnaubte das Pferd hinter ihm, bäumte sich auf und schlug mit den Hufen um sich.

Zip riß die Arme in die Höhe und warf sich auf den Boden, als das Pferd hoch aufgerichtet auf ihn zukam.

Gleichzeitig drehte der Gerüstete sich langsam aus der Taille um und hob den Speer. Das Pferd stellte die Vorderbeine wieder auf den Boden und senkte schnaubend den Kopf.

Zip plagte sich auf die Füße. »Hört, wie ich schon sagte, niemand soll diese Steine berühren ...«

Der Gerüstete drehte ihm den Kopf zu, und die Stimme hinter dem Visier sagte: »Der Stein zuerst.« Sein Speer deutete auf einen bestimmten Stein, dann tippte er mit dem Speer gebieterisch darauf, als Zip nur dastand und starrte. »*Diesen!* Jetzt!«

Plötzlich hatte Zip die Hände um den Stein, dann um einen anderen, auf den der Speer als nächstes wies. Zip arbeitete unter der Anweisung dieses Speeres, bis der Himmel rot und golden war und Zip schließlich schwer atmend den letzten Stein in beiden Händen hielt.

Er hob ihn vorsichtig über die anderen und hatte Angst, daß wieder alles einstürzen würde, wenn er diesen letzten Stein daraufsetzte. »Seid Ihr sicher?« keuchte er atemlos.

Der behelmte Kopf nickte knapp, und der Speer deutete gebieterisch.

Zip setzte den Stein auf alle anderen, und ein Funke schien aus ihnen zu sprühen. Er biß ihn in die Hand und kroch sein Handgelenk hinauf. Es brannte wie Feuer.

Er taumelte rückwärts und blinzelte auf die Steine, die plötzlich blendeten. Er beschirmte die Augen vor dem grellen Schein. Ein Trick des Lichts, sagte er sich, als er die Lider wieder öffnete und das Steingebilde noch da war, aber ohne eine Spur von Feuer.

Eine Art Bienenstock aus Steinen, so festgefügt wie die Tempelmauer, in deren Schatten er stand. Noch ehe er sich besann, kniete er vor der niedrigen Öffnung, spähte hinein, um zu sehen, ob der Flußgott da war.

Und er sah etwas, rot und glühend, ruhelos in seiner gewollten Dunkelheit. Er streckte eine Hand aus, um die Steine zu berühren. Sie fühlten sich kühl an.

Er schob an einem Stein. Ohne Erfolg. Er stemmte sich gegen zwei andere. Sie gaben nicht nach. Er lächelte, dann grinste er. Er drückte die Wange an den kühlen Stein, wußte jetzt, daß der Funke nur irgendein Leuchtkäfer, und daß alles andere Illusion gewesen war, ein Augenblick eines Wachtraums.

Denn der Gott war nicht erzürnt über ihn – er war gekommen, um in dem Tempel zu wohnen, den er gebaut hatte.

Zip stieß einen lautlosen Jubelruf aus, da erinnerte er sich an den Reiter. Er erhob sich vom Altar, die Hand bereits ausgestreckt, um dem Fremden zu danken, doch da war niemand! Kein Mann in Rüstung. Kein Pferd im Pantherfell.

»Muß gehen, aber ich komm' zurück, Gott«, murmelte Zip und strich mit der Hand über den Schrein, ehe er davoneilte. »Ich komme zurück.«

Kamas Fuchsstute hatte es in der Nacht irgendwie fertiggebracht, sich zu befreien, und war davongelaufen. »Das macht sie immer wieder«, sagte Kama zu Crit, der überzeugt war, daß jemand in die Scheune eingedrungen und die Stute gestohlen hatte. »Es gibt keine Tür, die dieses Untier nicht öffnen und keinen Knoten, den es nicht durchkauen kann. Glaub mir, wir finden sie in der Stiefsohnkaserne wieder.«

Das beendete alle Mutmaßungen über das Pferd – und Kamas Versuch, Crit ein wenig aufzuheitern. Es war nicht mehr die Stiefsohnkaserne, seit nur so wenige Stiefsöhne zurückgeblieben waren. Niemand war dort mehr untergebracht. Es war zu einsam. Sie wurde jetzt als Ausrüstungslager und Pferdestall benutzt. Crit hauste hier im Geheimquartier am Schlachthof; Strat war – nun, wo Strat eben war. Randal schlief in der Magiergilde, und Kama schlief lieber mit irgendwelchen Männern als allein mit traurigen Erinnerungen.

»Ich gehe los und sehe nach«, sagte sie. »Du hast ohnehin Dienst. Dann bis heut na... – später?«

»Heute nacht würde mir passen«, erwiderte Crit sanft, dann fügte er mit etwas mehr Elan hinzu: »Wenn du mit mir zu Ischade kommen willst ... Ich kann nicht zulassen, daß das mit Strat so weitergeht. Ich muß ihn von dort herausholen.«

»Warum?« Strat war auf seine Weise für sie da gewesen. Als sie zur Wachstation zurückgekehrt waren, um ihren Bericht zu schreiben, hatte er auf sie gewartet, brachte Ischades Warnungen und verriet eine ehrliche Besorgnis. Aber Crit wurde nicht weich, gab Strat nicht einmal eine Chance, sich zu rechtfertigen.

»Sie sagt«, hatte Strat begonnen und wie so oft Ischades Namen nicht ausgesprochen, »daß mehr Schwierigkeiten aus jenem Haus kommen, als du oder deine Leute bewältigen könnten. Überlaß es uns, ja?«

Crit hatte zunächst kein Wort darauf gesagt, nur Strat auf diese Weise angestarrt, die einen wünschen ließ, in den Erdboden zu versinken. Und nach einer langen Pause hatte er gesagt, was Kama lieber nicht gehört hätte: »Ah, *uns*, soweit ist es also. Du meinst doch sie und dich, richtig? Oder irgendwelche eurer seelenlosen Untoten unter eurem gemeinsamen Kommando?«

Strat war inzwischen dagegen gewappnet. Kama hätte sich am liebsten unter dem Tisch verkrochen, hätte gern so getan, als verstehe sie nicht, was vorging, und vorgeschlagen, daß sie jetzt alle frühstückten – irgend etwas, nur nicht einfach dasitzen und stumm miterleben, wie ein Heiliger Trupp einen Eid brach.

Strat hatte bloß gesagt: »Ich hab' dir den Papierkram unterschrieben, was willst du noch? Du schaffst das nicht! Wir werden das niemandem sagen. Tasfalen – ist unser Problem. Haught ebenso. Halt deine Leute von ihnen fern, das ist alles, was ich sage.« Und dann war Strat gegangen.

Es hatte eine Zeit gegeben, da hätte Kama Crit in einem solchen Fall an sich gedrückt und das Gefühl gehabt, sie hätte etwas erreicht. Aber es lag nicht in ihrer Macht, ihn zu trösten. Trotzdem sagte sie: »Warte heute abend auf mich.« Und dann ging sie und dachte, wenn es mit Strat noch schlimmer wurde, würde Crit ihre Hilfe vielleicht wirklich brauchen. Irgend jemandes Hilfe brauchte er. Und Kama wußte, welche Schwierigkeiten sich dadurch auch mit Molin ergeben würden, daß sie versuchen mußte, Crit zu geben, was immer er auch brauchte.

So ist die Liebe, selbst in Freistatt.

Als Critias allein in seiner Schreibstube saß, versuchte er am Dienstplan zu arbeiten, bis seine Augen brannten. Schließlich, nachdem er kaum vorangekommen war, gab er es auf. Er legte seine Papiere zur Seite und beschloß, zum Karawanenplatz zu gehen, um zu sehen, ob er nicht ein verläßlicheres Pferd für Kama erstehen könnte.

Doch kaum war er hinter seinem Schreibtisch aufgestanden, kam Gayle herein und knurrte, daß da »so ein Kerl draußen ist, den Ihr Euch lieber selber ansehen solltet!«

»Ich habe keine Lust«, erwiderte Crit, dann tat ihm seine Schroffheit leid. »Entschuldige Gayle, das hat nichts mit dir zu tun. Es ist dieser verdammte Zip! Hat irgend jemand vergangene Nacht etwas Ungewöhnliches gemeldet?«

Nachts war Zips Schicht, deshalb erwartete Crit, was den Steinschrein betraf, auch keinen ehrlichen Bericht von dem Wachoffizier, hätte es nicht einmal, selbst wenn Zip mehr als seinen Namen schreiben konnte.

»Davon rede ich ja, Befehlshaber. Der Kerl ist vergangene Nacht zur Söldnerherberge gekommen und hat alle möglichen Privilegien verlangt. Jetzt sucht er Tempus.« Gayle zuckte mit den Schultern und verzog in Erwartung der nächsten Frage Crits das Gesicht. »Hab' ihm überhaupt nichts gesagt.«

»Wo da ›draußen‹ ist denn der Kerl?«

»Drunten beim Tempel des Sturmgotts. Tut, als gehöre er ihm. Schönes Pferd, schöne Ausrüstung, eine Menge locker sitzendes Kleingeld.«

»Gut. Bin schon unterwegs.« Alle kannten sie diesen Typ – sie selbst *waren* dieser Typ gewesen.

Gayle stand noch etwas unruhig da, und Crit wußte weshalb. »Jemand muß auf den Laden hier aufpassen, Freund.«

Gayle verzog das Gesicht. »Verdammte Zeitvergeudung, dieser verdammte Papierkram ist was, was jeder verdammte Dummkopf tun kann.«

»Nicht, wenn es meiner ist. Wenn Molin herkommt, dann halt ihn auf, so gut du kannst. Sag ihm, wir machen Kopien und brauchen seine Unterschrift unter – irgendwas. Versuch herauszufinden, was er in dieser Sache Tasfalen vorhat. Und sag ihm, soweit es uns betrifft, ist dieser Fall erledigt. Wir haben den Gesuchten gefunden, es liegt nichts gegen ihn vor, und wir können nichts weiter tun.«

Gayle nickte und bemühte sich, sich alles einzuprägen, nachdem Crit bereits gegangen war.

Enlil sei Dank, sein Grauer wartete noch, wo er ihn angebunden hatte. Wenn das Trospferd verschwände, würde es ein Fall für die Ordnungshüter. Aber es war glücklicherweise da. Crit strich ihm über die Nase, und es wieherte sanft, als er aufsaß und in die frühe Morgensonne ritt.

Das Schlimmste für ihn an dieser neuen Diensteinteilung war, daß er sich daran gewöhnen mußte, nachts zu schlafen und tagsüber zu arbeiten. Nach Crits Ansicht war Sonnenschein etwas, das man dem Rindvieh überließ. In Freistatt, wie fast überall, wo er bisher Dienst getan hatte, tat man alles Tuenswerte nachts.

Aber Befehlshaber zu sein, stellte eigene Anforderungen, und als er zum Tempel des Sturmgotts kam, wünschte er sich, er hätte seinem Magier Randal befohlen, ihn zu begleiten. Das Pferd, das vor dem Tempel angebunden war, deutete in jeder Beziehung auf Geld und Macht hin, und sein Pantherfell war von einer Form, wie sie Crit nie zuvor gesehen hatte.

»Wo ist der Besitzer dieses Pferdes?« fragte er den Tempelakolythen, der offenbar bezahlt worden war, darauf aufzupassen.

»Hinter dem Tempel, Befehlshaber, ein Stück die Gasse entlang.« Der Akolyth rollte die Eunuchenaugen himmelwärts, als wollte er sagen: Fragt mich nicht, warum diese Krieger tun, was sie tun.

Crit betrachtete das Streitroß, von dessen Sattel gleich zwei Schilde hingen und atmete tief durch. Sein Beitrag zur Söldnergilde war noch bezahlt. Statt abzusitzen und zu Fuß zu gehen, ritt er die Gasse an der Südwestseite des Sturmgottempels hinunter, bis er zu einem Mann kam, der in der Nähe eines Steinhaufens an der Tempelmauer lehnte, Lammspieß aß und aus einem Weinbeutel trank.

»Leben!« grüßte ihn Crit vorsichtig. Er hielt mit einer Hand Zügelkontakt zum Maul seines Pferdes, die andere lag auf der Armbrust, mit der er schießen konnte, ohne sie vom Sattelhaken zu nehmen.

»Und das übrige«, dankte der andere, dessen Helm alter Machart, wie sie weit im Westen üblich gewesen war, auf dem Steinhaufen lag. »Ich suche Tempus.«

»Ihr habt zumindest seinen Ersten Offizier gefunden.« Alte Gewohnheiten haften lange. »Ich bin hier zuständig, bis er zurückkehrt.« Alles an diesem Kämpfer deutete darauf hin, daß er imstande war, große Schwierigkeiten zu machen. Und die Tatsache, daß er den Geheimnisvollen suchte, erleichterte es nicht, denn wen Tempus in seiner Truppe wollte, hatte er längst aufgenommen.

»Dann tut Ihr's auch.«

»Danke. Was tue ich auch?«

»Ich biete Euch meine Dienste an. Tempus braucht hier ein wenig Hilfe, sagte man mir.« Der Mann hatte in etwa Crits Größe, er war mittleren Alters und wies genug Narben von Schlachten auf, die bewiesen, daß er sterblich war. Die rotbraunen Augen in seinem Gesicht bannten Crit unerbittlich, und der Stiefsohn hatte den deutlichen Eindruck, daß er argwöhnisch gemustert wurde.

»Er ist nicht hier, wie ich schon sagte.«

»Aber die Probleme sind hier, und Ihr habt nicht genug Leute, sagte man mir in der Gildenherberge.«

»Wer hat Euch geschickt?« Er klopfte nicht auf den Busch. Wenn dieser Kämpfer ein Söldner war, könnten die Gildenunterlagen ihm etwas über ihn sagen – falls er mehr über ihn wissen wollte.

Ein schmales Lächeln, bei dem keine Zähne zu sehen waren. »Euer Wunsch, sicherlich – und der Wunsch des Geheimnisvollen. Der Sturmgott, wenn Ihr so wollt.«

Crit haßte solche versteckten Andeutungen. Dieser Mann war von einer Kämpferklasse, wie er sie normalerweise nicht unter sich hatte, und wenn dieser Neue in Freistatt blieb, mußte eine Regelung zwischen ihnen getroffen werden. Er konnte es sich nicht leisten, daß ein solcher Mann gegen ihn arbeitete. Und wenn er war, was er zu sein schien

– ein Bekannter von Tempus –, könnte er zu einem Licht am Ende eines Tunnels werden.

Der Mann, der an der Wand lehnte, kaute lediglich an den aufgespießten Lammstückchen und betrachtete Crit und das graue Pferd, bis Critias klar war, daß er absitzen mußte, wenn er sich keinen Feind machen wollte. Kaum stand er auf dem Boden, warf der Fremde seinen Spieß weg und kam auf ihn zu. Als er den Steinhaufen erreichte, stützte er einen Fuß darauf und holte sich seinen Helm. »Man nennt mich Hirt«, sagte er und streckte die Hand aus.

»So soll es sein«, erwiderte Crit und nahm die Hand. Zwischen ihnen standen die zusammengefügten Steine, und Crit wollte sie nicht berühren. Er erinnerte sich, was Kama über Zip und die Steine gesagt hatte, aber sie erschienen ihm bei weitem nicht so wichtig wie dieser Mann vor ihm. »Nun, Hirt, ich benutze hier meinen Kriegsnamen nicht, also nennt mich Critias.« Er löste den Griff und wischte seine Hand an seinem Wams ab.

Hinter Crit schnaubte der Graue, das erinnerte den Stiefsohn, und er sagte: »Wir haben hier reichlich Arbeit für den richtigen Mann, aber die Art hängt davon ab, wie lange Ihr bleibt. Und welche Empfehlungen Ihr vorweisen könnt. Mehr hoffentlich als nur den Beweis der Gunst des Sturmgotts.«

»Mehr als die Gunst der Götter, ja«, entgegnete Hirt und tippte mit dem Fuß auf den Steinhaufen. »Götter: Man kann nicht mit ihnen leben, und man kann sie nicht erschießen.« Er schüttelte den Kopf in gespieltem Ärger, um klarzumachen, daß die Bemerkung humorvoll gemeint war, aber sie erschien Crit merkwürdig, ebenso merkwürdig wie die Tatsache, daß dieser Hirt in den Fußstapfen des Geheimnisvollen nach Freistatt gekommen war.

# Im Herzen des Lichts

## David Drake

»Ihr braucht einen Dolch, Karawanenmeister«, sagte der Fremde zu Samlor hil Samt, während er bedächtig eine Waffe aus seinem Umhang holte.

Der Mann hatte nicht laut gesprochen, aber es gab bestimmte Worte, bei denen im Wilden Einhorn alles aufhorchte. Waffenbezeichnungen gehörten dazu sowie alle Worte, die mit Geld zusammenhingen. Die Unterhaltung verstummte oder wurde zumindest leiser; Augen blickten von Krügen oder Würfelbechern auf.

Samlors Nerven waren bereits gespannt, doch ihm machte momentan mehr als das Wort ›Dolch‹ zu schaffen, so daß seine Rechte unwillkürlich auf den Messingknauf und den Griff des langen Kampfmessers in der Scheide am Gürtel zuglitt.

Gleichzeitig schwang Samlors linker Arm nach hinten, um nach seiner sieben Jahre alten Nichte Stern zu tasten. Er hatte sie hierher mitgenommen, weil es für sie keinen sichereren Ort gab als beim Bruder ihrer Mutter – was fast bedeutete, daß es in diesem Leben überhaupt keine Sicherheit gab.

Seit dreiundvierzig Jahren hatte Samlor hil Samt geschafft, zu tun, was er glaubte, tun zu müssen, ohne Rücksicht auf den Preis, den er dafür zahlte, oder was es diejenigen kostete, die zwischen ihm und der Pflicht standen.

Der Fremde hätte ihn nicht ›Karawanenmeister‹ nennen sollen. Samlor war Karawanenmeister, schon seit er sich entschlossen hatte, seine Familie aus der Armut zu ziehen, trotz der Verachtung, mit der seine Verwandten ihn bedachten, weil er die cirdonische Aristokratie in den Schmutz zog, indem er einen Beruf ergriff. Doch niemand in Freistatt hätte Samlor erkennen dürfen, denn wenn er erkannt wurde, steckten er und Stern in den allergrößten Schwierigkeiten. Es gab einige Leute in Freistatt, die sich Samlor tot wünschten.

Wenn er seine Kamele unterwegs für die Nacht versorgt hatte, ging Samlor rund um das Lager herum und stocherte in Spalten und Löchern mit einem Kornelkirschstab, der so geschmeidig war, daß er damit bis auf Armlänge selbst in einen gewundenen Bau langen konnte.

Falls sein Stochern mit einem erbosten Zischen oder mit dem Scharren von Zähnen auf dem Stab beantwortet wurde, verstopfte er das Loch entweder oder lockte die Schlange heraus und machte sie mit einem peitschenschnellen Zukken seines Stabes unschädlich. Nur so ließ sich verhindern, daß Tiere und Menschen gebissen wurden, wenn sie sich im Schlaf auf Vipern wälzten.

Die Karawanenrouten waren eine harte Schule, doch was er dort lernte, hatte Samlor, indem er es auf menschliche Feinde übertrug, ein längeres Leben beschert, als wohl ansonsten der Fall gewesen wäre.

Freistatt, dachte er, war ein Problem, das sich besser meiden als lösen ließ. Samlor hatte nicht die Absicht gehabt, die Stadt je wieder zu sehen – und zu *riechen* –, bis der Bote mit dem Brief von Samlane gekommen war.

Es hätte eine Fälschung sein können, aber die Schrift stimmte und die Botschaft verriet die rechte Selbstverständlichkeit, mit der sie annahm, daß Samlor in dieser Sache tun würde, was seine Schwester letztwillig verfügt hatte …

Und das Papier war so vergilbt vom Alter, obwohl es im Tresor eines Bankiers aufbewahrt gewesen war, daß das Dokument durchaus geschrieben worden sein konnte, ehe Samlane gestorben war.*

* *Göttin* von David Drake, Geschichten aus der Diebeswelt: *Zum Wilden Einhorn*, Bastei-Lübbe 20093

Samlor vermochte sich nicht vorzustellen, welches Erbe das Risiko wert war, Stern zurück nach Freistatt zu bringen, aber seine Schwester war nur auf törichte Weise zerstörerisch gewesen, soweit es um sie selbst ging. Wenn das Erbe, das Stern mit sieben zukommen würde, so wichtig war, sah es Samlor als seine Pflicht als Oheim des Kindes an, daß sie es auch bekam.

Also befand er sich wieder in Freistatt, wo niemand sicher war; und ein Mann, den er nicht kannte, hatte eben kundgetan, daß er wußte, wer er war.

Stern legte ein Händchen auf den Ellbogen ihres Oheims, um ihn durch ihre Nähe zu beruhigen und durch die Versicherung, daß sie seine Anspannung verstand.

Das Halunkentrio an der Tür blickte um sich. Es waren Gassenjungen, die ihre Bandenzugehörigkeit mit gleichen gelben Halstüchern kundtaten. Bei den Göttern, sie waren gefährlich, wie eine Schar Paviane gefährlich war. Und wie Paviane stanken und plapperten sie und bedienten sich explosiver Feindseligkeit gegenüber Außenstehenden in Situationen, in der Menschen Intelligenz für nützlicher befunden hätten.

Vier Soldaten in Zivil saßen mit einem Zuhälter und einer Frau an einem Tisch nahe der Theke. Der Zuhälter musterte Samlor und schätzte die Situation ab. Die Frau schaute den Karawanenmeister mit trüben Augen an.

Nach kurzer Wachsamkeit in Erwartung einer möglichen Schlägerei fuhren die Soldaten fort, über den Preis zu feilschen, für den die Frau draußen in der Gasse für sie alle vier zu haben sein würde.

Etwa ein Dutzend weitere Gäste hielten sich in der Schenke auf, dazu der Wirt und die Schankmaid, die zwischen den Tischen dahinschlurfte und zu müde war, sich gegen die Hände zu wehren, die nach ihr griffen. Die Gäste hier trugen unterschiedliche Kleidung, aus der sich ihr Reichtum oder ihre Armut abschätzen ließ. Daß sie möglicherweise zum lichtscheuen Gesindel zählten, ließ sich nur daraus schließen, daß sie hier offenbar Stammgäste waren.

»Ich brauche keinen Dolch«, sagte Samlor. Er ließ Stern los, um die Linke frei zu haben, während seine Rechte sein Gürtelmesser ein paar Zoll aus der Scheide zog. »Ich habe einen.«

An Samlors Waffe war nichts auffällig. Die Klinge war einen Fuß lang, das Metall schmucklos. Sie war aus gutem Stahl geschmiedet, aber auch das war nichts Ungewöhnliches.

In letzter Zeit hatte man in Freistatt mehrere Klingen aus Enlibar-Stahl gesehen. Sie waren aus einem Eisen mit beigemischtem blaugrünem Kupfererz, das von Erdgeistern, von Kobolden, verwünscht war. Dieses Erz ließ sich nur auf magische Weise schmelzen, und man sagte ihm nach, daß es Schwertklingen außerordentlich geschmeidige Härte verlieh.

Samlor hatte sich für diese Berichte interessiert, aber er hatte bisher mit dem überlebt, was er besaß und von dem er sicher war, daß er damit gut umgehen konnte. Experimente mit Kobold-Stahl überließ er lieber anderen.

»Trotzdem werdet Ihr diesen wollen«, beharrte der Fremde und hob den Dolch an der Parierstange, so daß der Knauf auf Samlor wies.

Keine Drohung, nur ein Mann, der etwas verkaufen möchte, dachte der Cirdonier, während er sich seitwärts von dem Fremden entfernte, um zum Schanktisch zu gelangen. Aber auch wenn er mit ziemlicher Sicherheit harmlos war, schob Samlor doch Stern vor sich her, damit er sich zwischen ihr und der Waffe befand, auf die der Mann unbedingt seine Aufmerksamkeit lenken wollte. Der Bursche hatte Samlor beim Betreten des Wilden Einhorns eingeschätzt und seinen Beruf aufgrund seiner Aufmachung erraten. Vielleicht der Trick eines Betrügers, aber nicht eines Meuchlers.

Trotzdem würde er kein Risiko eingehen.

»Wann gehen wir schlafen, Oheim?« fragte Stern fast weinerlich, was bedeutete, daß sie sehr müde war.

Stern war ein ungewöhnliches Kind, aber trotzdem eben noch ein Kind.

»Zwei Krug blauen Hannes«, bestellte der Cirdonier so laut, daß der Wirt ihn auch über den halben Schanktisch hinweg hören mußte. Aber der Mann blickte sie ohnehin bereits an, er sah aus wie ein etwas zu fett geratener Ringer, sein Haar lichtete sich, und seine Narben verrieten, daß er diese Arbeit oder ähnliche seit vielen Jahren ausübte.

Auch wenn ihn etwas während dieser Zeit den linken Daumen gekostet hatte, war er es jedenfalls, der noch lebte und die Geschichte erzählen könnte. Und das war es, worauf es ankam.

»*Ich* möchte ...«, sagte Stern mit schriller Stimme.

»Und zwei Bier, um ihn hinunterzuspülen«, rief Samlor, um sie zu übertönen. Während seine Linke nach seinem Beutel am Gürtel langte, strich er flüchtig über Sterns Kapuze, wo sie den Wirbel weißen Haares bedeckte, dem sie ihren Namen verdankte. Sie verstummte, obwohl die Berührung sanft war.

Sterns Mutter hatte sich in Dinge verstrickt, die sie schließlich umgebracht – oder vielmehr dazu geführt hatten, daß sie sterben mußte. Ihr Kind hatte erschreckende Kräfte, wenn Notwendigkeit und Umstände zusammentrafen, sie zu wecken.

Aber Samlor hil Samt brauchte keine Magie, um jemanden einzuschüchtern, der ihn so gut kannte wie das Kind. Er würde sie nicht schlagen. Sein Zorn war so wirklich wie das Gestein, das weiß in den Abgründen eines Vulkans glühte.

Stern war alt genug, diesen Zorn zu erkennen, und klug genug, ihn zu vermeiden, selbst wenn sie übermüdet war.

Die Münze, die Samlor zwischen Mittel- und Zeigefinger seiner Linken hielt, war verhältnismäßig klein, aber aus Gold. Sie zeigte dem scharfäugigen Wirt an, daß sein Gast mehr als nur zu trinken wollte, und sein Versprechen, daß er für den zusätzlichen Dienst gut bezahlen würde. Der Mann hinter dem Schanktisch nickte und schöpfte geronnene Milch aus einer irdenen Kanne unter der Theke.

Es gab kein erfrischenderes Getränk als blauer Hannes für einen Wanderer, der müde und hungrig war. Es war ein Getränk für Karawanenleute – und Samlor war ein Karawanenmann, das sah ein jeder, noch bevor er bestellt hatte. Er hätte sich nicht wundern dürfen, daß der Fremde ihn entsprechend angeredet hatte.

Samlor trug einen Umhang, den er halb hochgesteckt hatte wie beim Reiten. Wenn er schlief oder kaltem Wind ausgesetzt war, konnte dieses Kleidungsstück ihn vom Kopf bis zu den Zehen schützen. Die geschorene Wolle, aus der es dicht gewebt war, hatte einen natürlichen blauschwarzen Ton, aber es war nie gewaschen oder gefärbt worden, so machte das Lanolin, das dadurch in der Wolle geblieben war, den Umhang fast wasserundurchlässig.

Auch der Kittel, den er darunter trug, war aus Wolle, doch rostbraun gefärbt. Wenn er auf der Karawanenstraße noch vor Morgengrauen aufbrach, trug Samlor bis zu drei ähnliche Kittel übereinander, die er nach und nach auszog und hinter seinen Sattel band, je wärmer die Sonne schien.

Sein Unterkleid war aus Seide, der einzige Luxus, den Samlor sich leistete, während er unterwegs war.

Er war ein breitschultriger Mann mit mächtiger Brust, doch selbst für einen noch größeren, kräftigeren Mann wären seine Handgelenke dick gewesen. Die Haut seiner Hände und seines Gesichts war rauh von unzähligen Stürmen.

Wenn Samlor lächelte, was selten vorkam, huschte dieser Ausdruck mit der Verlegenheit eines Besuchers über sein Gesicht, der versehentlich an der falschen Tür geklopft hat. Wenn er Befehle erteilte, blieb seine Miene unbewegt, und aus seiner kühlen, brüsken Stimme sprach absolutes Selbstvertrauen.

Wenn Samlor hil Samt zornig genug war zu töten, sprach er weichen, spöttischen Tons. Die Muskeln spannten sich über seine Wangenknochen und zogen sich zu einem Ausdruck zusammen, der sein Gesicht fast nichtmenschlich erscheinen ließ.

So zornig wurde er jedoch sehr selten, und jetzt war er nicht wirklich zornig, nur vorsichtig, und er brauchte dringend Auskunft, bevor er Stern und ihr Erbe aus dieser *verdammenswerten* Stadt bringen konnte.

Die dicke Milch wurde in hölzernen Bechern serviert, die sich durch die schweißigen Hände Hunderter von Gästen dunkel verfärbt hatten. Während der Wirt offensichtlich überlegte, ob er nach der Münze greifen oder zuerst das Bier zapfen sollte, sagte Samlor: »Ich versuche einen Mann in dieser Stadt zu finden und hoffe, Ihr könnt mir helfen. Es geht um ein Geschäft, aber kein – gefährliches Geschäft.«

Das entsprach der Wahrheit, doch weder der Wirt noch irgendeiner in dieser Spelunke würde es glauben.

Nicht, daß es sie berührte, solange sie in guter Münze bezahlt wurden.

»Ein Stammgast?« fragte der Wirt leise, während seine Hand nun doch nach dem Goldstück langte, das Samlor noch nicht loszulassen bereit war.

»Das bezweifle ich«, antwortete der Cirdonier mit einem falschen, flüchtigen Lächeln. »Er heißt Setios. Ein Geschäftsmann, ein Bankier möglicherweise. Oder vielleicht jemand, der mit Magie zu tun hat. Ich hörte, daß er einen Dämon in einer Kristallflasche gefangenhält.«

Man konnte nie wissen, wie jemand auf die Erwähnung von Zauberei oder eines Magiers reagierte. Manche Männer konnten erbleichen und zurückweichen – oder versuchen, einem die Kehle durchzuschneiden, um nicht mehr hören zu müssen.

Der Wirt lächelte nur und sagte: »Vielleicht kennt ihn jemand. Ich werde mich umhören.« Er drehte sich um. Die Münze verschwand in einer Tasche seines Schurzes.

»Oheim, es *gefällt* mir nicht ...«

»Und das Bier, Freund«, rief Samlor etwas lauter.

In einer solchen Schenke gab es für ein Kind wenig Geeignetes zu trinken. Stern hatte keine Jahrzehnte Karawanenleben hinter sich, keine Tage, an denen irgendein Trunk besser war als das Lächeln einer Göttin. Das Bier war vernünftiger als das, was hier als Wein ausgeschenkt wurde, und beides war gesünder als das Wasser hier.

»Das ist ein ganz besonderes Messer«, sagte eine Stimme an Samlors Schulter.

Der Cirdonier drehte sich mit ausdruckslosem Gesicht um. Er war fast bereit, seinen Sinnen nicht zu glauben, daß dieser Fremde immer noch versuchte, ihm einen Dolch zu verkaufen, und das in einer Schenke, wo unerwünschte Hartnäckigkeit gewöhnlich zu irgend jemands Tod führte.

»Laßt mich in Ruhe!« warnte Samlor, »oder ich schmeiße Euch durch ein Fenster.« Er deutete mit dem Kopf auf die Wand, wo Weidengeflecht die großen Öffnungen zu beiden Seiten der Tür schützten.

Samlor meinte genau, was er sagte, obwohl es Unannehmlichkeiten verursachen würde, die er wirklich lieber vermied.

Stern war nicht die einzige, die vor Erschöpfung gefährlich unruhig war.

Der Mann wirkte nicht bedrohlich, nur aufreizend. Er war zwischen ein und zwei Zoll kleiner als Samlor, hatte einen fast weibisch feinen Knochenbau und trug einen weißen Linnenkilt mit scharlachrotem Saum, der auf einer Seite durch einen Gürtel aus prächtigem Goldbrokat geschürzt war. Sein langer Umhang war aus weichem, blauem Tuch, doch sein Oberkörper darunter war nackt. Die Haut schimmerte kupferbraun und seine Brust war zwar unbehaart, aber muskulös.

Der Fremde blinzelte und wich einen halben Schritt zurück. Samlor fing die beiden Biere auf, die ihm der Wirt über die glatte Platte des Schanktischs zuschob.

»Da, Stern.« Der Cirdonier reichte eines seinem Mündel hinunter. »Es ist das Vernünftigste, also jammere nicht. Ein andermal gibt es etwas, das dir lieber ist, ja?«

Das Bier war in Lederkrügen, und der Teer, mit dem die Nähte gedichtet waren, verlieh dem Getränk seinen eigenen Geschmack. Hier war man daran gewöhnt, doch nicht Samlor, geschweige denn seine Nichte.

Der Wirt winkte einen mausgrauen Mann an einem Ecktisch herbei. Samlor wäre die Aufforderung gar nicht aufgefallen, hätte er sie nicht erwartet. Die beiden Männer begannen am hinteren Ende des Schanktischs mit gesenkten Stimmen zu reden.

Die Schenke wurde durch eine Laterne hinter der Theke beleuchtet und durch Lampen, die in der Mitte der Stube von einem Bügel an der Decke hingen. Besonders gutes Licht gaben diese billigen Öllampen nicht ab, die Flammen waren von Rauch überlagert, so daß die Gaststube in einem Dunst lag, der so bitter war wie die Gesichter der Gäste.

»Wirklich, Meister Samlor«, sagte der Fremde, »Ihr *müßt* Euch diesen Dolch ansehen!«

Sein Name hielt für den Cirdonier die Zeit an, obwohl offenbar niemand sonst im Wilden Einhorn darauf geachtet hatte. Die stumpfe Seite der Klinge schaute zu ihm. Der schlanke Mann hielt den Griff zwischen Daumen und Zeigefinger und balancierte das untere Ende der Klinge über der Spitze seines anderen Zeigefingers – nicht einmal ein Balbiermesser kann schneiden, wenn nicht mehr als die Stärke der Schwerkraft es bewegt.

Der Fremde lächelte, er stand reglos da, und der Dolch, den er hielt ...

Der Dolch war wahrhaftig sehr interessant.

Der Griff war ungewöhnlich und vielleicht nicht unschön, aber das wahre Wunder der Waffe war ihre Klinge.

Stahl wird spröder, je härter er wird. Das größte Geheimnis der Schwertschmiedekunst ist das Tempern, das den

Klingen erlaubt, zu hauen, ohne zu zerspringen, während sie doch hart genug bleiben, die Rüstung einers Gegners zu durchdringen.

Eine Möglichkeit, das Problem zu umgehen, besteht darin, ein Stück weichen Eisens mit einem mit dem höchstmöglichen Kohlenstoffgehalt gehärteten Stück Stahl zusammenzuschweißen.

Wird das richtig gemacht, ist das Ergebnis eine Klinge, deren Härte in geschmeidigen Schichten liegt. Wenige Schmiede verfügten über die Geschicklichkeit und Geduld, solche Klingen zu schmieden, und wenige Kunden verfügten über den Reichtum, für eine solche Arbeit zu bezahlen.

Aber dieser Fremde bildete sich offenbar ein, Samlor gehöre zu der Kategorie wohlhabender Kunden – was tatsächlich der Fall war, wenn der Karawanenmeister etwas unbedingt erwerben wollte.

Die Klinge war wunderschön. Sie war zweischneidig und einen Fuß lang, und die geschliffenen Oberflächen beschrieben flache Kurven. Die Klinge fiel von der hohen Längsrippe in der Mitte, die ihr Härte verlieh, schräg zu den beiden Schneiden ab – und entlang der ganzen Länge tanzte und schimmerte die Oberfläche mit dem polierten, säuregeprägten Schneckenmuster der verschiedenartigen Metalle, aus denen sie bestand.

Selbst ohne ihren praktischen Zweck hätte die damaszierte Klinge allein ihres Aussehens wegen einen hohen Preis verdient.

Samlors Augen brannten. Er blinzelte, denn in dem flakkernden Lampenschein sahen die spinnfädenfeinen Linien des Eisens im Stahl wie eine Schrift aus.

Der Fremde lächelte noch breiter.

»Onk...«, begann Stern, bevor sie sich besann und am linken Ärmel des Karawanenmeisters zupfte.

Die Eisenschatten im Herzen der Klinge ergaben in cirdonischer Schrift: »ER WIRD ANGREIFEN.« Einen Augenblick zuvor waren sie nur Metallkräusel gewesen.

Die Hand des Fremden glitt ganz um den Griff, den er bisher nur mit zwei Fingern zum Vorzeigen gehalten hatte. Er drehte ihn blitzschnell zu einem Streich gegen Samlors Augen.

Samlor glaubte den Worten auf dem Stahl nicht. Er glaubte nicht einmal, daß er sie wirklich gesehen hatte. Doch ein Teil seines Verstandes reagierte: Samlor handelte.

Des Cirdoniers Linke schoß vor und quetschte die Finger des Fremden um den Griff seiner Waffe, wodurch der Hieb zu einem harmlosen Aufwärtsschwung wurde. Das Metall, das Samlor dabei berührte, war kühler als die Luft, obwohl der Fremde die Waffe ursprünglich unter dem Umhang getragen hatte. Samlors Rechte riß seinen eigenen Dolch hoch und rammte ihn in den Brustkorb des Fremden.

Der Fremde ruckte durch den kräftigen Stoß hoch. Sein Kopf kippte nach hinten und krachte gegen den Bügel, von dem die Lampen hingen. Das schwere Öl schwappte über und löschte die brennenden Dochte.

»Stern, bleib hinter mir!« befahl Samlor, als es dunkler wurde und seine Rechte nach unten griff, um seine Waffe aus dem Körper zu ziehen. Die Leiche sank vorwärts, aber die Klinge blieb stecken.

Jemand warf einen Bierkrug, der die Laterne hinter dem Schanktisch zerschmetterte. Jetzt war das Wilde Einhorn so dunkel wie der Höllenschlund.

Samlor duckte sich und stemmte den Rücken gegen die Theke, während er mit genug Kraft, um ein Kamel auf die Knie zu zwingen, an seinem Messergriff zog.

Ein Stöhnen war zu hören, als ein Eichentisch umkippte. Jemand schrie, als würde er vom Bauch bis zur Gurgel aufgeschlitzt – was durchaus der Fall sein mochte. Dunkelheit an einem solchen Ort war gleichermaßen eine Gelegenheit für alles mögliche und eine Quelle der Panik. Beides konnte zum Gemetzel führen.

Samlors Messer löste sich einfach nicht. Er hatte nicht

gespürt, daß er Knochen getroffen hatte, und es fühlte sich auch nicht an, als säße die Spitze in den Rippen des Fremden fest. Die Klinge bewegte sich überhaupt nicht. Es war mehr ein Gefühl, als hätte er den Stahl in frischen Beton gestoßen und wäre am nächsten Tag zurückgekehrt, um zu versuchen, ihn herauszuziehen.

Einen Vorteil hat es, wenn man einen Kampf mit dem Messer gewinnt, denn falls dabei die eigene Waffe unbrauchbar wird, kann man sich der des Gegners bedienen. Des Cirdoniers Linke riß den Dolchgriff aus den schlaffen Fingern des Mannes, den er gerade getötet hatte, während sein rechter Arm nach hinten schwang, um seine Nichte an sich zu ziehen. Ein Wurfmesser strich an seinem Ärmel vorbei. Seine Spitze war zu stumpf, um sich in den Schanktisch zu bohren, gegen den es wie ein Armbrustbolzen prallte.

Stern war nicht da. Samlor erhielt auch keinerlei Antwort, als er verzweifelt ihren Namen rief.

An der anderen Seite der Wirtsstube krachte Stahl gegen Stahl, und orangefarbene Funken sprühten. Jemand außerhalb der Schenke schrie eine Warnung, doch ein mörderisches Handgemenge blockierte bereits die einzige Tür zur Straße.

Es blieben die Tür zur Gasse auf der entgegengesetzten Seite der Schenke; die zum oberen Stockwerk führende Treppe – die Samlor in der Dunkelheit nicht sehen konnte, außerdem wäre der Versuch, dort hinaufzusteigen, wahrscheinlich ohnehin lebensgefährlich; und eine dritte Möglichkeit, die schneller und sicherer war als Gassentür und Treppe, obwohl auch sie im Grunde alles andere denn schnell oder sicher war.

Samlor faßte die Leiche seines Opfers unter beiden Achselhöhlen und stürmte vorwärts, wobei er den Toten als Schild benutzte.

Seine Nichte mochte noch in der Schankstube sein, aber er konnte sie in der Dunkelheit unmöglich finden, wenn sie nicht antwortete – oder vielleicht nicht imstande war, zu antworten. Stern war ein vernünftiges Mädchen, das vielleicht geschrien, aber bestimmt nicht aus Panik geschwiegen hätte, wenn Samlor nach ihr rief.

Er befürchtete viel mehr, daß sie in dem Augenblick, als die Lichter ausgingen, zur Tür gerannt war und sich jetzt in den Händen von jemandem befand, der wußte, wieviel eine Jungfrau ihres Alters in diesem Höllenloch einbringen würde.

Jemand streifte Samlor an der Seite und wich heulend zurück. Samlor setzte bei der Berührung seinen neuen Dolch nicht ein, denn Stern mochte immer noch in Reichweite seiner Klinge sein. Lieber ließ er sich selbst erstechen, als versehentlich diesen furchtbaren Fehler zu machen.

Samlor trat auf ein ausgestrecktes Bein, das unter seinem Stiefel nachgab, aber nicht zuckte. Dann schlug die Leiche gegen das Weidengeflecht rechts von der Tür, und der Cirdonier setzte die ganze Kraft seines Rückens und seiner Schultern ein, um es hinaus auf die Straße zu drücken.

Das Geflecht war morsch, und viele der Ruten splitterten bereits von den Holznägeln ab, mit denen sie am Rahmen befestigt waren. Trotzdem war das Geflecht noch widerstandsfähiger als dünne Holzläden, und Samlor spürte verärgert, wie es zurückschnellte.

Schließlich gab jedoch der Rahmen nach, und die Leiche fiel mitsamt dem Weidengeflecht auf die Straße hinaus.

Nebelschleier verbargen zwar Sterne und Mond, trotzdem genügte das Himmelslicht, daß Samlor die Fensteröffnung erkennen konnte. Er tauchte über die Fensterbank, hielt sich jedoch so tief wie möglich. Er hätte sich auch mit der freien Rechten aufstützen und darüber schwingen können, um mit den Füßen zu landen, statt mit der Schulter auf die Straße zu prallen ...

Doch hätte er das getan, würde sich das Messer, das dicht über ihm durch die Luft zischte, statt dessen zwischen seine

Schulterblätter gebohrt haben. Genau wie Haie, die Blut gerochen haben, brauchen Raufbolde keinen Grund, um zu töten, lediglich eine Zielscheibe.

*»Stern!«* brüllte der Karawanenmeister, als er aufschlug. Sein Umhang und die Schultermuskeln hatten den Fall bremsen müssen, denn seine Linke hielt den langen Dolch, von dem in den nächsten Augenblicken sein Überleben abhängen mochte.

Die Tür zur Schenke neben Samlor war von zwei Männern blockiert: der größere hielt den kleineren und stach immer wieder auf ihn ein.

Ein Wachmann war aus einer Tür ein Stück unterhalb an der Straße getreten. Die Laterne, die er hochhielt, beleuchtete keine Gestalten, dafür spiegelte sich ihr Licht schwankend im Metall in den Händen eines halben Dutzends Männer, die auf die Schenke zurannten.

Samlor hatte gehört, daß aus allen paar Blocks der Altstadt Miliz zusammengestellt worden war. Sie unterschieden sich von den Straßenbanden durch ihre Entschlossenheit, für Ordnung zu sorgen und ihr Revier zu schützen – doch das bedeutete nicht, daß es für einen Außenstehenden ratsam war, ihnen in die Hände zu geraten, nachdem er in ihrem Hoheitsgebiet eine Rauferei ausgelöst hatte. Angehörige der Miliz hielten eine Gerichtsverhandlung gewöhnlich nicht für nötig, wenn Schlinge oder Schwert zur Hand waren.

Der Trupp, der aus der entgegengesetzten Richtung auf den Lärm zumarschierte, wurde *bezahlt*, für Recht und Ordnung zu sorgen, doch die Neigungen der Männer dieses Trupps waren persönlicherer Art. Sie waren Standortsoldaten, und je schneller sie die Unruhe behoben, desto rascher konnten sie in ihre Kaserne zurückkehren, wo sie sich keine Sorgen wegen herabregnender Dachziegel und durch die Luft fliegender Ziegelsteine zu machen brauchten.

Einer der Soldaten trug eine Laterne auf einem Stock. Ihr Glas war mit feinem Maschendraht geschützt. Bewaffnet waren die Soldaten mit Streitäxten, Hellebarden und kurzen Piken, und sie setzten die Stiefel so laut auf, daß sich nur der Schluß ziehen ließ, sie hofften, genügend einzuschüchtern, damit das Problem sich von selbst löste, ohne daß sie eingreifen mußten.

Samlor war durchaus bereit, ihnen diesen Wunsch zu erfüllen. Die Frage war nur, wie.

Stern befand sich nicht auf der Straße und antwortete auch nicht. Er würde sie finden, und wenn er ganz Freistatt im Blut seiner Bewohner davonspülen müßte. Doch zunächst mußte er zusehen, daß er sich aus diesem Schlamassel absetzte, in das das Schicksal ihn ohne seine Schuld hineingezogen hatte.

*Warum* hatte ihn dieser plumpe Fremde angegriffen. Warum hatte er ihn überhaupt angesprochen?

Doch zuerst mußte Samlor ans Überleben denken.

Er nahm den Dolch in die Rechte und tauchte in die nächste Gasse.

Der Durchgang war etwa so breit wie seine Schultern, aber eine eisenbeschlagene Tür führte in das gegenüberliegende Haus. Samlor drückte beim Vorbeilaufen dagegen. Hätte sie sich geöffnet, wäre er in das Haus gesprungen und hätte sich mit den Bewohnern, oder wer sich sonst darin befand, befaßt, wie die Situation sich ergab.

Aber wie erwartet, gab die Tür nicht nach.

Die Gasse folgte einem Mauerknick, wo Samlor im Schankraum des Wilden Einhorns nur eine gerade Wand in Erinnerung hatte. Er drückte sich daran vorbei in tiefe Dunkelheit, bis jemand in der Schenke wieder eine Lampe anzündete.

An dieser Seite der Wirtsstube befanden sich zwei Fensterschlitze. Einer war noch mit Weidengeflecht geschlossen, aber Licht im Innern hob das Rechteck des anderen ab, von dem das Geflecht weggerissen war.

Aber das nutzte dem Karawanenmeister nichts, denn

nicht einmal ein schmächtiger Erwachsener hätte sich hindurchzwängen können.

Samlor öffnete den Mund, um zu rufen, doch das Kind inmitten von vier Männern schrie bereits: *»Onkel Samlor!«*

Zwischen ihm und Stern waren drei Männer dicht beisammen in dem schmalen Durchgang, so daß die staubhelle Kleidung des Kindes nur ein Schimmer hinter ihren Beinen war. Die drei waren die jugendlichen Bandenmitglieder vom Tisch neben der Eingangstür. Auf der anderen Seite stand der vierte Mann, der hochgewachsen und vermummt war und Sterns Fluchtweg blockierte.

Beleuchtet wurde der Durchgang nur durch den Hauch von Licht, der aus der Schenke fiel und von der schmutzigen Hauswand gegenüber zurückgeworfen wurde. Aber es genügte Samlor. Er zog das Schnappmesser aus seiner Scheide am Rücken unter seinem Kragen und hielt es so, daß die schmale Spitze zwischen dem Ring- und Mittelfinger seiner Linken hervorsah.

Ehe der Karawanenmeister eingreifen konnte, trat der Vermummte an der zurückweichenden Stern vorbei und hielt dem Halunkentrio seinen Stab senkrecht entgegen. Entweder flatterte seine Kapuze leicht, oder eine winzige Gestalt hüpfte auf der Schulter des Vermummten herum.

»Was wollt ihr mit diesem Kind?« fragte er scharf. »Hebt euch hinweg!«

»He!« sagte das nächste Bürschchen. Er wich unsicher einen Schritt zurück und rempelte dabei einen Kameraden an.

Der Stab glühte in einem blassen Blau, einer verschwommenen Farbe, die in der Luft zu hängen schien, als er zitterte. Das Gesicht unter der Kapuze verriet grimmige Entschlossenheit und nur mühsam beherrschte Furcht. Der Stab zitterte, weil der Fremde Angst hatte.

Samlor hielt inne. Falls die Burschen aus Angst vor dem Mann mit dem Stab davonrannten, brauchte er selbst gar nicht einzugreifen.

Er wußte nicht, was zu erwarten war. Er zog es vor, lieber selbst zu handeln – aber nicht im Augenblick. Für Stern bestand keine unmittelbare Gefahr mehr, also gab es keinen Grund, sich zu ereifern.

Etwas – ein *Menschlein*, daran bestand kein Zweifel, aber es war höchstens eine Handspanne groß! – stand auf der rechten Schulter des Mannes mit dem glühenden Stab. Das winzige Kerlchen hüpfte auf und ab und piepste: »Fürchte nicht, das Richtige zu tun!«

Ein Halunke fluchte und schwang seine Waffe nach dem Stab.

Statt Klingen oder Prügel trug dieses Trio Halbstarker Ketten, die Samlor in der Schenke versehentlich für Teil einer Rüstung oder Zierat gehalten hatte, da sie von der Schulter eines jeden der drei, durch eine Epaulette geschlungen, heruntergehangen hatten. Jede Kette war etwa einen Meter lang und bestand aus feinen, dicht zusammengefügten Gliedern. Sie waren glasglatt poliert und bei zweien versilbert, beim dritten vergoldet. Und dieser dritte schwang seine nun in einem glitzernden Bogen.

Beide Kettenenden waren durch Bleikugeln beschwert und mit Stahldornen bestückt. Diese Kugeln waren schwer genug zu betäuben oder zu töten, aber trotzdem noch so leicht, daß sie mühelos und mit erstaunlicher Behendigkeit geschwungen werden konnten. Ein erfahrener Kämpfer konnte einen Gegner zermalmen, auch wenn er noch so gut mit einem Messer war.

Für eine enge Gasse war das die falsche Waffe. Doch der Vermummte schien keine Erfahrung zu haben, wie er sich verteidigen mußte. Ein beschwertes Ende der Kette wickelte sich um den Stab, und der Bursche zerrte ihn auf sich zu.

Das hüpfende Männlein verschwand mit einem schrillen Schreckensschrei. Der Vermummte stolperte vorwärts. Es gelang ihm zwar, seinen Stab festzuhalten, doch nur, indem er auf den Halunken zutorkelte. Das blaue Glühen verschwand, als hätte die vergoldete Kette das Leben aus dem Holz gebannt.

Der Vermummte war ein Magier, *mußte* einer sein mit seinem Stab und dem herumhopsenden Männchen. Samlor und wahrscheinlich auch die jugendlichen Kerle erwarteten magische Vergeltung für den Angriff. Ein Blitz könnte sie treffen, oder Eisnadeln könnten sie zu einem blutigen Sieb durchlöchern.

Nichts geschah, außer daß der Anführer der Bande seinen Gegner bei der Kehle packte, während der Magier seinen kettenumwickelten Stab zu befreien suchte, und brüllte: »Macht ihn fertig, Idioten!«

Der Karawanenmeister griff ein, um zu tun, was Magie offenbar doch nicht zuwege brachte.

Einer der drei Halbstarken blieb einen Schritt hinter seinen Kameraden stehen. Samlor hieb mit der Linken auf den Schädel. Er schlug sich den Knöchel des Zeigefingers an der Stahlkappe auf, die unter dem Kopftuch verborgen war, aber die Schneide des Klappmessers drang in ihrer ganzen Länge ein.

Der Bursche drehte sich aufschreiend um und wich vor der zwei Zoll langen Klinge zurück, wodurch beim Herausziehen ein dunkles Rinnsal Blut auf den Kragen seiner Weste sickerte. Er hatte seine Kette zwischen Daumen und Zeigefinger der Rechten gewirbelt und auf eine Gelegenheit gewartet, ihre Bleikugel auf den Vermummten zu schmettern, ohne seinen Kameraden zu treffen. Ein paar Dornen der Kugel stachen in Samlors Oberschenkel, doch das war Zufall, kein gezielter Gegenangriff.

Der Bursche ließ seine Waffe fallen und taumelte die Gasse hinauf. Im Vorbeigehen trat er nach dem Mann, der immer noch versuchte, seinen Stab zu befreien. Stern drückte sich an die Hauswand, um ihn vorbeizulassen. Ihre Augen und der weiße Wirbel in ihrem Haar spiegelten das Licht wider, als sie ihren Oheim anstarrte.

Samlor schlug mit der neuen Klinge nach dem Hals des nächsten Halunken, während immer noch Blutstropfen, die aus dem Nacken des ersten spritzten, in der Luft glitzerten. Der Griff der ungewohnten Waffe fühlte sich dünner an als der seines Messers, das in der Leiche geblieben war. Das Bürschchen konnte gerade noch den linken Arm hochreißen, um die Schneide mit dem Unterarm abzufangen, während sein Führer heftige Verwünschungen ausstieß und seine Kette von dem Stab zu befreien versuchte, der nun *sie* hielt, statt umgekehrt.

Der Griff war nicht groß genug für Samlors Hände. Der Aufprall entriß ihm beinahe die Waffe. Die Klinge drang auf den Unterarmknochen und durchtrennte ihn, als der Cirdonier den Dolch drehte. Der Bursche schrie vor Angst, aber mit Glück oder Geschick wand er ein Ende seiner beschwerten Kette um die Waffe, die ihn verkrüppelt hatte.

Samlor stieß ihm die Linke gegen die Brust, dann riß er den Griff seines Klappmessers nach unten. Die Lederweste des Bürschchens war mit flachen Metallscheiben benäht. Die feine Spitze in Samlors Linker kratzte über eine Scheibe, ehe sie tief genug in ungeschütztes Fleisch drang und die Lunge traf.

Ob das Metall der Dolchklinge Samlor wahrhaftig gewarnt hatte oder nicht, als Kampfmesser war die Waffe jedenfalls hervorragend. Mit einem heftigen Ruck sägte er durch die versilberte Kette und bekam den Dolch frei. Die abgetrennte Dornenkugel fiel auf das schmutzige Kopfsteinpflaster der Gasse, und das Stückchen Kette, das noch daran hing, zuckte wie ein Echsenschwanz.

Der Bursche verlor das Gleichgewicht und stürzte rückwärts. Dabei hätte er gegen seinen Führer prallen müssen; der aber tänzelte aus dem Weg. Er stemmte sich gegen die Hauswand, und während sein Kamerad neben seinen Füßen zu liegen kam, wirbelte er die Dornenkugel nach Samlor.

Die Kapuze des Fremden war zurückgerutscht und sein Cape so verdreht, daß die Brosche, die es zusammenhielt, sich nun an der linken Schulter befand, statt vorn am Hals. Nachdem der Halbstarke ihn losließ, um Samlor anzugreifen, hob der Mann eine Hand und stammelte Worte einer Sprache, die der Karawanenmeister nicht kannte. Und während die beschwerte Kette mit der Gefährlichkeit eines Schwertstreichs auf Samlors Kopf zuwirbelte, hörte der Fremde zu reden auf und stieß dem Burschen den Stab zwischen die Schultern.

Samlor sprang zurück, um der Dornenkugel auszuweichen, vergaß dabei jedoch die Wand hinter sich und prallte heftig dagegen. Die Dornenkugel scharrte funkensprühend über den Stein und riß dem Cirdonier das linke Ohr auf. Der Bursche versuchte sein Gleichgewicht wiederzufinden, das ihm die Wucht des Aufschlags geraubt hatte.

Doch diese Chance bekam er nicht.

Er trug eine Halskette mit den Amuletten von mindestens einem halben Dutzend Religionen, und die Brust seiner Weste war mit vergoldeten und versilberten Nieten verstärkt. Doch weder das eine noch das andere half ihm, als Samlor den Dolch vom Unterleib nach oben riß. Während das Bürschchen wie ein aufgespießter Frosch um sich schlug, stieß der Karawanenmeister ihm mehrmals die feine Klinge des Klappdolchs unter das Ohr.

Der Junge brach zusammen. Seine Augen waren offen, und seine Lunge funktionierte noch gut genug, Luftbläschen im Blut zu bilden, das aus seinen Mundwinkeln sikkerte. Dieses Bürschchen war etwa vierzehn Jahre alt.

»Jetzt die anderen«, piepste ein feines Stimmchen. »Bei einer getöteten Schlange darf man den Schwanz nicht vergessen!«

Der Karawanenmeister war auf den Knien. Er erinnerte sich nicht, die Augen geschlossen zu haben, aber er öffnete sie jetzt. Der Mann mit dem Stab stand aufrecht und rückte sein Cape zurecht. Das Männchen stolzierte mit den Händen an den Hüften auf seiner Schulter hin und her.

»Du hältst den Mund!« sagte Samlor scharf, »oder es wird dir nicht besser ergehen!«

Das Männlein keuchte und verschwand wieder.

Samlor, Stern und der Fremde waren allein mit dem sterbenden Jungen. Die beiden anderen Bürschchen waren die Gasse abwärts verschwunden, und offenbar hatte niemand hinter dem Karawanenmeister den Durchgang betreten. Aus der Schenke hörte man tiefe Stimmen, doch sie interessierten Samlor nicht genug, die Worte verstehen zu wollen.

Seine Nichte trippelte zitternd zu ihm, ohne auf den Boden zu blicken, und schlang die Arme um Samlors Schulter. »Es tut mir so leid, daß dein Ohr verletzt wurde, Oheim.« Ihre Stimme zitterte. »Ich hätte nicht ...«

Sie umarmte ihn fester. »Aber ich dachte, ich könnte von der Bank hinaufklettern, als es dunkel wurde, und ich wußte doch nicht, wo du warst ...« Immer wieder schüttelte Schluchzen ihre Stimme und ihren ganzen kleinen Körper.

»Und dann kamen diese *Männer,* und ich konnte *gar* nichts tun!«

»Du warst sehr tapfer, Liebling«, beruhigte sie der Cirdonier. Er schlang den linken Arm um das Kind und achtete darauf, daß die Spitze seines Klappmessers nach außen gerichtet war. Er konnte es nicht wegstecken, bevor er es gesäubert hatte, so wie er jetzt mit der Rechten den damaszierten Stahl des längeren Messers an der engen Hose des Jungen abwischte, der nach kurzem Röcheln zu atmen aufgehört hatte. »Aber du mußt auf mich hören, sonst könnte wirklich Schlimmes passieren.«

Die Klinge des langen Dolches wies an einer Seite eine Scharte mitten in der Schneide auf, aber sie hatte den Kampf zumindest ebensogut überstanden wie jeder andere Dolch. Samlor versuchte sie einzustecken und mußte feststellen, daß die neue Klinge nahe der Spitze etwas zu breit für die Scheide des Messers war, das sie ersetzen sollte.

So schob er sie statt dessen unter den Gürtel, wischte das Klappmesser ab und erhob sich mit dieser kleinen Waffe in der Rechten, während sein linker Arm Stern wieder hinter sich schob.

»Wer seid Ihr, mein Freund?« wandte Samlor sich an den Fremden.

»Ich heiße Khamwas«, antwortete der Magier mit kultivierter Stimme, die sich um Festigkeit bemühte. Der Zipfel seiner Kapuze mußte seiner Größe wohl mehrere Zoll hinzugefügt haben, denn jetzt war er zweifellos kleiner als der Karawanenmeister und obendrein viel schmächtiger. »Ich bin ein Fremder in Eurer Stadt.«

Das Männchen ließ sich stumm wieder auf Khamwas' Schulter blicken. Die winzigen Züge waren in dem schwachen Licht schwer zu erkennen, aber seine Haltung verriet Angst.

»Hattet Ihr einen Freund in der Schenke?« Als Samlors rechter Daumen sich drehte, um auf die Wand des Wilden Einhorns zu deuten, wies die Spitze des Klappmessers auf Khamwas' Augen. Zwischen diesem Mann und jenem, der im Wilden Einhorn gestorben war, gab es eine ethnische, wenn nicht gar eine größere Ähnlichkeit.

»Ich kenne niemanden in dieser Stadt«, entgegnete Khamwas mit würdevoller Vorsicht. »Ich bin ein Gelehrter aus einem fernen Land und hierhergekommen, um einen Gefallen zu erbitten – von einem Mann namens Setios.«

»Oheim, das ist …«, platzte Stern heraus, fing sich jedoch, noch ehe Samlors freie Hand abwinken konnte.

»Ein Vogel, der zum Nest eines anderen fliegt«, zirpte das Männchen salbungsvoll, »wird eine Feder verlieren.«

»Was, *zur Hölle*, ist das?« fragte der Karawanenmeister scharf und deutete mit dem rechten Zeigefinger auf das Männlein. Das Klappmesser folgte dem Finger scheinbar zufällig.

Das Männchen keuchte und duckte sich erschrocken.

Khamwas langte nach seiner rechten Schulter, als wolle er das winzige Geschöpf schützen, und streichelte es behutsam.

»Er ist völlig harmlos, mein Herr«, versicherte ihm der Mann, der behauptete, Gelehrter zu sein. »Ich – als ich jünger war, müßt Ihr wissen – betete zu gewissen Mächten um Weisheit. Statt dessen sandten sie mir diesen kleinen Burschen. Er heißt Tjainufi.«

Das Männchen warf einen finsteren Blick auf Khamwas, streckte jedoch den Arm aus, um die schützende Hand zu tätscheln. »Ein Narr, der mit einem Weisen gehen will«, sagte es, »ist eine Gans, die mit einem Schlachtermesser gehen will.«

Samlor blinzelte. Er war verwirrt, doch das spielte wahrscheinlich keine Rolle, was von einem Dutzend anderen Dingen nicht gesagt werden konnte. »Dann kennt Ihr also meinen Namen?« fragte er wieder barsch, denn er war überzeugt, daß es zwischen Khamwas und dem toten Fremden in der Schenke eine Verbindung gab. Ein Zauberer, der jemandes Namen kannte, hatte damit den ersten Knoten in einem Seil der Macht, mit dem er ihn binden konnte.

»Mein Herr, ich kenne *niemanden* in dieser Stadt«, wiederholte Khamwas. Er richtete sich auf, stützte den Stab vor sich auf das Pflaster und verschränkte die Hände um ihn. »Ich habe eine Tochter im Alter Eurer Nichte, deshalb versuchte ich ihr zu helfen, als sie in Schwierigkeiten zu sein schien.«

Er hielt inne. Einen Augenblick lang glühte sein Stab wieder. Die Maserung des Holzes schien sich zu kräuseln, und ein leuchtender Dunst hüllte Khamwas' Hände wie richtiger Nebel ein.

Stern streckte die Hand an ihrem Onkel vorbei aus und berührte den Stab.

Das Glühen schwand, als Khamwas zusammenzuckte, aber ein bläuliches Schimmern blieb beim Zurückziehen an den Fingern des Kindes haften. Samlor fluchte nicht, denn Worte hatten Macht, vor allem in solchen Augenblicken. Seine Linke strich über das Haar seiner Nichte, um ihr menschliche Wärme zu geben, wenn er schon nicht wußte, welche Hilfe das Kind brauchte.

Falls Khamwas' Spielerei ihr irgendwie geschadet hatte, würde er ihm seine eigene Leber, auf dem Dolch aufgespießt, zum Kosten geben.

Stern kicherte, während beide Männer sie mit einer Angst beobachteten, die der Ungewißheit entsprang. Langsam öffnete sie die Finger, und das Glühen zwischen ihren Spitzen wuchs und erblaßte wie das Schimmern einer anschwellenden Seifenblase. Dann barst es, als wäre es nie gewesen.

Khamwas stieß den Atem abrupt aus. »Mein Herr«, sagte er zu dem Karawanenmeister. »Es war mir nicht bewußt. Verzeiht, daß ich mich in Eure Angelegenheiten gemischt habe.«

Tjainufi, der verschwunden war, als Stern Licht vom Stab pflückte, wedelte nun mit dem Arm auf Khamwas und sagte: »Sag nicht, ›ich bin gelehrt‹. Gib dir Mühe, weise zu werden!«

Khamwas wäre an Samlor vorbei die Gasse hinaufgegangen, doch der Cirdonier hielt ihn auf mit einer Gebärde, die zur Berührung geworden wäre, hätte der Gelehrte nicht angehalten. »Ihr habt Stern vor Schlimmem bewahrt, ehe ich hierherkam«, sagte er. »Und wahrscheinlich habt Ihr auch mich gerettet, abgesehen davon, daß ihr die kleinen Bastarde abgelenkt habt. Ich bin Samlor hil Samt.« Er steckte das Klappmesser in die kleine Scheide unter seinem Kragen zurück. »Wir müssen uns unterhalten.«

»Gut, Meister Samlor«, erklärte sich der andere einverstanden, obwohl der Zug seiner Lippen verriet, daß von ihm kein ähnlicher Vorschlag ausgegangen wäre. Er deutete zu dem Durchgang, durch den der Cirdonier gekommen war, und fügte hinzu: »Es gibt gewiß geeignetere Orte als hier, sich zu unterhalten.«

»Nein«, entgegnete Samlor entschieden. »Nicht momentan.«

Er beabsichtigte nicht, Zeit damit zu vergeuden, ihm zu erklären, daß die Richtung, die Khamwas nehmen wollte, zumindest während der nächsten Stunde unpassierbar sein würde. Der Durchgang war schmal genug, daß er von einem einzelnen verteidigt werden konnte, und beide Flanken waren von Mauerwerk geschützt, dem nur mit Belagerungsmaschinen beizukommen war. Wenn sie wirklich vom Pech verfolgt waren, könnte es natürlich geschehen, daß sie von beiden Seiten gleichzeitig angegriffen wurden, doch dieses Risiko war besser, als in einer Sackgasse ohne jegliches Schlupfloch gestellt zu werden.

Für Freistatt war dies wahrscheinlich der sicherste Ort in einem Umkreis von Meilen.

»Was wißt Ihr über Setios?« fragte der Karawanenmeister ruhig.

Stern kauerte sich auf die Fersen und wickelte ihre Röcke um die Oberschenkel, damit der Saum nicht in den Gassenschmutz hing. Ein winziges Glühen drehte sich in der Schale ihrer an den Fingerspitzen und den kleinen Fingern zusammengelegten Hände, während sie sanfte Worte flüsterte. Die Farbe des Glühens war nun mehr ein Gelb denn das Blau, das Khamwas' Stab umgeben hatte.

Es spiegelte sich schwach in den Augen des toten Jungen.

Khamwas' Gesicht bewegte sich verlegen, während er das Kind beobachtete. »Ah«, wandte er sich an Samlor, »das heißt, ah – seid Ihr ...?«

Der Karwanenmeister schüttelte den Kopf. Er war froh, als er feststellte, daß die Frage ihn amüsierte und nicht irgendwelche anderen möglichen Gefühle weckte. »An einem guten Tag«, sagte er, »wäre ich vielleicht imstande, einen Zauberspruch aufzusagen, ohne über die Silben zu stolpern – falls jemand mir die Worte deutlich aufschrieb.« Das war allerdings eine Übertreibung.

»Aber meine Schwester«, fügte er hinzu, »beschäftigte sich damit.« Soweit Samlane sich überhaupt mit irgend etwas anderem als Sex beschäftigt hatte.

»Ich verstehe«, sagte Khamwas und blickte wieder das Kind an. »Ich kenne Setios nicht persönlich«, erklärte er, »doch ich weiß – jemand hat mir gesagt, nun ...« Er zuckte mit den Schultern.

Samlor nickte grimmig. Aber wenn dieser Kerl sich Gelehrter statt Zauberer nannte, war ihm jedenfalls bewußt, daß ein anständiger, normaler Sterblicher nichts von Hexern wissen wollte.

»Diene deinem Gott, auf daß er dich beschütze!« gab Tjainufi nun zum besten und streichelte dabei das rechte Ohr seines Meisters. Aber war Khamwas das?

»Er hat«, fuhr Khamwas nach einer Verlegenheitspause fort, »eine Stele aus meiner Heimat, aus Napata ...«

»Natürlich!« unterbrach ihn Samlor, der den Fremden nun endlich unterbringen konnte. »Das Land des Flusses!«

»Des Flusses«, bestätigte Khamwas mit einem lobenden Nicken, »und der Wüste. Und in dieser Wüste gibt es viele Monumente aus früherer Zeit ...« Wieder hielt er inne und lächelte sanft. »Einer größeren Zeit in der Geschichte meines Volkes, wie andere es sehen, ich jedoch bin durchaus zufrieden.«

»Ihr wollt ein Monument, das dieser Setios hat – wieder zurückholen?« Damit vermied er die Frage nach der Art und Weise. »Ist er ein Magier?«

»Das weiß ich nicht«, antwortete Khamwas mit einem Schulterzucken. »Ich will die Stele auch nicht für mich haben, ich möchte nur eine Gelegenheit, sie zu studieren. Und, Samlor ...?«

Der Karawanenmeister nickte auffordernd.

»Ich werde ihn dafür gut bezahlen«, fuhr der Napataner fort. »Sie ist von keinem Wert für ihn. Sie wird mir den Ort eines bestimmten Grabmals verraten, das aus anderen Gründen wichtig für mich ist.«

Das Glühen in Sterns Hand wurde stärker und warf die Schatten der beiden Männer an die Hauswand. Khamwas' Gesicht wirkte auf dämonische Weise nichtmenschlich, weil es von unten beleuchtet wurde.

Samlor legte flüchtig die Hand auf den Kopf seiner Nichte. »Nicht so hell, Liebes«, murmelte er. »Wir möchten nicht, daß uns irgend jemand hier bemerkt.«

»Aber ...«, begann Stern schrill. Sie blickte hoch und in die Augen ihres Oheims. Das Licht schrumpfte zur Größe einer Perle und wurde zu schwach, irgend etwas zu beleuchten.

»Das ist etwas Neues für sie«, sagte Samlor, sowohl als Erklärung für sich wie für den anderen. »Sie lernt schnell, wenn sie dergleichen sieht.«

»Ich verstehe«, murmelte Khamwas, und vielleicht verstand er es wirklich. Er schüttelte sein Cape zurecht. »Nun, Meister Samlor, ich muß jetzt weiter.« Er deutete zum Ende der Gasse.

»Nicht diesen Weg«, warnte der Karawanenmeister, tat jedoch nichts, ihn zu versperren.

»Doch!« entgegnete Khamwas und richtete sich steif zur vollen Größe auf. Das Männchen auf seiner Schulter ahmte diese Haltung nach, vielleicht aus Ironie. »Setios Haus liegt genau in dieser Richtung ...« Er streckte den Arm in einem bestimmten Winkel zu Samlor aus, dann zögerte er nachdenklich und korrigierte den Winkel etwas nach rechts. »Und dieser Durchgang ist der kürzeste Weg.«

»Tu nichts, was du nicht zuvor gründlich überlegt hast«, warnte Tjainufi plötzlich.

Unwillkürlich grinste der Karawanenmeister. »Der kürzeste Weg, einen Kopf kürzer zu werden, fürchte ich.« Er klopfte Khamwas freundlich auf die linke Schulter.

»Wollt Ihr damit sagen«, fuhr Samlor fort, »daß Ihr gar nicht wißt, wo Setios in der Stadt wohnt, sondern nur der geradesten Linie folgt, die Euch Eure – Freunde, nehme ich an, zu Setios gewiesen haben? Sind das dieselben Freunde, die Euch Weisheit gaben?« Der Karawanenmeister deutete mit einem Kopfnicken zu Tjainufi.

»Ich glaube, das ist meine Sache, Meister Samlor«, entgegnete Khamwas. Er schritt vorwärts und hielt seinen Stab vor sich.

Das Männchen sagte: »›Was er tut, beleidigt mich‹, sagt der Narr, wenn ein Weiser ihn belehrt.«

Khamwas blieb stehen. Samlor blickte das winzige Geschöpf stirnrunzelnd mit neuen Augen an. Es gab keinen schlechten Rat – nur Rat, der unter bestimmten Umständen verkehrt war. Und möglicherweise war Tjainufis Rat passender, als er gedacht hatte.

»Ich meinte nur, Freund«, sagte Samlor und berührte noch einmal flüchtig die Schulter des anderen, »daß es wahrscheinlich gar keine guten Bezirke in Freistatt gibt – aber Eure gerade Linie wird Euch todsicher mitten durch den schlimmsten Bezirk führen.«

Stern war aufgestanden, als Khamwas losstapfte. Das Licht, das nun an ihrem linken Handteller haftete, hatte Zungen ausgestreckt und wechselte laufend die Farbe in einer Reihe von Pastelltönen, blasser als die Farben eines Regenbogens am Mittag. Impulsiv schlang sie die Arme um die Beine des Napataners und rief begeistert: »Ist es nicht *hübsch*? Vielen, vielen Dank!«

»Es ist – nichts Besonderes«, sagte Khamwas verlegen zum Onkel des Kindes. »Es – ich weiß nicht, wie sie es gelernt hat, nur indem sie mir zusah.«

Samlor fiel auf, daß der Stab nur glühte, wenn Khamwas sich darauf konzentrieren konnte, während das Leuchten in Sterns Hand seine komplexe Entwicklung von Form und Farbe sogar jetzt fortsetzte, da seine Nichte den Mann umarmte und ihn anstrahlte.

Das Licht schimmerte auf der blanken Klinge seines neuen Dolches. Der Karawanenmeister blinzelte und berührte rasch seinen Kittel über dem silbernen Medaillon der Göttin Heqt auf seiner Brust, erst dann schob er die Waffe von ihrem vorläufigen Platz in seinem Gürtel zurück. Das flackernde Leuchten verlieh der Damaszierung den Anschein, daß sie sich bewegte, aber jetzt waren es nur Metallkräusel, nicht die Schrift, die er vermeinte, aufs neue gesehen zu haben.

Khamwas beobachtete ihn mit unterdrückter Angst. Er kam zu dem Schluß, daß es besser war, mit seinem Vorschlag herauszurücken, als sich weiter zu wundern, weshalb Samlor auf den Dolch starrte, dessen Parierstange immer noch dunkle Flecken aufwies. »Meister Samlor«, sagte er, »Ihr kennt diese Stadt. Und Ihr seid ganz offensichtlich imstande, mit ... Gewalttätigkeiten fertigzuwerden, sollte es wieder zu welchen kommen. Dürfte ich Euch vielleicht ersuchen, mich zu Setios' Haus zu begleiten? Ich werde Euch gut dafür bezahlen.«

»Spaziere nicht ohne Stock dahin«, sagte Tjainufi befriedigt.

»Wir müssen *auch* zu Setios, Onkel Samlor«, warf das Kind mit schriller Stimme ein. Sie ließ Khamwas los und zupfte statt dessen hartnäckig am rechten Ärmel ihres Oheims. »*Bitte*, tu's. Er ist nett.«

Kalter Stahl kann nicht fließen, sich nicht kräuseln, keine Worte formen, dachte der Cirdonier. Die Scharte in der Schneide war hell und wirklich: das war nichts Magisches, nur ein gewöhnlicher Dolch mit einem unhandlichen Griff und einer sehr guten Klinge.

Stern hängte sich fast an Samlors Arm. Er blickte nicht zu ihr hinunter, und auch seine Hand senkte sich nicht. Dieser Arm hatte einen Esel einen Bergpfad hochgezogen, von dem aus er in eine hundert Fuß tiefe Kluft gefallen war.

»*Bitte*«, flehte das Kind.

»Freund Samlor?« sagte der Napataner unsicher. Der Dolch war nur ein Dolch, soweit er sehen konnte.

*Geh mit ihm!* las Samlor plötzlich in den bewegten Kräuseln des Stahles.

Die Worte schwanden, als das Leuchten in Sterns Hand zu einem Punkt schrumpfte und erlosch.

»Ich war dabei«, sagte der Karawanenmeister bedächtig, »da drin nach einem Führer Ausschau zu halten.«

Er deutete nicht auf die Schenke. Er sprach zu sich, nicht zu den zwei Menschen bei ihm in der Gasse. Seine Nichte und der Fremde starrten Samlor an, als wäre er ein zahmer Löwe, der sich plötzlich merkwürdig benahm.

»Also«, fuhr Samlor fort, »werden wir Setios gemeinsam suchen. Schließlich«, er strich mit einem Fingernagel auf die Dolchklinge, und das Metall antwortete mit einem melodischen Klingen, »sind wir vier uns einig, nicht wahr?«

Stern beugte sich zu ihrem Oheim vor und umarmte seinen kräftigen Oberschenkel, aber sie vermied es, ihn und das Messer in seiner Hand anzusehen. Khamwas nickte vorsichtig.

»Dann werden wir als erstes aus dem Labyrinth verschwinden«, bestimmte Samlor. »Kommt!«

Um die Gasse abwärts zu nehmen, mußten sie über die Leiche des Jungen steigen, den er getötet hatte.

Das war Freistatt. Es würde nicht der letzte Tote sein, den sie sahen.

Was da unmittelbar am Gassenausgang lag, hätte man für eine Leiche halten können, wenn man nicht genau hinhörte – oder das kaum hörbare Pfeifen nicht erkannte, welches der Atem eines Menschen war, dessen Gesicht auf den schlammigen Kopfsteinen lag.

»Vorsicht«, flüsterte Samlor und tippte zuerst auf Sterns Schulter, dann auf Khamwas' Arm, damit sie darauf achteten, wohin er deutete.

Das Männchen auf Khamwas' Schulter war offenbar imstande, die Situation zu erkennen, denn es sagte mit schriller Stimme: »Es gibt keinen, der nicht stirbt.«

Der napatanische »Gelehrte« langte mit der freien Hand zu seiner Schulter, eine Geste, aus der Zuneigung und Warnung gleichermaßen sprach. »Tjainufi«, mahnte er, »nicht jetzt ...«

Samlor bezweifelte, daß Khamwas mehr Kontrolle über das Männchen hatte als ein Kameltreiber über eine zahme Maus, die in den Falten seines Umhangs zu Hause war. Oder, wenn er es recht bedachte, als er selbst über seine Nichte, die klug genug war, jede Anweisung zu verstehen, die er ihr gab – aber deren Reaktion so eigenwillig war wie bei jeder Siebenjährigen.

Jetzt etwa blühte ein kugelförmiges Glühen in der Hand des Kindes auf, das ihr den Weg vorbei an dem Sterbenden leuchtete. Und das trotz der Warnung des Karawanenmeisters, daß jedes Licht mehr Schaden als Nutzen bringen würde, zumindest, bis sie das Labyrinth hinter sich hatten.

Stern setzte das Füßchen vorsichtig vor dem ausgestreckten Arm des Liegenden auf, dann hüpfte sie verspielt daran vorbei, und dieses völlig unpassende Verhalten ließ die Szene nur um so grauenvoller erscheinen. Die Lichtkugel, die sie geformt hatte, schwebte kurz hinter ihr her. Ihr Kern schrumpfte und glühte heller, während die wirbelnde Kugel rundum rankenähnliche Fühler formte, die dem Wirbel des silberweißen Haars über Sterns Stirn glichen.

Das Kind drehte sich um, bemerkte Samlors Gesichtsausdruck und fuhr zurück, als hätte er sie geschlagen. Das wirbelnde Licht erlosch, als wäre es nie gewesen.

»Ist er ...?« fragte Khamwas, während er an der Stelle, die er sich gemerkt hatte, über den Sterbenden stieg. »Einer von denen – mit denen wir es gerade zu tun hatten?«

»Er ist von der Bande, die uns mit den Ketten angriff«, antwortete der Karawanenmeister, als er mit langem Schritt folgte. Hier war die Gasse weit genug, daß er die Arme ausbreiten konnte, ohne die Wände an beiden Seiten zu berühren; im Labyrinth war das schon fast eine Straße. Hier war nur das Huschen und Rascheln hungriger Nager zu hören und aus den mit Läden verschlossenen Fenstern nicht minder animalische Geräusche. »Sie sind alle tot, die beiden, die davonrannten, genau wie der, der blieb. Biegt hier links ab.«

»Setios' Haus ist mehr ...«

»Verdammt, nach *links*!« zischte Samlor.

»Stell dich nicht quer, wenn du nicht verflucht werden willst«, gab Tjainufi auf des Napataners Schulter zum besten. Das Männchen verbeugte sich vor Samlor, doch der Cirdonier war zu wütend, um sich über die Unterstützung zu freuen.

Hauptsächlich war er wütend auf sich, denn er hatte zu oft in seinem Leben getötet, als daß er nicht gewußt hätte, daß ihm Töten widerstrebte. Vor allem das Töten von Kindern, auch wenn es kleine Meuchler waren, die ihm mit Bleikugel und Kette den Schädel eingeschlagen und dann Stern Gewalt angetan hätten, ehe sie sie für einen Beutel Wein an ein Freudenhaus verkauften ...

Freistatt mochte ohne dieses Trio besser dran sein, aber Samlor hil Samt war kein Richter und war seinem Gott nicht für die Säuberung dieses Höllenlochs verantwortlich.

Sie hatten kein größeres Problem, aus dem Labyrinth zu kommen, als ein Halunkenpaar – das aber entsetzt floh, als Khamwas' Stab ein Lichtphantom in Menschengestalt auf sie zustapfen ließ. Breitere Pflaster erleichterten das Gehen, und viele Häuserfassaden waren von Laternen in vergitterten Nischen beleuchtet.

Die Laternen waren nicht dazu gedacht, Passanten den Weg zu leuchten, sondern sollten lauernde Diebe zu dunkleren Häusern treiben.

Khamwas hielt kurz an, dann führte er sie über eine Kreuzung, vorbei an einer Wachstation. Das Tor zum Hof war von flackernden Fackeln beleuchtet, und ein Trupp Soldaten hielt davor Wache. Ein Offizier trat einen Schritt auf die Straße, als beabsichtige er das Trio aufzuhalten, überlegte es sich dann im letzten Moment anders.

Sie befanden sich nun in der Nähe des Palasts, in einem besseren Viertel. Hier stahlen die Bürger große Geldbeträge mit Pergament und geflüsterten Worten, statt Passanten für ein paar Münzen die Kehle durchzuschneiden.

Und diese Bürger erwarteten Schutz vor ihren armseligeren Verbrecherbrüdern. Die Streifen hier würden zwei männliche Passanten kontrollieren, sie festnehmen, wenn sie keine befriedigenden Antworten auf ihre Fragen erhielten, und sie töten, falls sie sich widersetzten.

Aber zwei Männer, die ein kleines Mädchen trugen, waren wohl kaum Einbrecher. Samlor brauchte sich keiner Bestechung zu bedienen – und auch nicht des Dolches, den er griffbereit hielt.

»Ich glaube, wir sind schon ganz nahe«, meinte Khamwas.

Samlor verzog das Gesicht und schaute sich um. Er hätte gern gewußt, wie Khamwas die Richtung fand, aber er wollte nicht fragen, außerdem würde er es wahrscheinlich ohnehin nicht verstehen, auch wenn der Gelehrte/Magier sich die Zeit nähme, es ihm zu erklären.

Schlimmer noch, Stern *würde* es verstehen!

»Ich frage mich, was Setios für sie aufbewahrt«, wisperte der Karawanenmeister so leise, daß nicht einmal Stern es hören konnte, obwohl Samlors Atem dicht über ihr feines Haar strich.

»Wird es regnen?« fragte sie schläfrig, in seinen Armen wie in einer Wiege geborgen.

Der Cirdonier blickte zum Himmel. Es waren zwar Sterne zu sehen, aber hohe Wolken schoben sich immer wieder in raschem Wechsel an ihnen vorbei. Es hing etwas in der Luft, der Vorbote eines Gewitters vielleicht, das sich in den Bergen bereit machte, vom Westen her über die Stadt zu fegen. Das würde die Luft wenigstens für kurze Zeit reinigen.

»Möglich, Liebes«, antwortete Samlor. »Aber das wird uns nicht stören.«

Er hoffte, daß sie bis dahin unter einem Dach sein würden, am liebsten in einer verriegelten Kammer der Karawanserei am Schimmelfohlenfluß.

Khamwas hatte die Finger ums obere Ende seines Stabes gefaltet und murmelte etwas. Stern schüttelte sich wach und ließ sich von den Armen ihres Oheims auf die Füße fallen. Sie berührte den Napataner nicht, aber sie beobachtete ihn aufmerksam, während er Worte in einer Sprache leierte, die der Karawanenmeister nicht kannte.

Samlor vermied es, darüber nachzudenken, was seine Nichte nun wieder lernen mochte, und unterdrückte das Verlangen, ihre Aufmerksamkeit abzulenken. Statt dessen begann er, sich die umliegenden Häuser näher anzusehen.

Sie befanden sich in einem alten Viertel der Stadt, in dem jedoch Geld und Ehrgeiz für beachtliche bauliche Erneuerungen sorgten, die den ursprünglich rein ilsigischen Charakter verändert hatten. Unmittelbar gegenüber war erst kürzlich die Fassade eines Hauses abgerissen worden und wurde nun durch einen zweistöckigen Portikus mit Säulen aus farbigem Marmor ersetzt. Eine Lampe brannte hell an einer Bauhütte, und ein Wachmann spähte aus dem scheibenlosen Fenster der Hütte mißtrauisch auf das Trio.

In den anderen Häusern rührte sich nichts, aber alle außer dem einen, vor dem die drei standen, schützten ihre Fassaden mit Lampenlicht. Zu dieser späten Stunde wurden Geschäfte in Hintereingängen oder Falltüren zu unterirdischen Gängen abgewickelt.

Möglicherweise war es keine günstige Zeit für einen Besuch bei Setios, andererseits war er ein Geschäftspartner von Sterns Mutter gewesen, was bedeutete, daß er an ungewöhnliche Geschäftsstunden und ungewöhnliche Geschäfte gewöhnt sein mußte.

Er würde sie einlassen und dem Kind sein Erbe aushändigen – falls Setios noch bereit war, die Bedingungen einer Abmachung zu erfüllen, die er mit einer inzwischen toten Frau getroffen hatte.

Samlor fluchte und verwünschte seine Schwester Samlane in eine Hölle unter allen Höllen und war gleichzeitig überzeugt, daß Samlane in ihrem Leben nach dem Tod bestimmt ein schlimmeres Los über sich ergehen lassen mußte, als ihr Bruder sich auch nur ausmalen konnte.

»*Das* ist das Haus«, sagte Khamwas überrascht. Er und das Kind drehten sich zur Fassade des Hauses um, an das sich der Karawanenmeister gelehnt hatte, während er die umliegenden Gebäude in Augenschein nahm.

»Sieht ziemlich still aus«, meinte Samlor düster.

Das Haus wirkte nicht nur still, sondern auch verlassen!

Es war ein schmuckloser Bau. Das Obergeschoß ragte etwa einen Fuß vor; die unteren Mauersteine waren glatt gerieben von Jahrzehnten.

Das einzige Fenster im Erdgeschoß war nur ein schmaler Schlitz neben der eisenbeschlagenen Tür, an deren anderer Seite sich eine Nische für eine Laterne befand, die Steine dort waren rußgeschwärzt, doch die Lampe war kalt und dunkel.

Durch den Fensterschlitz, durch den die Bewohner sehen konnten, wer Einlaß begehrte, war keinerlei Leben zu erkennen.

»Vielleicht täusche ich mich«, sagte Khamwas verunsichert. »Das *müßte* Setios' Haus sein, aber ich – ich bin mir nicht sicher.«

Er beugte sich über seinen Stab, doch dann richtete er sich abrupt wieder auf und sagte fest: »Nein, ich bin sicher, daß es das Haus ist – aber vielleicht wohnt er nicht mehr hier.« Der Napataner trat zu der Tür, die sich in Straßenhöhe befand und hob den Stab, um zu klopfen.

»Ah ...«, brummte Samlor. Er hielt den langen Dolch wieder in der Hand, wohin eine Waffe gehörte, wenn man durch das Labyrinth schlich, doch war es nicht üblich, mit blankem Stahl an die Tür eines Fremden zu klopfen.

»Macht schon!« sagte er zu Khamwas, der ihn abwartend angeblickt hatte.

Khamwas nickte. Er klopfte zweimal mit dem Stab an die Tür. Der Klang von Holz auf Holz war scharf und leblos.

»Wird wohl niemand da sein«, meinte Samlor. Sein Blick haftete an der damaszierten Klinge des Messers. Die Kräusel in den Metallen, eisenschwarz im glänzenden Stahl, waren in dem fernen Lampenschein nur noch Erinnerungen. Samlor vermochte sie hier nicht zu sehen.

Der Karawanenmeister schüttelte die Benommenheit ab, die seine Erschöpfung verursacht hatte. Er brauchte Schlaf ebenso dringend wie seine Nichte, und es sah ganz so aus, als wäre es ohnehin nicht möglich, die Sache noch heute nacht zum Abschluß zu bringen.

»Hört«, sagte er leicht gereizt, weil Khamwas immer noch vor der Tür stand, als glaubte er wahrhaftig, daß sie sich öffnen würde. »Es ist niemand da und ...«

Metall scharrte, als der Türriegel im Innern zurückgezogen wurde. Die Tür öffnete sich, und Bronzeangeln quietschten, denn sie wurde nicht mit Lederangeln gehalten.

»Niemand will euch sehen«, sagte die Stimme einer Gestalt in der Türöffnung. Was immer dieser Haushüter sonst sein mochte, menschlich war er jedenfalls nicht.

Das Wesen war kleiner als Stern, hatte einen aschgrauen, glänzenden Pelz und langen Schwanz, doch es war so dürr, daß sich die Knochen unter dem Fell abhoben. Seine spitze Schnauze erinnerte an einen Fuchs, und aus den schwarzen Knopfaugen sprach keinerlei Intelligenz.

»Warte!« sagte Samlor hil Samt, als dieser seltsame Haushüter die Tür wieder schließen wollte. Er setzte den Fuß gegen den unteren Türrand, der mit einem Eisenband verstärkt war. »Dein Herr hat ein Erbe f-für meine Nichte Stern in Verwahrung.«

»Niemand will euch sehen«, wiederholte die Kreatur. Hinter ihr befand sich eine zweite Tür zu einer Diele, die vermutlich mit allem, von kochendem Wasser bis geschmolzenem Blei geflutet werden könnte, ohne daß irgend etwas ins eigentliche Hausinnere dringen konnte.

Falls sich jemand im Haus befand, der dafür sorgte. Der Türhüter sprach mit dünner, atemloser Stimme, aber seine Brust hob und senkte sich nicht.

»Das Wesen ist nicht wirklich«, stellte Khamwas fest, während Samlor in grimmiger Entschlossenheit auf den unmenschlichen Hüter dieses Hauses starrte. »Es ist ein Trugbild wie ...«

»Niemand will euch sehen«, wiederholte der Türhüter tonlos. Er schwang die Tür zu und stieß dabei Samlor heftig zurück, so sehr der sich auch dagegenstemmte.

»Ich *werde* Sterns Erbe bekommen!« brüllte der Karawanenmeister und warf sich mit der linken Schulter gegen die Tür.

Sie gab nicht nach. Der Riegel wurde wieder scharrend vorgelegt.

»Ich *werde* es bekommen!« wiederholte Samlor heftig. »Verlaßt euch darauf!«

Seine Stimme hallte wider, doch aus dem Haus kam nicht der geringste Laut.

»Es war gar nicht wirklich hier«, sagte Khamwas und legte beruhigend eine Hand auf die Schulter des anderen.

»Es war wirklich genug hier für mich!« entgegnete Samlor grimmig und massierte die schmerzende Schulter mit dem Dolchgriff. »Ich hätte genausogut versuchen können, eine Lawine aufzuhalten, statt der zuschmetternden Tür.«

Ein paarmal stieß er die Dolchklinge durch den Schlitz neben der Tür. Sie kam ungehindert hinein und heraus wie die Zunge einer witternden Schlange. Nichts berührte das Metall, und es erfolgte auch keine andere Reaktion.

»Wer den Stein erschüttert«, sagte Tjainufi, »dem wird er auf den Fuß fallen.«

»Er meint damit«, erklärte Khamwas hastig, um möglichen Zorn von seinem Männchen abzuwenden, »daß es nichts weiter als Teil der Türe ist. Lediglich ein Trick, ohne Absicht, ohne Bewußtsein. Es führt nur den letzten Befehl aus, den es bekommen hat, so ähnlich wie ein Bolzen in seiner Führung liegt, bis sein Herr abdrückt. Es befindet sich wahrscheinlich überhaupt niemand im Haus.«

»Wenn wir da hineingehen«, sagte Stern fest und deutete auf die Tür, »werden wir – *krrk*.« Das Kind reckte den Kopf, als hätte man ihr den Hals umgedreht. »Wie Hühner«, fügte sie hinzu, als sie sich entspannte und grinste.

Samlor stieß den Atem aus. Er hatte gedacht ...

»Nun, Stern«, sagte der napatanische Gelehrte. »Es könnte mir gelingen, die Truggestalt eine Zeitlang davon abzuhalten, sich zu bewegen, lange genug, daß wir an der – Zone vorbeikommen, deren Teil sie ist. *Vielleicht* gelänge es mir. Aber ich halte es für das beste, wenn wir es gar nicht an dieser Tür versuchen, ehe Setios es uns nicht gestattet.«

Die beiden lächelten einander wissend an.

Samlor unterdrückte den Impuls, etwas Sinnloses zu tun. Er betrachtete seine Klinge, statt seine Begleiter anzufunkeln, und begann in sehr ruhigem Ton: »In diesem Fall schlafen wir uns am besten erst einmal aus und ...«

»Genau betrachtet«, sagte Khamwas, ohne sich bewußt zu sein, daß er Samlor mitten im Satz unterbrach, »hat keiner von uns etwas mit Setios persönlich zu tun, sondern nur mit etwas, das sich in seinem Besitz befindet. Ich frage mich ...«

»*Ich* möchte mein Geschenk *jetzt*!« Stern machte ein erzürntes Gesicht. Entweder warf sie ihren Kopf leicht hin und her – oder der weiße Wirbel in ihrem lockigen schwarzen Haar bewegte sich von selbst.

*BEGEBT EUCH JETZT HINEIN!* sagte die Schrift auf der Klinge nun, auf die Samlor verärgert starrte. Es war eigentlich viel zu dunkel, daß sie hätte sichtbar sein können, aber er sah sie trotzdem.

»Heqt hole euch alle zu den Gewässern unter der Erde!« brüllte der Cirdonier wütend. Er schlug mit dem Dolch durch die Luft, als wolle er die Botschaft löschen, die sich auf dem Metall kräuselte. »Ich bin kein Einbrecher, und nur weil ich in diese *verdammte* Stadt gekommen bin, werde ich auch keiner!«

»Wenn du hungerst, dann iß, was du verabscheust«, sagte das Männchen auf Khamwas' Schulter. »Wenn du satt bist, verabscheu es.«

»Jedenfalls wird es regnen, Onkel Samlor«, warf Stern ein und machte bei dieser unleugbaren Feststellung ein sehr selbstzufriedenes Gesicht.

Der Karawanenmeister lachte schallend.

Khamwas blinzelte. Diese plötzliche Belustigung erschreckte ihn nicht weniger als die Wut, die ihr vorausgegangen war. Gefühlsausbrüche eines so gefährlichen Mannes wie der Karawanenmeister waren wie das Erbeben eines Deiches bei Hochwasser.

»Nun«, sagte der Napataner vorsichtig, »vielleicht sieht es bei Tageslicht besser aus. Natürlich hat keiner von uns daran gedacht, etwas zu stehlen! Ich möchte lediglich einen gemeißelten Stein studieren, und Ihr wollt nur das Erbe Eurer Nichte vom Nachlaßverwalter abholen – der anscheinend nicht anwesend ist.«

»Wir wissen nicht, was es *ist*«, sagte Stern. »Das Geschenk für mich.«

»Ah«, Khamwas wandte sich dem Mädchen zu, sprach aber mehr zu ihrem Oheim. »Das dürfte kein unüberwindliches Problem sein. Wenn wir erst drin sind ...« Er deutete mit dem Kopf zur Haustür. »... und dieser Nachlaß sich auch im Haus befindet, müßte es mir gelingen, ihn für dich aufzuspüren.«

»Zeigst du *mir*, wie?« bettelte Stern und faltete die Händchen gleichermaßen flehend.

»Ah«, murmelte der napatanische Gelehrte aufs neue. »Ich glaube, das hängt davon ab, was dein Oheim dazu sagt, meine Kleine.«

»Der Oheim sagt, daß wir noch nicht im Haus sind«, entgegnete Samlor. »Und er will erst einmal sehen, wie man hineinkommen kann.«

Ohne ein weiteres Wort schritt der Cirdonier zur Ecke des Hauses.

Setios' Haus hatte einen Abstand von zwei Fuß zum Nachbarhaus. Auch an der Seite befanden sich im Erdgeschoß keine Fenster, aber der erste Stock wurde durch vergitterte Öffnungen belüftet.

Samlor trat in den Zwischenraum, der zu schmal war, daß man ihn irgendwo anders als im Labyrinth Gasse nennen könnte. Er achtete nicht auf seine Gefährten, obwohl sie ihm in Ermangelung einer besseren Richtung folgten.

Die Gitterstäbe des Fensters über ihm waren daumendick und hatten auch kaum mehr Abstand voneinander. Stern hätte vielleicht hindurchlangen können, aber Samlors Hände waren dazu zu groß.

»Ob es bei den Fenstern ähnliche Wächter gibt wie diesen Türhüteraffen?« fragte Samlor den anderen Mann leise. Er deutete nach oben auf die Öffnung.

Khamwas zuckte mit den Schultern in der Dunkelheit, die nur durch einen Streifen bewölkten Himmels über ihnen gemildert wurde. »Nur menschliche Diener, nehme ich an. Sie sind – vertrauenswürdiger. Und nach allem, was ich erfahren konnte, ist Setios ein Sammler auf die Weise, wie ich ein Gelehrter bin. Keiner von uns, müßt Ihr wissen, ist ein Magier mit richtigen Kräften.«

Er hielt kurz inne. »Nicht mit Kräften wie offenbar Eure Nichte, Meister Samlor.«

»Ja«, sagte der Karawanenmeister tonlos. Seine Linke zauste sanft Sterns Haar, aber er blickte nicht zu ihr hinunter. »Und er hat sich einen Dämon in einer Flasche beschafft.« Er schnitt eine Grimasse. »Kehren wir auf die Straße zurück. Ihr wartet, und ich gehe zu dem Burschen auf der anderen Straßenseite.«

»Ah, Samlor ...?« begann Khamwas.

»Wartet«, wiederholte der Cirdonier. »Ich gehe über die Straße und spreche mit dem Wachmann.« Er deutete mit einem Kopfnicken auf die Bauhütte.

»Ja, natürlich«, entgegnete Khamwas mit ausreichend Desinteresse, seinen Ärger kundzutun. »Aber was ich sagen wollte: Setios geht Euch vielleicht gar nicht aus dem Weg. Hier kam es kürzlich zu Schwierigkeiten mit der Magie, müßt Ihr wissen. Das hat ihm vielleicht Angst gemacht, und er ist geflohen.«

Der Napataner lächelte. »In dem Fall hat er bestimmt die Stele zurückgelassen. Wahrscheinlich seine ganze Sammlung – wenn *diese* Furcht der Grund seiner Flucht war. Und was das Legat dieses Kindes betrifft«, er strich Stern voll Zuneigung über die Wange, »falls wir es hier nicht finden, werde ich euch helfen, es aufzuspüren. Weil Ihr mir geholfen habt. Und weil es mir eine Ehre ist, jemandem zu helfen, der so begabt ist wie Eure Nichte.«

»Der Götter Pläne sind eines«, piepste das Männchen auf seiner Schulter, »die Gedanken der Menschen das andere.«

»Ja, gut«, knurrte der Karawanenmeister und überquerte die Straße mit einem unverkennbaren Selbstvertrauen, das ihn in einer Stadt, in der Männer ohne Begleitung gewöhnlich schlichen, zu etwas Besonderem machte. Der Wachmann wich von seinem Fenster zurück, so daß das Licht sich nicht mehr in seinen Augen spiegelte.

Es kostete fünf rankanische Goldstücke, den nervösen Wachmann auf dem Bauplatz zu überreden, bevor Samlor mit der Schraubenwinde zurückkehrte, die er sich ausgeliehen hatte.

»Khamwas«, sagte er barsch, »kommt, helft mir mit dem Fenster.«

Stern hatte sich in eine Ecke der Türnische gekuschelt und schlief mit dem Cape des Napataners als Kopfkissen. Khamwas stand vor ihr und beobachtete sowohl die Straße wie den Karawanenmeister. Ohne die weite Oberbekleidung war er sehr dünn.

»Ich …«, sagte er und blickte auf das Kind hinunter. »Ich dachte, es wäre gut, wenn sie sich ein bißchen ausruhen würde, darum … Sie ist so sehr wie meine eigene Tochter, wißt ihr.«

»Ich wollte, ich verstünde mehr von dem, was sie braucht«, sagte der Cirdonier leise und blickte ebenfalls auf sie hinunter. »Ich wünschte, ich *wüßte*, was sie braucht, was ein Kind braucht. Aber man tut, was man kann.«

Wieder schnitt er eine Grimasse. »Nehmt sie mit. Ich brauche Euch, damit ihr mir diese Winde reicht, wenn ich soweit bin …« Er schwang kurz seinen Umhang auf, um das Werkzeug zu zeigen. »Und ich möchte nicht, daß sie auf der Straße bleibt, wo jeder sie sehen kann. Auch wenn sie deshalb wieder aufgeweckt werden muß.«

Der Himmel hatte sich über dem schmalen Durchgang zwischen den zwei Häusern geschlossen. Es war so dunkel wie in einem engen Loch und die Luft so reglos wie in einer Höhle drei Meilen unter der Erde. Samlor fand die richtige Stelle auf Grund seiner Erinnerung an die sechs vorsichtigen Schritte, die ihn unter das Fenster geführt hatten, als er es noch sehen konnte.

Er kletterte hinauf, indem er Hände und Füße gegen die beiden so dicht beisammenstehenden Häuser stemmte. Das war nicht schwierig, aber er wäre fast gefallen, als er sich nach der Schraubenwinde bückte, die Khamwas ihm hochreichte.

Das Fenstergitter hätte vielleicht sogar einem Rammbock widerstanden. Die Schraubenwinde übte ihren Druck seitwärts auf die Gitterstäbe und ihren Rahmen aus. Das Gitter zerbrach, als der Cirdonier die Schraubenwinde unerbittlich bis zum Anschlag drehte, ohne darauf zu achten, wie die Anstrengung seinen erschöpften Muskeln zusetzte.

Mit letzter Kraft taumelte Samlor durch die Öffnung und fiel ausgestreckt auf den Boden des Raums dahinter.

»Gepriesen sei Heqt, in der die Welt lebt«, murmelte Samlor, als seine Sinne ihn in die äußere Welt zurückbrachten. Der Marmorboden unter ihm war kalt und glatt von Wasser. Die Glasscheiben waren nicht geschlossen gewesen, als es das letzte Mal geregnet hatte; und das war, wie er den Gesprächen in der Karawanserei entnommen hatte, vor mehr als einer Woche gewesen.

Khamwas rief aus dem Durchgang. Seine Worte waren nicht zu verstehen, wohl aber die Besorgnis in seinem Ton.

»Alles in Ordnung«, erwiderte der Karawanenmeister. Er griff nach dem Fensterbrett.

»Alles in Ordnung«, wiederholte er und lehnte sich aus der Öffnung, durch die er eben hereingeklettert war. »Einen Moment, ich finde ...« Er schob einen Vorhang zur Seite. »Ja, gleich habe ich was, an dem Ihr heraufklettern könnt.«

Er riß die Vorhänge herunter und ließ sie für seine Begleiter aus dem Fenster baumeln. Samlor war es inzwischen gleichgültig, welchen Schaden sie hier anrichteten – solange sie nur so rasch wie möglich wieder wegkamen.

Das Fenster war kaum als Rechteck zu erkennen, und die Luft roch immer noch nach Gewitter.

Unten fand ein leiser Wortwechsel statt, dann kam Stern den Vorhang hoch und fuchtelte zornig mit den Beinen. Ihre Stimme klang schmollend, als sie heftig fragte: »Was *ist* das für ein schreckliches altes Haus? Ich mag es nicht!«

Vielleicht ging von diesem Haus etwas aus, das sie fühlte – vielleicht war sie aber auch nur vor Übermüdung quengelig, wie andere Siebenjährige an ihrer Stelle es auch wären.

Jedenfalls hatte Samlor jetzt keine Zeit, sich deshalb Sorgen zu machen. Er faßte das Kind mit dem linken Arm unter den Schultern und hob es ins Gemach. Stern schrie auf, als ihr Kopf den Fenstersturz streifte, aber sie hätte wirklich daran denken können, ihn einzuziehen.

»Meinen Stab, Meister Samlor«, bat Khamwas.

Der Cirdonier lehnte sich hinaus und griff nach etwas, das sich als das Ende eines gewöhnlichen Holzstabes erwies. Hinter ihm erhellte sich das Gemach in blassem Blau.

Stern hätte es natürlich nicht tun sollen, ohne vorher zu fragen, aber sie brauchten Licht, und sie war ja schließlich noch ein Kind und kein vernünftiger Ewachsener. Samlor schob den Stab mit der Linken hinter sich, während er mit der Rechten und seinem ganzen Gewicht den Vorhang festhielt.

Der napatanische Gelehrte kletterte regelrecht anmutig hinauf und benutzte Samlors Arm wie die Stange eines Trapezes, um sich über das Fensterbrett zu schwingen. Erst dann drehte der Karawanenmeister sich um und sah nach, wo sie waren und was seine Nichte tat.

Stern ließ drei Kraken aus Lichter durch die Luft schwimmen. Ein blauer Krake segelte unter der Decke, die mit Fresken von Gottheiten in menschlicher Gestalt verziert war; ein gelber pirschte zwischen den Beinen eines Schreibtisches mit prächtigen Perlmuttintarsien.

Der dritte war von so blassem Blau, daß er sich kaum von der geschnitzten Tür abhob, vor der er schwach schaukelte.

»Wo ist ...« Samlor blickte Khamwas suchend an. »Ihr wißt schon – Euer kleiner Freund?«

Tjainufi erschien auf der rechten Schulter des Napataners. Das Männchen bewegte sich mit der lautlosen Plötzlichkeit eines Abbilds in einem Drehspiegel. »Die Klugheit ist nie weit vom Kopf«, sagte es zufrieden.

»Khamwas«, bat der Cirdonier und schaute sich um, »wenn Ihr finden könnt, was wir suchen, dann fangt gleich an. Ich möchte *wirklich* nicht länger hierbleiben, als unbedingt nötig.«

»Schau doch, Oheim!« krähte Stern, als sie zum Schreibtisch hopste. »Mamis *Schatulle*!«

An Samlors Schnelligkeit und Reflexen war nach seiner Anstrengung nichts auszusetzen, aber sein Verstand ließ zu wünschen übrig. Er wollte den Schreibtisch vor Stern erreichen, aber seine Stiefelsohlen rutschten auf dem nassen Marmor aus. Weil er unwillkürlich den langen Dolch aus seinem Gürtel gezogen hatte, blieb ihm nur seine Linke, mit der er seinen Sturz abfangen konnte. Durch die Heftigkeit des Aufpralls prickelte sein Handrücken, und der Handteller brannte.

Khamwas hatte seinen Stab wieder an sich genommen. Er hörte auf, murmelnd auf ihn einzureden, als der Cirdonier mit solcher Wucht auf dem Boden landete, daß die losen Gitterstäbe losrollten und klirrend gegeneinanderschlugen. »Seid Ihr ...?«, begann er und streckte dem auf dem Boden Liegenden hilfreich die Hand entgegen.

»Siehst du, Onkel Samlor«, sagte das Kind, das mit einer Elfenbeinschatulle in den Händen zum Karawanenmeister zurückkehrte, »es hat Mamis Zeichen!«

»Nein«, antwortete Samlor dem Napataner ruhig, »macht weiter.« Er spürte, wie Verlegenheit sein Gesicht rötete. »Sucht die Stele, die Ihr studieren wollt, and dann sehen wir nach, was Stern hier hat.«

Er nahm dem Kind die Schatulle ab, sobald er sie mit seinen tauben Fingern zu halten vermochte. Selbst wenn es nur war, wonach es aussah – ein Kästchen zur Aufbewahrung von vielleicht zwei Armreifen –, mochte es sich doch als außerordentlich gefährlich erweisen.

Khamwas' Gesicht verriet die Besorgnis, die wohl jeder unter diesen Umständen verspüren würde, aber er nahm seine Meditation – oder seine Gebete – wieder auf, wozu auch immer er den Stab benutzte.

Sterns handtellergroße Lichtkreaturen setzten ihre Streife durch das Gemach fort, das offenbar ein großes Studierzimmer war. Links der Tür stand ein Diwan und rechts der Schreibtisch mit einem Sessel, dessen Polster den gleichen Bezugsstoff wie der Diwan hatte. Eine dreidochtige Öllampe hing von einem abgewinkelten Holzarm, der am Schreibtisch befestigt war. Sie würde ein gutes Licht geben. Samlor zündete sie mit dem bronzefarbenen Feuerkolben in seinem Beutel an.

»Sie hat kein Öl, Onkel Samlor«, sagte Stern mit der Befriedigung eines Kindes, das sich besser auskennt als ein Erwachsener. Sie formte mit den Händen wieder eine Schale und füllte sie mit goldenem Glühen. Die Lichtgeschöpfe, die immer noch im Gemach herumschwebten, erblaßten im Vergleich. »Siehst du?«

Die Lampenschale war leer, von einem glänzenden Fleck in der Mitte abgesehen, der sich jedoch außer Reichweite der Dochte befand. Nur einer der drei Dochte war bei der letzten Benutzung der Lampe angezündet worden. Als die Flamme das Öl verzehrte, hatte es die gedrehten Baumwollfäden zu Asche verbrannt. Die beiden anderen Dochte waren deutlich in Schwarz und Weiß getrennt und bereit zu brennen, sobald das Öl nachgefüllt war.

Setios hatte sein Haus offenbar in großer Eile verlassen.

»Gut, Schatz, halt das Licht weiter so«, sagte Samlor so ruhig zu seiner Nichte, als bäte er sie am Tisch, ihm das Brot zu reichen. Die Schatulle gehörte nicht zu den Dingen, an die der Cirdonier sich aus seiner Jugend erinnerte, aber das Familienwapppen – der geflügelte Drache des Hauses derer von Kodrix – befand sich in Emaillearbeit auf dem Deckel. Darunter war das Motto geschnitzt: EIN ADLER SCHNAPPT NICHT NACH FLIEGEN.

Samlors Eltern hatten ihm nie verziehen, daß er riskante

Karawanen, die hohen Gewinn einbrachten, leitete wie ein gemeiner Bürger, statt sein Leben als untätiger Edler in Armut zu fristen. Aber sie hatten gut gespeist – von den Fliegen, die er für sie geschnappt hatte, und das Geld, das er erarbeitete, hatte seiner Schwester die Vermählung mit einem rankanischen Edlen ermöglicht.

Der Deckel ließ sich durch den sanften Druck seines Daumens nicht öffnen. Es war keinerlei Verschluß, kein Schlüsselloch zu sehen, aber das kleine Ding mußte ein Kästchen sein – für einen vollen Elfenbeinblock wog es nicht genug. Samlor legte seinen Dolch auf den Schreibtisch, um die Rechte frei zu haben ...

Und las, was auf einem Stück Pergament stand. Es war der Anfang eines Briefes:

> *An Meister Samlor hil Samt,*
> *Ich hoffe, Ihr seid wohlauf. Auch ich bin wohlauf. Ich sende Euch hierm...*

Es war cirdonische Schrift, und der letzte Buchstabe endete in einem geschwungenen Tintenstrich. Samlors Blick folgte diesem Bogen und sah einen feinen silbernen Federhalter ein paar Fuß entfernt vom Schreibtisch auf dem Mamorboden liegen.

Der Karawanenmeister stellte die Elfenbeinschatulle ab, behielt jedoch die Waffe in der Hand. Allem Anschein nach wäre Setios vor etwa einer Woche statt mit einer Feder mit einer Klinge in der Hand besser dran gewesen. Unwillkürlich schlang der Cirdonier den linken Arm um Stern, während er sich zu dem Napataner umdrehte. »Khamwas. Das ist wichtig! Ich glaube, ich tat Setios Unrecht, als ich dachte, er hätte sich aus dem Staub gemacht, um mir nicht Rede und Antwort stehen zu müssen.«

Der andere war so still, daß sich beim Atmen nicht einmal seine Brust bewegte. Einen Moment lang wurde die absolute

Stille durch die vagen, langsamen Schatten überspielt, welche die im Gemach kreisenden Kraken warfen. Das Männchen auf Khamwas' Schulter führte einen eigenartig unbeholfenen Tanz mit steifen Beinen und in die Seiten gestemmten Armen aus.

»Khamwas!« wiederholte der Karawanenmeister scharf. »Ich glaube, wir sollten *sofort* von hier verschwinden!«

Tjainufi piepste: »Sag nicht, ›ich werde die Sache in die Hand nehmen‹, wenn du es doch nicht tust.«

Fast gleichzeitig schüttelte sich der Napataner wie ein Taucher nach einem tiefen Sprung und öffnete die Augen. Er stand ein wenig zitternd und stützte sich auf seinen Stab. Schließlich überzog ein strahlendes Lächeln sein Gesicht.

»Samlor«, rief er und ahnte offenbar nichts von dem, was um ihn geschehen war, während er sich in Trance befunden hatte. »Ich habe sie gefunden – das heißt, wir müssen hinuntergehen.«

»Wir müssen ...«, begann der Karawanenmeister zornig. Tjainufi beobachtete ihn. Die Züge des Männchens waren zu klein, als daß ihr Ausdruck in diesem Licht deutbar gewesen wäre, aber das winzige Geschöpf dachte zweifellos, daß ...

»Hört«, fuhr Samlor fort, sprach jedoch mehr zu Tjainufi denn zu Khamwas. »Das heißt nicht, daß ich weg will von hier, weil wir gefunden haben, was *ich* suchte, sondern ...«

»Oh!« hauchte Stern. Eine schwache Implosion erfolgte, Luft rauschte, um eine kleine Leere zu füllen. »Es ist nichts drin!«

Sie hatte die Schatulle geöffnet, wie Samlor sah, als er sich umdrehte. Seine Gefühle waren abgestumpft, und seine Sinne vermittelten ihm erstarrte Bilder seiner Umgebung in größeren Einzelheiten, als er wahrzunehmen vermocht hätte, wenn er nicht bereit gewesen wäre zu töten oder zu fliehen.

Ein schmales Plättchen auf der Vorderseite der Elfenbeinschatulle glitt seitwärts und gab ein Schnappschloß frei. Als das Kind darauf gedrückt hatte, war der Deckel aufgesprungen.

Stern blickte mit enttäuschtem Schmollen zu ihrem Oheim auf. Sie hielt die Schatulle mit beiden Händen, und die Lichtkugel, die dadurch keine Berührung mehr zu ihrem Handteller hatte, schrumpfte und verlor an Leuchtkraft, während ihre Farbe das Spektrum durchwanderte.

Einen zeitlosen Moment sah Samlor blauweißes Licht durch einen Spalt im Kosmos, wo der Wirbel weißen Haares auf Sterns Köpfchen hätte sein sollen. Es war, als blicke man in das Herz eines Lichtblitzes ...

Und es war nicht da, nicht in dem Gemach, noch im Gesicht seiner Tochter – denn das war Stern, verdammte Samlane –, es war auch kein Nachbild auf Samlors Netzhaut, als er blinzelte. Folgedessen war es nicht wirklich hier gewesen, und der Karawanenmeister war zurück in der Welt, wo er versprochen hatte, Khamwas bei der Suche nach einer Stele zu helfen – als Dank für seine Hilfe bei der Suche nach Sterns Erbe.

Und diese Stele mußten sie erst noch finden. Er würde sein Versprechen halten, das er dem Napataner gegeben hatte. Daran hätte ihn nicht erst Tjainufis vorwurfsvoller Blick erinnern sollen.

»Freund Khamwas«, versicherte ihm Samlor, »wir gehen hinunter, wenn Ihr das wollt. Aber ...« Sein linker Zeigefinger beschrieb einen Bogen von dem Pergament zu dem silbernen Federhalter auf dem Boden. » ... irgend etwas hat sich recht unerwartet Setios geschnappt, und ich würde nicht drauf wetten, daß es nicht mehr hier ist.«

Khamwas biß sich auf die Unterlippe. Er trug jetzt wieder sein Cape, aber der Cirdonier erinnerte sich, wie schmächtig der Napataner ohne das Kleidungsstück ausgesehen hatte.

»Wer schaut, wohin er tritt, der geht mit sicherem

Schritt«, sagte das Männchen mit seiner übernatürlich klaren Stimme.

»Samlor«, erwiderte der Napataner schließlich, »ich weiß Eure Warnung zu schätzen – aber was ich suche, ist hier, und ich habe eine sehr lange ...«

»Natürlich«, unterbrach ihn der Cirdonier. »Ich meine nur, wir sollten vorsichtig sein, ja?«

»Und du, Kind«, fügte Samlor hinzu, und seine Stimme war so sanft wie die geöffneten Krallen einer Katze. Er kniete sich so, daß Stern ihm in die Augen schauen konnte, ohne aufblicken zu müssen. »Du berührst nichts, tust nichts. Verstehst du? Denn wenn ich dich nur beschützen kann, indem ich dich verschnüre und wie einen Mehlsack trage, dann werde ich das auch tun!«

Stern nickte. Sie war den Tränen nahe. Die schwebenden Lichtkraken schrumpften merklich.

»Es wird alles gut, Liebes«, versicherte ihr der Karawanenmeister und gab ihr einen liebevollen Klaps, ehe er aufstand.

Es beunruhigte ihn, wenn er seine Nichte einschüchtern mußte, damit sie gehorchte, aber es beunruhigte ihn jedes Mal noch viel mehr, wenn sie arglos etwas Gefährliches tat, wie diese Schatulle zu öffnen. Jedenfalls war es besser, sie war eingeschüchtert, als daß er sie verschnürt wie ein Ferkel schleppen mußte.

Denn Samlor stieß keine leeren Drohungen aus.

Khamwas flüsterte etwas. Sein Stab hüllte sich in bläuliches Schimmern wie in der Gasse, wo Samlor ihn zum erstenmal gesehen hatte. Mit dem stumpfen unteren Stabende tippte der Napataner auf die Tür und öffnete den Bronzeriegel. Als sich nichts weiter tat, öffnete er die Tür mit der freien Hand und trat vor Samlor und Stern auf den Korridor.

Samlor berührte den Schnappriegel, als er daran vorbeiging. Er war nicht sonderlich fest, eben einer, wie man ihn für eine Innentür benutzt, wenn er weniger als Schutz gedacht ist, als dafür, nicht überrascht zu werden, wenn man ungestört sein will. Aber die Tür *war* verschlossen gewesen, was bedeutete, daß jemand lange genug auf dem Gang angehalten hatte, um es mit einem Schlüssel zu tun.

Denn wenn nicht, hätte sie nur von jemandem im Innern zugeschlossen werden können, der nicht mehr da war.

Auf die alte ilsigische Weise bildete der Gang eine Galerie mit Brüstung im ersten Stock rund um die hohe Eingangshalle. Darüber wölbte sich ein festes Dach statt des Oberlichts wie bei rankanischen Häusern. Die Treppe zum Erdgeschoß befand sich in der Ecke links von der Tür des Studiergemachs. Khamwas' Stab deutete so bleich wie ein spukender Geist in diese Richtung.

»Der ...«, begann Samlor. Er versuchte, in alle Richtungen zu blicken, konnte jedoch nicht weiter als ein paar Zoll über den schimmernden Stab hinausblicken. »Der Türhüter. Er ist nicht ...?«

»Wir würden ihm nicht begegnen, nicht einmal, wenn wir selbst die Tür von innen öffneten«, erklärte Khamwas, als er rasch die Wendeltreppe hinunterstieg. »Er ist, müßt Ihr wissen, ein *Ding*. Eine Konstruktion aus einer Reihe ganz bestimmter Umstände, die so genau aufeinander abgestimmt sind wie Schlüssel und Schloß. Es wäre allerdings nicht ratsam«, fuhr er ein paar Stufen später fort, »die Tür von außen aufbrechen zu wollen. Auch nicht für einen viel größeren Gelehrten, als ich einer bin. Ah, Setios sammelte einige – Artefakte –, von denen er besser die Finger gelassen hätte.«

In der Eingangshalle war es eiskalt. Samlor dachte, es könne etwas mit dem glasglatten Zierteich in ihrer Mitte zu tun haben. Er tippte vorsichtig den Stiefel ins Wasser und stellte fest, daß es nicht sehr tief war. Wahrscheinlich wurde es durch Regenwasser gespeist, das man von der Dachrinne herableitete. Im Schatten unter der Einfassung waren die schmalen Schlitze kaum zu sehen, aus denen zu hochstehendes Wasser wiederum zu einer Zisterne rann.

Von diesem Zierteich abgesehen war der Raum kahl. Die Wände zwischen den oberen und unteren Schmuckrändern waren mit senkrechten Pastellwellen bemalt, die an einen Birntangwald erinnerten, und der Marmorboden wies geometrische Muster auf.

»Und wohin jetzt?« fragte der Karawanenmeister brüsk. Er blickte auf den Türbogen zur hinteren Haushälfte. Stern zitterte am ganzen Leib, obwohl sie ihren Umhang eng um sich gewickelt hatte und mit beiden Händen geschlossen hielt. Auch Samlor gefiel die Aura dieser Halle gar nicht.

»Noch weiter nach unten«, antwortete Khamwas verwirrt. Er klopfte mit dem Stabende auf den Boden, doch der scharfe Laut verriet zumindest dem Karawanenmeister nichts.

»Da unten muß eine Zisterne sein.« Samlor deutete mit tropfender Stiefelspitze. »Der Zugang ist wahrscheinlich in der Küche. Nicht hier.« Er ging voll Unbehagen auf die Tür zu und ärgerte sich über seine unverständliche Angst. Ein Teil seines Ichs jammerte, daß der Napataner ein Narr war und wieder eine Richtung mit einem Weg verwechselte – aber das mußte Samlor vermeiden: aus nichtigen Gründen seinen Ärger an seinen Begleitern auszulassen, nur um Ängste zu vertuschen, die er aus Verlegenheit nicht zugeben wollte.

Stern schob eine Hand aus der Öffnung ihres Umhangs heraus. Sie blickte nicht auf, aber als sie einen Finger abwinkelte, löste sich sogleich ein heller Funke davon und streifte am verzierten unteren Wandstreifen entlang.

»L-liebes«, sagte der Karawanenmeister und blickte auf das verschlossene Gesichtchen seiner Nichte, das ihm verriet, wie elend sie sich fühlte. Stern schwieg.

Der Lichttropfen war weißglühend und blendend im Vergleich zu den vagen Lichtquellen, die beide Magier – diese Tatsache mußte er sich nun zugeben – zuvor geschaffen hatten. Er hätte vielleicht sogar neben einer Kerzenflamme hell ausgesehen, doch es fiel Samlor schwer, sich an etwas so Normales wie Kerzenschein zu erinnern, während er in dieser eisigen steinernen Halle stand.

Puls und Pause; Puls und Pause; Puls ... Anfangs hatte er gedacht, diese Lichtkreatur sei ein Fischchen oder vielleicht nur ein kleiner Lichtklecks.

Doch jetzt glich sie einem Tintenfisch, immer noch zu winzig, sie zu sehen, aber zu erkennen durch die Art, wie sie sich mit rhythmischen Kontraktionen ihres Mantels vorwärtsschnellte.

Der Marmorboden war so gut poliert, daß sich die Bewegungen der Lichtkreatur präzise spiegelten und sogar die feinen Schatten zwischen den geschlossenen Lichttentakeln zu erkennen waren, die sie hinter sich herzog. Die Farben und Musterung der Marmorfliesen schufen den Eindruck, sie schwämme wahrhaftig durch Wasser.

»*Stern!*« sagte der Karawanenmeister mit unterdrückter Heftigkeit. »Weshalb ...«

Das Spiegelbild verschwamm auf einer schwarzen Fliese zu einer feinen Lichtkugel, obwohl die winzige Kreatur darüber in kristallener Klarheit dahinschoß. Der Tintenfisch pulste vorwärts und hing einen Augenblick über einem keilförmigen Travertinstück, dessen dunkle Streifen die scharfen Umrisse zu umhüllen schienen.

Dann schwanden Lichtkreatur und Spiegelbild so abrupt, wie sie aus der Geste des Kindes entstanden waren.

»Was?« fragte Stern heftig zitternd. Sie preßte die Lider so fest zusammen, daß ihr Oheim glaubte, sie würde gleich zu weinen anfangen. »Was ist *geschehen*?«

Samlor tätschelte sie beruhigend und blinzelte, sowohl wegen der plötzlichen Rückkehr der Dunkelheit, als auch seiner Erkenntnis dessen, was er eben gesehen. Stern wußte vielleicht nicht, was sie getan hatte und warum, aber dem Karawanenmeister war es nun klar.

»Khamwas, kommt doch her«, rief er und amüsierte sich

über die Begeisterung, die in seiner Stimme mitgeschwungen hatte. Er trat zu der Stelle an der Seitenwand, wo das Lichtgeschöpf verschwunden war. »Wißt Ihr, ich hatte schon befürchtet, wir müßten aufgeben oder mit einem richtigen Abbruchtrupp zurückkommen.«

»Ein Augenblick der Mutlosigkeit kann der Tod von Hunderten sein«, sagte das Männchen auf Khamwas' Schulter.

»In dieser Stadt«, entgegnete der Karawanenmeister bitter, »muß man mit dem Tod aus geringeren Gründen rechnen.«

»Ich ...«, murmelte der napatanische Gelehrte. »Was möchtet Ihr, daß ich tue?«

»Stern, Schätzchen, komm her«, redete Samlor ihr gut zu, als er bemerkte, daß seine Nichte ihm nicht gefolgt war. Etwas stimmte nicht mit ihr, oder sie reagierte besonders stark auf die Stimmung, die von diesem Haus ausging.

Sie gehorchte seiner Stimme mit dem ängstlichen Zögern eines oft geschlagenen Hundes. Ihre Hände hatte sie wieder unter dem Umhang.

Samlor legte den Arm um ihre Schultern, das war alles, was er tun konnte, bis sie dieses verfluchte Haus *verlassen* hatten, und sagte zu dem anderen: »Könnt Ihr es hier unten ein wenig heller machen? An der Wand?«

Khamwas kauerte sich auf die Fersen und streckte den Stab parallel zum Randstreifen aus. Sein Schimmern war für Augen, die sich dem Funken von Sterns Finger angepaßt hatten, kaum als Licht erkennbar, aber es genügte, das schwarze Marmorstück von den Travertinstücken zu beiden Seiten abzuheben.

Samlor konnte keinen Unterschied in der Politur des schwarzen Marmors zum restlichen Boden erkennen, aber die Weise, wie das Licht darauf verschwamm, bewies, was unter allen anderen Bedingungen unsicher gewesen wäre.

Er betastete den Stein mit der Kuppe des kleinen Fingers seiner Rechten, ohne jedoch den Griff seines langen Dolches loszulassen. Die Fliese gab unter dem leichten Druck nicht nach, allerdings schien sie nicht so fest zu sitzen, wie ein Stein eigentlich festgefügt sein müßte.

»Stimmt etwas mit dem Boden hier nicht?« fragte Khamwas, der auf seinen Fersen kauerte.

Samlor wäre es lieber gewesen, der Napataner hätte hinter ihnen Ausschau gehalten, aber das konnte er wahrscheinlich nicht, wenn er gleichzeitig den Stab so halten mußte, daß er ihnen nutzte. Sein Schimmern war jedenfalls besser als gar kein Licht.

Außerdem bezweifelte er, daß die Gefahr, die ihnen hier drohte, etwas so Simples sein würde, wie ein Mann, der im Dunkeln auf sie zuschlich.

»Dieser Stein hat nicht den gleichen Glanz wie die anderen«, erklärte Samlor, während er aufstand. »Er wird bestimmt nicht oft betreten, vielleicht ist er verrutscht oder *etwas* anderes als die übrigen Fliesen.«

Er stieg vorsichtig auf diesen Stein, der in jeder Richtung nur ein wenig länger war als sein Fuß. Indem Samlor sein Gewicht von den Zehen zur Ferse verlagerte, hoffte er, er könne irgend etwas auslösen, daß der Marmor sich auf einem verborgenen Lager drehe. Er war bereit, beim ersten Zeichen von Bewegung wegzuspringen.

Es tat sich nichts.

Nun denn, vielleicht, wenn er den Stein zur Wand drückte ...

Samlor rutschte, dann fand er Halt, als er das Gewicht verstärkte. Der schwarze Stein glitt mit der lautlosen Eleganz von flüssigem Quecksilber unter den Wandstreifen.

Die beiden Männer wirbelten herum, als etwas hinter ihnen seufzte. Der Zierteich hob sich an einem Ende. Das Wasser, das erst vor wenigen Augenblicken Samlors Stiefel befeuchtet hatte, floß nicht davon, sondern lag schräg in der Luft. Eine Leiter führte von einer Öffnung, die der Teich verborgen hatte, in die Tiefe.

»Sammler habt Ihr ihn genannt«, sagte der Karawanenmeister grimmig, als er die Spiegelung in der fast senkrechten Wasserfläche beobachtete.

»Ein guter Trick«, antwortete Khamwas etwas gereizt. Er stand auf und sprach ernst und konzentriert etwas zu seinem Stab. Samlor nahm an, daß seine Beschwörung ihrer Aufgabe und Sicherheit diente.

Als der schimmernde Stab aus Khamwas' Händen schwebte und sich zum Boden neigte, ohne jedoch zu fallen, wurde dem Cirdonier klar, daß es lediglich ein Trick war – eine Demonstration, um zu beweisen, daß Khamwas kein geringerer Magier war als der Besitzer dieses Hauses.

Das war die Art jungenhafter Dummheit, die in einer so gefährlichen Lage den Tod bedeuten konnte.

Offenbar war Tjainufi derselben Meinung, denn er drehte sich um und sagte ins Ohr des Gelehrten: »Blinder Eifer schadet nur.«

Sterns Händchen schauten wieder aus ihrem Umhang, aber Samlor war nicht sicher, ob das Kind ebenfalls murmelte. Lichtpunkte schossen von ihren Fingern. Sie wuchsen, als sie schimmernd durch die Halle flogen, und wurden deutlicher, während sie an Leuchtkraft verloren – eine Qualle aus pastellfarbenem Licht und ein malvenfarbiger Seeigel folgten ihrem leuchtenden Weg auf einem ›Meeresgrund‹, der sich zwei Fuß über dem Marmorboden befand.

Der Stab wackelte und verlor im Fallen sein Schimmern. Samlor fing ihn auf, ehe er auf den Fliesen aufschlug. Er gab ihn seinem Begleiter zurück. »Wie wär's, wenn wir uns umsehen«, sagte er. »Ich werde vorausgehen.«

»Nein, ich glaube, das sollte ich«, widersprach Khamwas. »Ich ...« Er bemerkte den Blick des Cirdoniers. »Meister Samlor, ich entschuldige mich, aber es wäre sicherer, wenn ich vorausgehe, und ich werde alles tun, daß es für alle sicher ist.«

Die bunte Qualle ließ die Eingangshalle aussehen, als

wäre sie durch Licht hinter bemaltem Glas beleuchtet. Der Seeigel trudelte zu der Öffnung mitten im Boden und mit der gleichen abgehackten Bewegung in die Tiefe, als wäre die Ebene, über die seine Stacheln glitten, in einem Universum, in dem waagrecht senkrecht war.

Die beiden Männer schritten zur Öffnung und spähten hinunter, während Stern stumm die Arme um sich schlang.

Der Raum unter dem Boden war würfelförmig, mit etwa zehn Fuß Höhe und Breite. Malvenfarbiges Licht erfüllte ihn erstaunlich gut, obwohl der Seeigel aus Licht dazu gar nicht hell genug zu sein schien. Der Fußboden schimmerte düster flackernd.

Die Einrichtung war schlicht. Ein metallenes Lesepult befand sich nahe der Kammermitte. Rechts davon stand ein kunstvoller bronzener Feuerkasten auf vier in seltsamen Krallenfüßen endenden Beinen, der wohl weniger zum Heizen diente, denn zum Verbrennen von Räucherwerk. Die flachen Seiten waren mit Reihen eingravierter Wirbel verziert, die dem Karawanenmeister mehr wie eine unbekannte Schrift erschienen als nur Dekoration. Die Oberfläche war glatt, von drei Vertiefungen abgesehen – eine etwa einen, die andere drei und die dritte sechs Zoll im Durchmesser. Darauf ließen sich Kräuter, Pulver oder würzige Öle geben, deren Duft durch die Hitze der brennenden Holzkohle im Feuerkasten verstärkt wurde.

An jeder Ecke der Oberfläche befand sich eine gegossene Verzierung: Miniaturtiere der Art, die in größerem Maßstab Modell für die krallenbewehrten Beine des Feuerkastens gestanden haben mochten. Diese Kreaturen hatten Katzenköpfe, Krötenleiber mit dreieckigen Panzern entlang der Wirbelsäule und Beine wie Raubvögel. Schlangenschwänze bogen sich aufwärts, was darauf hindeutete, daß diese Geschöpfe als Henkel für den Feuerkasten gedacht waren, doch falls jemand sie tatsächlich für diesen Zweck benutzen wollte, würde er sich die Hände an den haarfeinen Stacheln am Schwanzende verletzen.

Anderes Mobiliar befand sich nicht in dieser Kammer, doch ein Drudenfuß von mehreren Fuß Durchmesser war auf den Betonboden links des Lesepults gemalt oder eingelegt. Er war leer. Der Boden und die mit weißem Stuck verzierten Wände waren ansonsten kahl.

Khamwas' Lippen waren geschürzt.

»Worauf wartet Ihr?«, fragte Samlor. »Vielleicht befindet sich Euer Stein an der Decke, wo wir ihn nicht sehen können.«

»Ja«, sagte der Napataner, doch aus seiner Stimme schwang mehr Zweifel als Hoffnung.

Khamwas stieß seinen Stab so weit in das malvenfarbige Licht, daß seine Hand gerade noch über der Bodenhöhe blieb.

Nichts tat sich, doch Samlor war nicht so einfältig, es für ein nutzloses Manöver zu halten. Sein Begleiter tat, was er versprochen hatte, er konzentrierte seine Begabung – oder vielmehr sein Wissen – auf das, was zu tun war.

Er streckte den Stab in die Richtung, die er nahm, und stieg unbeholfen rückwärts die Leiter hinunter. Als er sich unten umdrehte, schlug das Stabende versehentlich gegen den Feuerkasten. Khamwas sprang erschrocken rückwärts, doch Samlor, der gesehen hatte, was geschehen würde, zuckte nicht mit der Wimper.

Aber das Krachen und Klirren zerbrechenden Glases im oberen Stockwerk ließ ihn mit gefletschten Zähnen herumwirbeln und mit der Linken nach dem Wurfmesser in seinem Stiefelschaft langen.

»Der Wind«, murmelte Stern. Das waren ihre ersten Worte, seit sie das Studiergemach verlassen hatten. Sie blickte ihren Oheim nicht an.

Aber sie hatte recht. Eine Tür schlug zu und dämpfte ein weiteres Klirren von Glas. Ein Fensterflügel war nicht richtig geschlossen gewesen, und ein heftiger Windstoß hatte ihn gegen die Wand geschmettert.

»Alles in Ordnung bei Euch?« rief Khamwas.

Diese Frage beeindruckte Samlor, denn sie klang ehrlich.

»Uns erwartet ein Bad, wenn wir das Haus verlassen«, antwortete der Karawanenmeister. »Trotzdem wär mir wohler dabei. Hattet Ihr schon Glück bei Eurer Suche?«

Der Napataner verzog das Gesicht. »Die Kammer ist leer und der Feuerkasten so sauber, als wäre er nie benutzt worden. Ich bin nicht sicher, daß die Stele überhaupt hier ist.«

»Flehe nicht einen Gott um Rat an und mißachte dann, was er sagt«, fauchte Tjainufi, der sein Gesichtchen wie ein sich putzender Vogel an seiner Schulter rieb.

»Geht zur Seite«, bat Samlor. »Ich komme hinunter.«

Er drehte sich zu seiner Nichte um und sagte: »Stern, Schätzchen? Liebes? Kann ich dich einen Moment allein lassen?«

Sie nickte, obwohl nichts in ihrem Gesicht darauf hindeutete, daß sie überhaupt zuhörte.

Je schneller sie fanden, was Khamwas brauchte, desto schneller würde Samlor die Probleme seiner Nichte herausfinden können. Er sprang in die würfelförmige Kammer, ohne die Leiter zu berühren.

Er landete in vollkommener Balance, die Füße auseinander und die Linke etwas weiter ausgestreckt als die Rechte, damit sie das Gewicht seines langen Dolches ausglich. Doch trotz seiner Vorsicht wäre er vielleicht gefallen, wenn Khamwas ihn nicht an den Schultern festgehalten hätte. Der Fußboden war mit glitzerndem Zeug bestaubt, das fast so glatt wie eine Ölschicht war.

Hinunterzuspringen war vielleicht nicht das klügste gewesen, aber der Karawanenmeister hatte nicht genau das tun wollen, was man von einem Einbrecher erwartete.

Die geheime Kammer erweckte den Anschein, sich unter Wasser zu befinden, was nicht allein daran lag, daß der Seeigel aus Licht in Hüfthöhe über einen unsichtbaren Meeresgrund trudelte. Das malvenfarbige Licht kräuselte sich schwach, doch weder das Mobiliar noch die beiden Männer warfen deutliche Schatten an die Wände.

»Was sagt Euer ...« Samlor machte mit der Linken eine Geste, in die ungefähre Richtung Khamwas', » ... Freund über das, was Ihr sucht?«

»Daß ich es gefunden habe«, antwortete Khamwas und drehte den Kopf, um sich umzuschauen, sah jedoch nicht mehr als zuvor.

Samlor stampfte mit dem Fuß. Glitzernder Staub wirbelte auf, doch der Betonboden war so fest wie der gewachsene Fels, auf dem er sich wahrscheinlich befand. Dann trat er nach der nächsten Wand.

»Ich glaube, ich weiß, wo wir suchen müssen«, sagte er befriedigt.

Der Stuck, den er abgekratzt hatte, bedeckte zwei völlig verschiedene Steine – eine Platte aus poliertem rotem Granit und eine aus graugemasertem Marmor. In beide waren Schriftzüge gemeißelt, die auf dem weicheren Marmor allerdings verwittert waren.

Samlor riß mit der Linken Stuck weg, der sich durch seine Schuhnägel gelockert hatte. Die Schrift auf der Granitplatte war Rankene, aber so alt, daß die andersartige Rechtschreibung den Karawanenmeister nur wenige Worte erkennen ließ.

»Das ist ja wundervoll, mein Freund!« Der Napataner strahlte heller als das malvene Glühen, als er sich über das vom Stuck befreite Stück beugte.

Auch Tjainufi strahlte und sagte: »Keine gute Tat ist so gut wie die für einen, der sie wirklich braucht.«

»Wir haben es noch nicht geschafft«, erinnerte Samlor mit einem mürrischen Blick auf die Wände ringsum. Wenn sie den ganzen Stuck abkratzen mußten, würde das länger dauern, als der Karawanenmeister hier verweilen wollte.

»Nein, das geht schon in Ordnung«, beruhigte ihn der Napataner mit der beunruhigenden Andeutung, daß er

Gedanken lesen konnte. »Ich werde mich eines Zaubers bedienen, der den Stuck sofort löst. Die alte Schrift wird dabei helfen, denn die Jahre haben ihr Kräfte verliehen, die der Stab lenken kann.«

Vielleicht hatte Setios sie dazu benutzt, dachte Samlor, während sich sein Gefährte vor seinen aufrechten Stab kniete, doch er war bereit zu wetten, daß der Besitzer dieses Hauses jetzt keine Verwendung mehr dafür hatte oder für überhaupt irgend etwas.

Khamwas flüsterte zu sich und seinen Göttern. Samlor blickte ihn an, dann seinen Dolch und sah, daß die damaszierte Stahlklinge nichts anderes als Metall war.

»Stern!« rief er durch die rechteckige Öffnung. »Alles in Ordnung, Schatz?«

Ihr »Ja« war kaum zu hören, aber ein paar pastellfarbene Quallen schwammen in stiller Gleichmut über ihm. Bei Stern war alles in Ordnung.

Wenn überhaupt bei jemandem von ihnen, dann bei ihr.

Samlor bückte sich und hob mit der Kuppe seines linken Zeigefingers ein bißchen Staub auf. Er war farblos und viel zu fein, als daß die Form der einzelnen Kristalle erkennbar gewesen wäre.

Ein Karawanenmeister hatte viel Gelegenheit, schöne Steine, edle Steine und geschliffenes und gefärbtes Glas zu begutachten, das im dämmrigen Licht des Basars Juwelen vortäuschen sollte. Der Staub konnte alles mögliche sein, sogar pulverisierte Diamanten; aber wahrscheinlich handelte es sich um Quarz, der in einer gleichförmigen Schicht auf allen Oberflächen der Kammer verteilt war.

Von Streifen abgesehen, die vom Lesepult und den Beinen des bronzenen Feuerkastens ausgingen. Der Staub schien aus der Richtung des Drudenfußes, in dem Khamwas fast stand, gesprüht worden zu sein.

»K...«, begann Samlor, als ihm plötzlich ein Verdacht kam.

Der Napataner hatte geflüstert. Nun hob sich seine Stimme in einem Crescendo. Auch seine Augen hoben sich, sie waren weit offen, doch anscheinend auf nichts in dieser Kammer gerichtet.

Stuck löste sich von allen Seiten und hagelte auf Khamwas und den Karawanenmeister, der mit der Linken nach der Leiter griff und seine Klinge nach allem schwang, was sich hinter ihn geschlichen haben mochte, während er sich gebückt hatte. Aber da war nichts. Die Flut von Sand und Kalkstaub, die nun, da der Stuck von den Wändern blätterte, die Kammer füllte, ließ Samlor innehalten.

Das langsame Schwanken der Lichtquelle endete nicht, obwohl die mineralgeladene Luft das Leuchten aufsog. An Stelle der Stacheln des Seeigels glühte nun eine Kugel von mehreren Fuß Durchmesser, und während sich der Staub setzte, breitete sich das Glühen aus und wurde bleicher, wobei die Einzelheiten der Quelle im Zentrum allmählich erkennbar wurden.

»Khamwas«, sagte der Karawanenmeister. Er hatte die Augen zusammengekniffen und seinen Umhang vor Mund und Nase gelegt, eine Reflexbewegung, die sich durch seine jahrelange Erfahrung mit Sandstürmen auf seinen Karawanenrouten von selbst ergeben hatte. »*Wo* hatte Setios seinen Dämon in einer Kristallflasche aufbewahrt?«

»Mögen die Götter mich vor einem solchen Wissen bewahren, Freund!« entgegnete der Napataner, während seine Augen über den oberen Wandteil streiften, der bereits einigermaßen klar zu sehen war. Er filterte die Luft durch sein Cape. Als Wüstenbewohner hatte Khamwas offenbar noch mehr Erfahrung mit Sandstürmen als Samlor. »Glaubt mir, Setios war verrückt, einen Flaschengeist bei sich zu behalten – und Ihr wie ich wären noch verrückter, ihn mitzunehmen!«

»Das war auch nicht der Grund meiner Frage«, versicherte ihm der Karawanenmeister. Er sprach lauter, damit er durch das dämpfende Tuch überhaupt gehört werden konnte – und weil er nicht wußte, was er als nächstes tun sollte. Er wäre sofort hier hinausgeklettert, hätte er nicht befürchtet, daß ihm etwas dorthin folgen würde, wo Stern zitternd auf ihn wartete.

Kein Wunder, daß das Kind fast bis zur Besinnungslosigkeit verängstigt gewesen war. Sie mußte es gewußt haben.

»Da ist es!« rief Khamwas. Er streifte das Lesepult, als er näher zur Wand trat. »*Da* ist es!« wiederholte er und nieste.

Die Wände der Geheimkammer bestanden ausschließlich aus beschrifteten Steinen. Einige waren eckige Säulen, von denen der abfallende Stuck nur eine Seite enthüllt hatte.

Ein paar wiesen Symbole auf, die keine Schriftzeichen waren. Einer war ein kleiner Peridotit, der glatt poliert worden war, bevor man eine einzelne Diagonale durch seine groben Kristalle geschnitten hatte. Der Block hatte an jener Stelle in einem Dyareelatempel gestanden, an der die Menschenopfer stattfanden. Samlor konnte sich nicht vorstellen, weshalb jemand ihn von seinem Platz entfernt hatte – oder darauf Wert legte, ihn in in seiner Nähe zu haben.

Der Napataner strich mit der linken Hand über eine Platte grauen Granits und wischte den Staub ab, der sich darauf niedergelassen hatte. Die Stele war etwa drei Fuß hoch und halb so breit. Figuren – wahrscheinlich Götter – bedeckten die obere Hälfte als Relief und darunter befanden sich ungefähr zwanzig senkrechte Schriftzeilen.

»... zum Segen Harsaphes'«, las Khamwas. Sein Zeigefinger hielt inne. »*Harsaphes,* nicht Somptu, wie ich immer angenommen hatte, und die Ruinen des Har...«

»Khamwas, *hört* doch!« brüllte Samlor. Er faßte mit der Linken nach dem Gelehrten, dazu mußte er seinen Umhang vom Gesicht nehmen, obwohl die Luft noch voller Staub war. »Ihr habt gesagt, daß vor kurzem etwas mit der Magie geschehen ist. Könnte das die Kristallflasche zerbrochen haben, in der Setios seinen Dämon gefangenhielt?«

»Nicht der Städter ist es«, tat das Männchen kund, dem der würgende Staub nicht im geringsten zu schaffen machte, »den die Krokodile fressen.«

Und Menschen, welche die Finger von Magie lassen, fiel Samlor ein, während er zu etwas herumwirbelte, das er aus den Augenwinkeln bemerkt hatte, werden nicht von ihren Kreaturen vernichtet.

Eine Hand schob sich aus einer Kalksteinplatte der gegenüberliegenden Wand. Die Hand war so durchsichtig, daß der sich setzende Staub damit zu verschmelzen schien, und so dünn, daß man hätte meinen können, sie bestünde nur aus dem Knochengerüst, wäre nicht das leichte Schimmern von Schuppenhaut gewesen.

Jeder ihrer drei Finger lief in einer Kralle aus, etwa einen Zoll lang und so scharf wie Glasplitter.

»Rasch, die Leiter hinauf!« brüllte Samlor Khamwas zu und sprang mit seiner damaszierten Klinge auf die Erscheinung los. Der Dolchgriff paßte für seine Prankenhand, wenn er damit hieb, doch um mit dem Dolch zu stechen, war der Griff falsch geformt und lag unbequem in seiner Hand.

Aber ein Stich hätte nicht mehr und nicht weniger bewirkt als der Hieb.

Die krallenbewehrte Hand drehte sich, um nach der Klinge zu fassen, während sich ein dünner Arm weiter aus der Wand schob. Stahl durchtrennte den Arm wie Rauch, und die Krallen drangen durch den Dolch, als hätte auch dieser keine Substanz.

Dann griff eine zweite Hand neben der ersten aus dem Stein. Über und zwischen ihnen formte sich etwas zu einer reptilartigen Fratze.

»Verschwindet!« warnte der Cirdonier erneut, als ihm ein rascher Blick zur Leiter zeigte, daß Khamwas immer noch stand, wo er zuvor gewesen war. Er überkreuzte die obere Stabhälfte mit dem linken Unterarm.

»Nein, flieht!« entgegnete Khamwas. Er hatte lautlos eine

Beschwörung gemurmelt und verzog nun das Gesicht vor Anstrengung und keuchte: »Ich habe ihn wieder losgelassen, aber ich kann ihn lange genug festhalten.«

Kopf und Rumpf des Dämons waren inzwischen ebenfalls aus der Wand gedrungen und ein im Schritt erhobenes Bein folgte. Eine Hand schoß vor und packte den Seeigel, der unter den Krallen zu malvenfarbigen Funken zersprühte. Als der Dämon den Arm zurückzog, vereinten die Funken sich wieder zur vorherigen Form. Die Lichtkreatur trudelte weiter durch die Luft.

Samlor war sicher, daß nichts seine kleine Nichte wieder zum Leben erwecken würde, wenn sie diese Klauen zu pakken bekamen.

*»Lauf, Stern!«* brüllte er und wagte nicht, sich von dem Dämon abzuwenden, der sich unaufhörlich aus dem Stein schob.

Khamwas hatte sich nicht gerührt, nur seine Lippen bewegten sich lautlos. Vielleicht hätte es Samlor jetzt selbst tun sollen, da der törichte Napataner sich nicht in Sicherheit bringen wollte. Zur Leiter springen, hinaufklettern, den verdammten Raum wieder verschließen – falls das ohne eine umständliche Suche nach einem weiteren Mechanismus möglich war; mit Stern auf den Armen durch die Haustür verschwinden, hoffen, daß er die Riegel schnell genug öffnen konnte – und daß der Türhüter sie wirklich ignorierte, wie Khamwas behauptet hatte …

Doch statt so etwas zu tun, trat Samlor einen Schritt vorwärts und hieb erneut nach dem Dämon. Er würde Khamwas nicht dieser Kreatur überlassen, außer wenn es keine andere Möglichkeit mehr gab.

Er hieb nach dem Handgelenk. Aber nun fuhr die Klinge nicht mehr hindurch wie Licht durch Nebel. Der Stahl klirrte betäubend, als hätte er einen Amboß getroffen.

Der Dämon packte die Klinge und kicherte schrill. Er war fast frei, nur sein rechtes Bein steckte noch in der Wand. Dieses Bein war immer noch unstofflich wie Rauch, aber die Krallen seines linken Fußes zogen Furchen durch den Betonboden, während der Dämon sich plagte, den rechten Fuß ganz aus dem Stein zu zerren. Seine linke Hand langte nach Samlors Gesicht, während seine Rechte den Dolch umklammerte.

Samlor atmete heftig mit offenem Mund, ungeachtet des Staubes, der ihn zu jeder anderen Zeit zum Husten gereizt hätte. Mit einem Ruck riß er den Dolchgriff nach unten und duckte sich unter den Hieb der Klaue, der so langsam begann wie ein rollender Felsbrocken und den Bogen dann blitzschnell vollendete.

Die Klinge kam frei. Hätte ein Mensch sie gehalten, würden seine Finger jetzt abgetrennt auf dem Boden liegen oder an Hautfetzen herabbaumeln.

Die Klaue des Dämons war unverletzt und hatte Kratzer in die Klingenfläche gezogen.

Samlor öffnete die Spange seines Umhangs. Er konnte das Kleidungsstück wie ein Netz über die Kreatur werfen und …

… und zusehen, wie die Krallen den Umhang zerfetzten und der Dämon aus der Wand sprang, um die Menschen vor ihm zu zerfleischen. Die Augen der Kreatur hatten keine Pupille und glühten orange, eine Farbe, die dem Glühen des Seeigels in nichts nachstand, der immer noch unbeirrt herumtrudelte.

*»Khamwas!«* brüllte der Karawanenmeister, denn der Dämon war bereits in der Luft, und vielleicht könnte der Napataner noch die Flucht die Leiter hinauf schaffen, während der Cirdonier die Kreatur damit ablenkte, daß er sich von ihr zerfleischen ließ …

Der Dämon hielt mitten in der Luft inne. Sein linker Fuß hing über dem Betonboden, während sein rechtes Bein, so dünn und gräßlich wie das einer riesigen Spinne, zu einem todbringenden Tritt ausholte. Staub setzte sich, und der Seeigel rollte ruckhaft vorwärts, ein Stachel nach dem anderen, aber der Dämon hing erstarrt wie ein Sinnbild geifernder Vernichtung. Seine Augen loderten wie Höllenschlünde.

Samlor holte zu einem neuen Hieb nach dem Dämon aus, doch Licht, das auf den Kratzer auf seiner Klinge fiel, erinnerte ihn, wie nutzlos das wäre, deshalb drehte er sich zu Khamwas um.

Khamwas hatte sich nicht gerührt, seit Samlor das letzte Mal einen Blick nach ihm warf.

Der Napataner war leicht nach vorn gebeugt, sein linker Unterarm kreuzte die obere Stabhälfte, und seine Augen starrten den Dämon wie Schlangenaugen an. Tjainufi stand nach wie vor auf seiner Schulter.

Die Lippen des Napataners hatten sich lautlos bewegt, jetzt jedoch krächzte er: »Lauft – schnell!«

Der Dämon war nicht völlig erstarrt. Er setzte seine Bewegungen fort, die er angefangen hatte, ehe Khamwas' Zauber zu wirken begann. Das Bein, das er unendlich langsam nach Samlor ausstreckte, bewegte sich jetzt, da der Napataner sprach, merklich schneller, und der Dämon riß den Rachen auf und offenbarte mehrere Reihen nadelspitzer Zähne.

»Aber wie könnt Ihr ...« Der Karawanenmeister mußte einen Schritt zurückweichen, damit die herbeischwingenden Krallen ihn nicht trafen. Um nicht mit dem flachen Schädel gegen die zehn Fuß hohe Decke zu krachen, duckte sich der Dämon, als er sprang.

»Samlor!« keuchte der napatanische Gelehrte. »Flieht! Ich bin schuld, daß Ihr hier seid!«

Der Dämon war einen Moment lang wieder fast erstarrt, doch nun taumelte er vorwärts, offensichtlich mit der Absicht, Khamwas' Kopf zu packen und mit dem ausgestreckten Bein Samlor den Garaus zu machen.

»Es gibt keinen, den die Götter nicht zur Rechenschaft ziehen, wenn er seinen Reisegefährten im Stich läßt,«, sagte Tjainufi.

»Deine Götter können mich mal«, knurrte Samlor, der bereits seinen Dolch in den Gürtel zurücksteckte, um seine Hände frei zu haben. Dann schlang er den linken Arm um des Napataners Mitte.

»Nein ...«, protestierte Khamwas verzweifelt.

»Macht Ihr das Eure!« schnaubte Samlor ihn an, während er ihn hochhob. Die Luft wirbelte, denn der Dämon setzte seine Bewegung fort, doch die Klauen, denen der Karawanenmeister jetzt den Rücken zuwendete, zerfetzten ihn nicht, als er mit majestätischer Entschlossenheit zur Leiter trat.

Die Kreatur aus dem Stein war nun ganz Khamwas' Problem. Samlor hil Samts Aufgabe war es, sie beide die Leiter hinaufzubringen, während sein Gefährte das *Seine* tat, mit Augen, Arm und Stab.

Khamwas war muskulös, doch nicht sein Gewicht war das Problem. Ihn aufrecht zu tragen, wenn Samlors Rechte, sich um des Gleichgewichts willen, an der Leiter festhalten mußte, war eine ungeheuerliche Anstrengung und erinnerte ihn daran, welche Kraft es ihn gekostet hatte, in dieses *verdammte* Haus zu gelangen.

Einen Fuß setzte er vorsichtig über den anderen, denn ein Ruck zur falschen Zeit würde Khamwas' Konzentration möglicherweise unwiderruflich brechen. Samlor konnte nicht nachsehen, was hinter ihm geschah, nichts dagegen tun, falls etwas schiefging.

Ein starker Luftzug schlug dem Cirdonier entgegen, als sein Kopf aus der Öffnung in die Eingangshalle tauchte. Stoff – ein Vorhang oder eine Bettdecke – hatte sich aus einem Gemach im Obergeschoß freigerissen und hing nun flatternd von der Brüstung.

Stern war so ruhig wie geschmolzenes Glas, als sie zusah, wie ihr Oheim sich mit seiner Last die Leiter heraufplagte. Samlor hielt den weißen Haarwirbel an der Schläfe des Kindes zuerst für eine der Lichtkreaturen, die durch die Eingangshalle schwebten. So hell war es ...

Er konnte sich nicht nach vorn beugen, um sich mit der Hand auf den Boden zu stützen, als er sich dem Kopfende der Leiter näherte, darum nahm der Karawanenmeister die letzten drei Sprossen schneller. Rückwärts zu kippen wäre ihr Tod. Er hatte aus den Augenwinkeln gesehen, daß die Kreatur sich wieder zu bewegen begann; sie würde sie im Nu erreichen, wenn Khamwas aus seiner Konzentration gerissen wurde.

Samlor stieg von der obersten Sprosse auf den Mamorboden. Mit angehaltenem Atem versuchte er sich so ruhig zu bewegen wie eine Ente auf dem Wasser. Er setzte den Napataner ab und wurde sich seines Gewichts erst wirklich bewußt, nachdem er von ihm befreit war. Sofort begab er sich zum Schließmechanismus.

Khamwas' Stimme war nun wieder zu hören, fast gebrochen vor Anspannung, während er immer wieder die gleichen Worte sprach. Schweiß von des Napataners Gesicht war beim Heraufsteigen auf Samlors linken Arm getropft.

Ein Stiefel des Karawanenmeisters rutschte, als er das Marmorstück zurückschieben wollte, das halb unter dem Randstreifen verschwunden war. Samlor kniete nieder und schob mit beiden schweißnassen Händen. Das Marmorstück glitt nun mit der gleichen lautlosen Bewegung, mit der es sich geöffnet hatte, in seine Stellung zurück.

Der Teich aus spiegelglattem Wasser senkte sich und bedeckte geräuschlos den Dämon.

Dieses Haus war kein Ort für Menschen. Nicht jetzt und wahrscheinlich auch nicht, bevor Setios' Dämon sich befreit hatte.

»Ihr habt sie nicht herausgelassen, Meister Khamwas.« Stern berührte die Hand des Gelehrten, der jetzt kniete und vor Erschöpfung um Atem rang. »Sie spielen mit uns.«

»Kommt!« brüllte Samlor. Es gab zwar sicher eine Möglichkeit, die Innen- und Außentür von hier aus zu öffnen, aber er hatte nicht die Zeit, danach zu suchen. »Wir verlassen das Haus, wie wir hereingekommen sind.«

»Es sind sechs, Onkel Samlor!« erklärte Stern. »Sie spielen mit uns!«

Etwas kam aus dem Wandpfeiler neben der Treppe in den ersten Stock. Es war eine krallenbewehrte Hand wie die Pranke des Dämons in der Geheimkammer. Statt wie Rauch aus dem Stein zu strömen, brach sie heraus wie ein Küken aus dem Ei. Stein zersprang, wo die Hand tastete, und ein Teil der Wand begann sich zu heben.

Khamwas stand auf. Sein Gesicht war leer, und er schwankte vor Erschöpfung. Er überkreuzte den Stab wieder mit dem Arm und sprach schwach erneut die Worte der Macht.

Die Mauer, aus welcher die Gestalt des Dämons herausbrach, war eine tragende Wand. Die überbeanspruchten Dachträger ächzten, als sich Stuck in bis zu hundert Pfund schweren Brocken löste. Ein großes Stück krachte mitten in den Teich, und das Wasser spritzte durch die ganze Halle.

Samlor faßte seine Nichte mit einem Arm und Khamwas mit dem anderen. Er warf sie und sich selbst auf den Boden neben der nächsten Seitenwand. Ein für den Halt eines Querträgers eingefaßter Steinblock polterte auf die Galeriebrüstung und von dort in einem Hagel von Bruchstücken auf den Boden.

»Wir kommen durch die Hinterseite hinaus!« rief der Karawanenmeister, der das selbst bezweifelte. Die Wand, neben der sie durch die Galerie geschützt kauerten, zerbrach, als graue Klauen aus ihr herausdrangen.

Auf der gegenüberliegenden Seite der Eingangshalle löste sich die andere Seitenwand in einem Trümmerhagel auf. Er verbarg den Grund der Zerstörung, ohne einen Zweifel daran zu lassen. Einer der Dämonen umklammerte ein abgerissenes Menschenbein. Samlor glaubte zu wissen, wohin Setios und seine Diener verschwunden waren.

Sechs, hatte Stern gesagt. Wahrscheinlich fünf mehr, als sie brauchten, aber man hörte nicht einfach auf, nur weil man nicht gewinnen konnte ...

Die drei Menschen standen auf und rannten gebückt zur hinteren Wand der Halle und der Tür dort.

Die vordere Hälfte des Hauses polterte krachend auf die Straße. Es erschien Samlor gar nicht so laut, bis ihm bewußt wurde, daß er nicht laut genug brüllen konnte, um von seinen Gefährten gehört zu werden, die er mit sich in den dürftigen Schutz der Türnische gezerrt hatte.

Dünne, unmenschlich große Gestalten schritten auf das Trio zu, während sie die Tonnen von Trümmerstücken abschüttelten, die auf sie heruntergekracht waren. Es waren ihrer vier, und der Steinhaufen, der nun den Boden der Eingangshalle bedeckte, hob sich schwankend, als sich der Dämon aus der Geheimkammer zu seinen Artgenossen gesellte.

Brennender Schmerz überschwemmte Samlor von einer Stelle an seiner rechten Hüfte, nachdem sie einen abgeprallten Steinbrocken abgefangen hatte, der ebensoviel wog wie er selbst. Die Innenwand, die das Haus teilte, war so fest gebaut wie die Außenmauern. Sie war verhältnismäßig unbeschädigt geblieben, als die Dämonen die vordere Haushälfte verwüstet hatten. Dieser Teil des Hauses war von allein eingefallen, nachdem die Stützmauern zerstört waren und der brüchige Stein nachgab.

Die Tür vor Samlor war verschlossen oder verklemmt, aber das mit Elfenbein verzierte Holz war dünn. Khamwas schlug mit seinem Stab darauf ein, daß die Intarsien herausbrachen. Die Tür selbst hielt jedoch stand.

Samlor hätte sie eingetreten, aber er war sicher, daß seine rechte Hüfte ihn nicht stützen, geschweige denn ihm gestatten würde, seinen Fuß weit genug zu heben. Er fragte sich, wie viele Sekunden ihnen noch blieben, bevor sich ein Dämon auf sie stürzte, während er sich auf seinem linken Absatz drehte und nach einem grossen Brocken in den Trümmern griff.

Die Dämonen näherten sich mit kleinen Schritten und

keckerten selbstzufrieden. Wenn ihnen danach war, kletterten sie über die Trümmer, doch einer der vier watete durch die Tonnen von Schutt wie ein Mensch durch die Brandung. Die fünfte dieser Kreaturen tauchte empor wie ein Pilz, der Pflaster sprengt, um ans Licht zu kommen.

»Vor ...«, rief Samlor, der sich mit dem Steinblock in den Händen herumdrehte. Die Bewegung war so schmerzhaft, daß er nur seine Kopfhaut spürte, die Handflächen und die Ballen seines linken Fußes.

» ... sicht!«

Der Stein zersplitterte die Tür und polterte in den dahinterliegenden Korridor, wo er von den Beinen des sechsten Dämons abprallte, der dort mit ausgebreiteten Armen den Gang versperrte.

Die Luft war völlig unbewegt. Der Karawanenmeister drehte sich wieder herum, ohne auf seine Schmerzen zu achten.

»Der Himmel!« rief Khamwas heiser. *»Seht!«*

Samlor zog den Langdolch aus dem Gürtel und hob Stern mit der freien Hand auf den Arm. Die im Halbkreis lauernden Dämonen hatten die dünnen Arme jeweils beim Nachbarn eingehakt. Sie waren so nahe, daß sie mit ihren spitzen Zähnen das Gesicht des Karawanenmeisters zerreißen konnten, wenn sie sich nur ein wenig vorlehnten.

»Seht!« schrie Khamwas, und im selben Moment übertönte ein Laut wie der Schrei einer riesigen Schlange seine Stimme.

Samlor blickte auf. Er konnte fast eine Meile in den Himmel sehen, geradewegs durch den blitzerhellten Rachen eines sich herabsenkenden Tornadotrichters.

Sein unteres Ende war zottelig durch Tentakel aus Dampf, der sich im niedrigeren Druck um sechs getrennte Wirbel verdichtete. Sie streckten sich der Ruine entgegen.

»Runter!« schrie der Karawanenmeister, doch Stern wand sich in seinen Armen wie ein Aal und stand aufrecht, während die beiden Männer sich auf den Boden drückten.

Einer der Dämonen sprang davon und konnte zwanzig Fuß zurücklegen, ehe ihn ein Wirbel aufsog. Die Kreatur taumelte aufwärts in den Wirbel wie eine Krabbe, die in den zermalmenden Schnabel eines Kraken gehoben wird.

Weißblaue Blitze zuckten lautlos, aber mit gewaltiger Blendkraft von einer Seite der Leere zur anderen.

Der Trichter schwebte in der Höhe der Überreste von Setios' Hausdach. Ein winziger Wirbel schlängelte sich an Sterns hocherhobenem Köpfchen vorbei, so dicht, daß er ihr Haar hätte berühren müssen, was er jedoch nicht tat. Sein Durchmesser war nicht größer als der eines Weinkrugs, und er drehte sich andersherum als der Trichter.

Samlor lag auf dem Rücken und umklammerte Heqts Medaillon mit der Linken, während er gebannt zuschaute. Die gebrochene Tür explodierte zu Splittern, die von dem kreischenden Trichter hochgesogen wurden. Der Dämon schlug im Griff des Sturms um sich, und seine Hinterkrallen rissen Stücke von der Größe einer Männerfaust aus dem Stein der Türlaibung. Dann fiel er aufwärts in den Himmel in einer so engen Spirale, daß seine Arme und Beine von seinem Körper gerisssen waren, ehe er in dem grellen Trichter verschwand.

Der Tornado stieg auf und faltete sich zusammen wie ein Sack, dessen Bänder festgezogen wurden. Samlor hatte nicht gesehen, was aus den vier übrigen Dämonen geworden war, jedenfalls waren sie verschwunden, als er sich auf die Knie stemmte und umschaute.

»Wer sich nicht aufgibt«, sagte Tjainufi, »den gibt auch sein Gott nicht auf.«

Samlor löste die verkrampften Finger von Heqts Amulett, doch nicht zur Krötengöttin hatte er in den letzten Augenblicken gebetet.

»Ich dachte, Mamis Schatulle sei leer«, sagte Stern, als ihre Augen die des Karawanenmeisters trafen. »Aber sie war gar nicht leer.«

Der Tornadotrichter löste sich eine Meile über Freistatt im bewölkten Himmel auf. Erst dann kehrte der normale Wind zurück, eine gewaltige Böe, die kalte Regenschauer mit sich brachte. Es war wieder so dunkel wie in einer Gruft.

Doch Sterns Haarwirbel brannte einen Moment lang wie im Herzen des Lichts.

# Ein Erbarmen schlimmer als keines

## John Brunner

Bei Lampenlicht und Feuerschein saß Jarveena vom Vergessenen Hain an einem Winterabend beim Mahl mit dem Mann, für den sie seit sieben Jahren als Auslandsvertreterin arbeitete.

In den Jahren, seit sie ihm lediglich als Schreiberin und Übersetzerin gedient hatte, hatte Meister Melilot sich wenig verändert. Zugegeben, sein Leib hatte an Umfang zugelegt – der Satinrock, den er mit Fett bespritzte, während er sich seine dritte Wildente zu Gemüte führte, spannte sich über dem Bauch –, aber sein talgiges Gesicht war immer noch faltenfrei, und daran würde sich vermutlich bis zu seinem Lebensende nichts ändern.

Ganz gewiß hatte sein Wesen sich nicht verändert. Obwohl er nun bedeutend reicher war als damals, war auf den ersten Blick nicht viel davon zu bemerken. Er trennte sich noch genau so ungern von Geld und tat es nur, wenn es gar nicht anders ging; sein Essen kam nach wie vor von dem Feuer, das er mit der Küche und der Buchbinderei gleich neben dem Skriptorium im Erdgeschoß teilte, und jene, welche die leiterähnlichen Stiegen mit Weinkannen und sowohl vollem wie leerem Geschirr hinauf- und hinunterkletterten, waren wie früher Lehrlinge, die momentan nicht mit Kopieren oder Studieren beschäftigt waren. Zahllose andere hätten mit ihrem Geld geprotzt und Sklaven gekauft oder sich einen dieser Aufzüge einbauen lassen, wie sie seit einiger Zeit in Ranke so beliebt waren, mit denen man kochend heiße Speisen durch einen in der Wand eingelassenen Schacht befördern konnte. Er wußte, daß eine Zurschaustellung weltlicher Güter nur Diebe anlockte, und es widerstrebte ihm, Geld für Wächter auszugeben. Da kam ihm die Wachsamkeit seines Personals bei Tage billiger und des Nachts die Anwesenheit der Gänse, die er auf dem Dach untergebracht hatte, in der Notunterkunft des heruntergekommenen Edlen, dessen Vorväter dieses einst prächtige Herrenhaus erbaut hatten. Inzwischen hatte der dem Trunke huldigende Edle die ewige Ruhe gefunden, und nun konnte man sich darauf verlassen, daß die Gänse bei jedem nächtlichen Schrei oder Schritt, einem quietschenden Riegel oder knarrenden Fensterladen, zuverlässig die nächtliche Ruhe aller im Hause störten.

Außerdem war es nicht unter der Würde der Wachen, die man hier in Freistatt bekommen konnte, ihre Auftraggeber zu berauben, wenn sie glaubten, mit der Beute davonkommen zu können.

Trotz seines unverkennbar guten Appetits fühlte Melilot sich unbehaglich. Außer Jarveena saß noch ein Gast an seiner Tafel. Es war nicht seine Art, Fremde in seine Privatgemächer einzulassen. Hätte Jarveena nicht persönlich für ihn gebürgt, wäre er keinen Schritt über die Geschäftsräume im Erdgeschoß hinausgekommen.

Doch sie hatte sich auf äußerst beunruhigende Weise für ihn eingesetzt. Hatte er das Mädchen – die *Frau*, korrigierte sich Melilot – betört? Durch Magie vielleicht? Gehörte ihre Anwesenheit etwa zu einem Komplott gegen ihn? In Freistatt war solches Mißtrauen aus lebenslanger Gewohnheit schon fast selbstverständlich.

Zwischen den einzelnen Bissen plauderte er so unterhaltsam über den neuesten Klatsch, wie man ihn sonstwo in der Stadt hören mochte, aber vertrauenswürdiger, da sein Wissen auf Einblick in Dokumente beruhte, die er tagtäglich zum Kopieren oder Übersetzen bekam. Melilot musterte Jarveena aus den Augenwinkeln. Sie hatte sich im letzten Jahrzehnt viel mehr verändert als er, aber sie bevorzugte immer noch Männerkleidung: Stiefel, ein wadenlanges Beinkleid und geschnürtes Wams. Und nach wie vor war sie mit den schlimmen Narben gezeichnet, die sich allerdings bei weitem nicht mehr so stark abhoben wie früher. Sie waren der Grund ihres jährlichen Besuches von Freistatt und auch dafür, daß sie noch nicht so reich war wie Melilot. Zauber waren nicht billig, schon gar nicht, wenn man Enas Yorl darum angehen mußte, einen der drei größten Magier im Land.

Durch seine Hilfe waren die Striemen auf ihren Händen und Armen verblaßt, bis sie unter ihrer dunklen Haut kaum noch zu bemerken waren – vermutlich war es auch auf ihren übrigen Körperteilen nicht anders, denn ihre einst ungleichen Brüste hatten sich inzwischen links und rechts gleichmäßig gerundet, was bedeutete, daß die braune Narbe fortgezaubert war, wodurch sie so wohlgebaut war wie jede Frau ihres Alters, die noch kein Kind geboren hatte. Immer noch, wenn sie über eine besonders amüsante Geschichte ihres Gastgebers lachend den Kopf zurückwarf, vermochte man die häßliche Narbe zu sehen, die sie enthüllen konnte, indem sie die Stirn stark runzelte. Mit dieser Narbe hatte sie seinerzeit, als sie noch hier wohnte, unfolgsame Lehrlinge eingeschüchtert ...

Oh, sie war schon immer ein wenig seltsam, diese Jarveena. Er war wirklich erleichtert gewesen, als sie sich entschlossen hatte, Freistatt mit einem Schiff zu verlassen, damals, nach der unangenehmen Geschichte mit einer verzauberten Schriftrolle, dem Verrat eines Offiziers in Vertrauensstellung und dem Attentatsversuch auf den Prinzen.*

Ja, wahrhaftig. Das Leben war bedeutend angenehmer, wenn er wußte, daß diese unberechenbare Person, halb

* *Todesurteile* von John Brunner in Geschichten aus der Diebeswelt: *Die Diebe von Freistatt*, Bastei-Lübbe 20089

loyale Angestellte und halb explosiver Hitzkopf, sicher auf See oder in fernen Häfen für ihn Geschäfte aushandelte. Die Zeiten, wenn sie zurückkam, um sich ihre Provision zu holen und den größten Teil davon an einem einzigen Tag ausgab, waren alles andere denn die glücklichsten in Melilots Leben ...

Und nun war sie zum ersten Mal in männlicher Begleitung gekommen. Er legte den Rest der dritten Ente weg, rülpste zwanglos und rief nach mehr Wein, dann wandte er seine Aufmerksamkeit dem Fremden zu, während er eines der besten und komischsten Gerüchte seit langem zum besten gab, das er erst vor kurzem gehört hatte. Es ging dabei um die Heimsuchung eines alten Gauners, eines Kapitäns namens Stong, halb Seemann, halb Schmuggler, der unwissentlich sowohl eine Truhe voll Silber an Bord genommen hatte, über die Mizraith vor langer Zeit einen Zauber gewirkt hatte – einen, der früher oder später ihre Rückgabe an ihren rechtmäßigen Besitzer erzwingen würde –, sowie das Opfer eines S'danzofluches, der diese Person aus Freistatt vertrieb und sie der Stadt für immer fernhalten würde. Melilot schmückte diese Geschichte mit allen möglichen Einzelheiten aus, viele davon aus dem Stegreif. Und Jarveena genoß sie außerordentlich. Auf eine Weise hatten ihre ausgedehnten Reisen sie wahrhaftig verwandelt, sie hatte Humor erworben. Als Halbwüchsige war ihr Humor fremd gewesen, denn sie hatte nichts zu lachen gehabt.

Ihr Begleiter jedoch bemühte sich nicht einmal um einen Hauch von Lächeln. Sein düsteres Gesicht blieb so unbewegt wie das eines aus Stein gehauenen Idols, nur bei der Erwähnung des S'danzofluches hatte er die Brauen zusammengezogen und Jarveena mit einem finsteren Blick bedacht.

Was, fragte sich Melilot, mochte sie veranlaßt haben, diesen ungehobelten Kerl mitzubringen? Bis jetzt kannte er nur seinen Namen, und der war ausländisch und fast unaussprechlich, er klang wie ›Klikitach‹.

Mancherlei ließ sich allerdings aus seinem Aussehen schließen. Er hatte breite Schultern, eine kräftige Brust, große, sehnige Hände; Wangen und Stirn zwischen dem blonden Bart und dem üppigen flachsfarbenen Haar waren durch die lange Seereise zu einem blassen Rot verbrannt.

Doch noch nie in seinem ganzen Leben hatte Melilot in einem Gesicht so unendliches Elend gesehen, nicht einmal in dem Antlitz von Enas Yorl, der das Opfer grausamen Zaubers war, der in unvorhersehbaren Abständen sein Äußeres, sein Geschlecht, ja hin und wieder sogar seine Spezies veränderte.

Melilot beendete seine Geschichte, und Jarveena, die schallend lachte, klatschte. Die hübsche Zehnjährige, die stumm in der Ecke neben der Weinkanne wartete, mißverstand ihren Beifall als Aufforderung nachzuschenken und beeilte sich zu gehorchen. Melilot hoffte, die Zunge des Fremden etwas zu lösen, und bei diesem Bemühen war der Wein sein bester Verbündeter.

»Ich bemerkte, mein Herr«, sagte er mit einer Mißbilligung, die nur teilweise vorgetäuscht war, »daß Euch die Nöte des bedauernswerten Kapitäns Stong nicht amüsieren. Kann man daraus schließen, daß Ihr mit den zum Verständnis wichtigen Details nicht vertraut seid? Damit meine ich den S'danzofluch und die Zauberkünste des legendären Mizraiths?«

Klikitach rutschte auf seinem Stuhl und gab zum ersten Mal mehr als einen heiseren Laut von sich; er hatte sich nicht einmal für das köstliche und großzügige Mahl bedankt.

»Nein, Meister«, antwortete er. »Teils sein schuld, ich nicht gut kann verstehen, was Ihr sagen.«

Ach! Melilots Neugier erwachte. Was könnte die Muttersprache dieses Fremden sein? Der Akzent war ihm fremd, genau wie die eigenartige Formulierung. Vielleicht war Klikitachs Sprache ausgerechnet eine, welche auf der Liste fehlte, die an die Tür zu seinem Skriptorium geheftet war, obwohl diese Liste um drei, möglicherweise sogar vier Sprachen länger war als jene, die seine ernsthaftesten Konkurrenten zu bieten hatten. Und wenn nur, um zu lernen, eine Sprache zu erkennen, die ihm nie zuvor untergekommen war, würde es sich lohnen, der Sache auf den Grund zu gehen ...

Doch ehe Melilot einen Vorschlag zu formulieren vermochte, sprach der andere bereits weiter.

»Und in ander, größer Teils, weil nicht sein gut, machen Spaß über Fluch. Sprechen als bedauernswert Opfer, kennen gut Schmerzen von Ungerechtigkeit, Grausamkeit, von machen Fluch gegen unschuldig Mann, mich, mein Person.«

*Diese nachdrückliche Anfügung ist in Yenized üblich, doch nie am Satzende ... Oh, ich bin hier wirklich auf etwas gestoßen!* Aufgeregt winkte Melilot das kleine Mädchen aus der Ecke zurück, damit sie wieder nachschenke.

Aber Klikitach lehnte ab, er legte die breite Hand auf den Becher. »Müde. Ich schlafen. Müssen gehen, wir.«

Als halte er Jarveenas Einverständnis für selbstverständlich, griff er nach seinem Schwertgürtel, den er über die Lehne seines Stuhles gehängt hatte, stand auf und streckte die Hand aus, um ihr aufzuhelfen.

Sie ignorierte sie.

Ein noch tieferes Rot überzog Klikitachs Wangen. Er sagte: »Du nicht ...«

»Ich habe noch geschäftliche Dinge mit Melilot zu besprechen«, unterbrach sie ihn. »Eines der Mädchen wird dir dein Gemach zeigen. Ich komme später nach.«

Aus Angst, Klikitach könne einen Streit heraufbeschwören, plagte Melilot hastig seine gewaltige Leibesfülle vom Stuhl.

»So ist es, mein Herr«, bestätigte er. »Aber ich versichere Euch, wir werden uns so kurz wie möglich fassen.« Er zögerte und versuchte, den Grund für Klikitachs üble Laune herauszufinden. »Falls Ihr vielleicht befürchtet, ich könnte ein Recht auf Intimität übertreten, das die Dame gegenwärtig Euch zugesprochen hat, so ersuche ich Euch, doch die ... sichtbaren Zeichen meiner ... Unzulänglichkeit in dieser Hinsicht zu bedenken.«

Klikitachs Gesicht blieb unbewegt. Da wurde Melilot bewußt, wie nervös er selbst war und daß er sich deshalb aus Gewohnheit förmlicher, hochgestochener Ausdrücke bedient hatte, die dieser Fremde nicht verstand. So überlegte er es sich rasch anders.

»Es ist, wie Jarveena gesagt hat. Meine Gästegemächer stehen Euch zur Verfügung. Ich freue mich darauf, mich während Eures Aufenthalts in Freistatt über Euer Heimatland und seine Sprache und Schrift zu unterhalten; es wäre für mich sehr interessant, ja ein wahres Vergnügen, von Euch davon Näheres zu erfahren. Anstatt Euch zuzumuten, Euch Unterkunft in einem verlausten Gasthof wie dem Wilden Einhorn suchen zu müssen, lade ich Euch deshalb ein, in meinem Haus zu wohnen, bis Ihr die Geschäfte, die Euch hierherbrachten, erledigt habt. Ihr könnt kommen und gehen, wie es Euch beliebt ...«

Seine Worte verloren sich. Klikitachs Miene wurde nur noch finsterer. Melilot hätte nach dem Schwert gegriffen, hätten Jarveenas Finger, schlanker, aber fast so stark, sich nicht um seine gelegt. Mit einem säuerlichen Lächeln sagte sie: »Du hast den armen Kerl erschreckt. Kein Wunder. Ich nehme ihn mit und beruhige ihn, dann komme ich wieder.«

Das ›Beruhigen‹ dauerte so lange, daß Melilot, schon schläfrig vom Wein, nahe daran war, die Besprechung mit Jarveena auf den nächsten Tag zu verschieben. Auf der Straße war es inzwischen so ruhig geworden, daß fast jegliches lautere Geräusch seine Gänse zum Schnattern veranlassen würde. Da kehrte Jarveena endlich, lautlos wie ein Schatten, zurück. Sie war völlig nackt und ließ sich müde in einen Sessel fallen. Wie er sah, stimmte seine Vermutung über das Keloid an ihrer Brust.

»Puh!« stieß sie hervor, redete dann jedoch leise. »Wenn ich gewußt hätte, was ich mir da mit Klikitach aufhalse, hätte ich nie versprochen, ihm zu helfen. Man kann allerdings gar nicht anders, als den armen Teufel zu bedauern.«

»Also ich kann durchaus anders!« erwiderte Melilot. »Womit hat er dich so betört, die du meines Wissens noch nie Mitleid für irgend jemanden empfunden hast, außer für dich selbst – und vielleicht Enas Yorl?«

Sie tat, als wolle sie den Weinbecher nach ihm werfen, hielt jedoch mit einem Grinsen in der Bewegung inne, als Melilot zusammenzuckte. Der Becher erwies sich als leer. Sie blickte über die Schulter, sah aber, daß das kleine Mädchen in der Ecke eingenickt war. Vielleicht, weil sie sich an die Zeit erinnerte, da sie nach dem Abendmahl selbst des öfteren Melilot hatte bedienen müssen, stand sie auf und schenkte sich selbst nach. Nachdem sie einen tiefen Schluck genommen und ihren Becher wieder aufgefüllt hatte, kehrte sie zu ihrem Sessel zurück.

»Also gut.« Sie seufzte. »Es ist wohl das beste, ich erzähle dir Klikitachs Geschichte.«

»Mir ist lieber, du berichtest mir von den Geschäften mit …«

»Dafür ist morgen noch früh genug!« unterbrach sie ihn. »Oder übermorgen.«

»Das hatte ich befürchtet«, knurrte der Meisterschreiber. »Am ersten vollen Tag deiner Besuche in Freistatt hast du doch ständig Wichtigeres zu tun! Falls du es dir diesmal leisten kannst, daß Enas Yorl dir die Narbe auf der Stirn wegzaubert, wirst du weniger erschreckend aussehen, wenn du deine Stirnlocke zurückwirfst.«

»Es stimmt, daß ich vorhabe, Enas Yorl morgen aufzusuchen.« Jarveena blickte nicht ihn an, sondern zu den verblassenden Malereien der Decke, auf die Lampenlicht und Feuerschein der niederbrennenden Scheite merkwürdige, sich überschneidende Muster warfen, daß man meinen konnte, ein Magier belausche sie und würde immer wieder von dem Zauber abgelenkt, der ihn unsichtbar machte. »Doch diesmal nicht meinetwegen.«

*»Seinetwegen?«* Melilot war so verblüfft, daß er fast den Becher ausschüttete, nach dem er eben gegriffen hatte.

»Du hast es erraten.«

Danach trat eine längere Stille ein, die nur durch leichtes Zischen gebrochen wurde, wenn Dampf aus dem feuchtesten und am längsten brennenden Scheit auf dem Feuerrost entwich.

Schließlich drangen Geräusche von draußen herein: Marschschritte genagelter Stiefel auf Kopfsteinpflaster. Eine der nächtlichen Patrouillen zog vorbei, deren Angehörige hier nach den Maßstäben der Höllenhunde ausgebildet worden waren; trotzdem wagten nicht einmal sie sich allein auf die Straße, so gesetzlos und rebellisch ging es nun in diesem Höllenloch von Stadt zu. Die Gänse waren an ihre Marschschritte gewöhnt und der für die Ordnung seiner Schar zuständige Gänserich reagierte lediglich mit einem verärgerten Zischen darauf.

Nachdem er an den Vorhängen des zur Straße schauenden Fensters den Schein der Patrouillenlaternen kommen und verschwinden hatte sehen, sagte Melilot: »Bist du sicher, daß er dich nicht verhext hat? Voriges Jahr hast du gesagt, daß diesmal dein letzter Besuch bei Enas Yorl, zumindest aus persönlichen Gründen, sein würde. Du sagtest, daß dein Gesicht dann wieder im gleichen makellosen Zustand sein würde wie ...« Er hüstelte hinter einer feisten Hand. »...dein übriges Ich.«

»Ich habe es mir anders überlegt«, murmelte Jarveena. »Es ist manchmal ganz gut, wenn man einen unerwünschten Verehrer loswerden kann, und das kann ich, wenn ich *das* mache.« Sie zog die Brauen herunter und funkelte ihn an. Sofort wurde Melilots Blick wider Willen von ihrem übrigen Gesicht abgelenkt. Wie hypnotisiert starrte er auf die fahle Narbe, die ihre Stirn verunstaltete und ihr hübsches Gesicht unvermittelt in eine Fratze verwandelte, die noch abstoßender war als die gräßlichsten, die sich Freistatts Falkenmasken ausgedacht hatten.

»Bei *ihm* hast du das nicht gemacht«, meinte Melilot.

»Doch. Anfangs. Es hatte keine Wirkung. Deshalb begann ich mich für Klikitach zu interessieren.« Sie beherrschte die Aussprache der letzten Silbe seines Namens, während Melilot sich eingestehen mußte, daß er ihn dutzendmal und öfter laut und im geheimen würde üben müssen, ehe er es wagen konnte, den Mann direkt anzusprechen.

»Und was folgte dann?«

»Die Entdeckung, daß jemandem noch Schlimmeres widerfahren konnte denn alles, was ich als Kind durchmachte.«

Einen Augenblick lang verriet ihr Gesicht, daß alte Erinnerungen sie quälten. Melilot, der wußte, was in ihr vorging, schauderte. Mehrfach vergewaltigt, dann gepeitscht und schließlich vermeintlich tot liegen gelassen worden zu sein, und das im zarten Alter von neun Jahren ... War das nicht genug Grauen für ein einzelnes Leben?

Und doch hatte sie jemanden gefunden, der, nach ihrer Meinung, sogar noch mehr erlitten hatte. Welche Abscheulichkeiten hatte Klikitach durchgemacht?

Heiser bat Melilot: »Erzähl mir seine Geschichte.«

»Fangen wir mit dem Grund an«, begann sie nach kurzer Überlegung, »weshalb er eine Beleidigung in deinem Angebot sah, kostenlos in deinem Haus zu wohnen. Ich weiß, daß du es gemacht hast, weil du etwas von ihm erhoffst. Aber das tut hier nichts zur Sache, allerdings, was er dir von seiner Muttersprache erzählen könnte, wäre völlig nutzlos. Ich habe mich nicht erkundigt, ob er schreiben kann, doch selbst wenn, wäre auch das völlig nutzlos.«

»Nun, Kenntnis jeglicher Sprachen ferner Länder, wäre ...«

»Selbst einer toten? Einer, die seit Jahrhunderten nicht mehr gesprochen wird?«

»*Was?*« Melilot ruckte in seinem Sessel nach vorn und warf unachtsam mit einem Ellbogen seinen Becher um – er war jedoch leer, und Melilot mangelte es an Energie, sich zu erheben und selbst nachzuschenken.

»Glaubst du vielleicht, es hätte in ferner Vergangenheit keine großen Magier gegeben?« fragte Jarveena herausfordernd.

»Du meinst ...« Melilot starrte ins Leere.

»Heraus damit!«

Melilot blinzelte und beendete seinen Satz: »Er steht unter einem Unsterblichkeitszauber?«

»Das ist noch nicht alles. Und bilde dir nicht ein, daß du ihn beneiden müßtest!« Das klang scharf und warnend. »Im Gegenteil! Er ist das bedauernswerteste Geschöpf, dem ich je begegnet bin, und in deinem Auftrag bin ich in der ganzen bekannten Welt herumgekommen, wie du weißt.«

Melilot nickte stumm.

»Dann hör zu.« Das Kinn auf die Fäuste gestützt beugte sie sich zum Feuer vor. Die Flammen warfen Muster auf ihre bloße Haut. »Was ihm auferlegt wurde, ist kein gewöhnlicher Zauber, sondern ein ungeheurer Fluch. Darin liegt auch der Grund, weshalb ihn dein Angebot ergrimmte. Er kann es nicht annehmen. Ebensowenig wird er morgen noch einmal mit dir speisen, auch später nicht mehr. Weißt du ...«

Sie wählte ihre Worte mit Bedacht.

»Der Fluch verhindert, daß er je zweimal im selben Bett schlafen oder ein zweites Mahl am gleichen Tisch Nahrung zu sich nehmen kann. Und dieser Fluch lastet bereits seit tausend Jahren auf ihm.«

Nun saß Melilot eine Zeitlang völlig reglos, auch wenn das Zusammenspiel von Feuer- und Lampenschein den Eindruck stetiger Bewegung im ganzen Gemach erweckte. Schließlich mußte er ein Gähnen unterdrücken. Doch hinter seinem runden, undeutbaren Gesicht arbeitete sein Verstand offenbar angestrengt, wenngleich in Bahnen, wie sie in Freistatt üblicher waren als sonstwo.

»Daraus läßt sich doch schließen, daß er in keinem Kerker festgehalten werden kann, nicht wahr?« sagte er.

»Also wirklich!« Jarveena sprang auf und schwang ihren Becher, als wolle sie ihm damit den Schädel einschlagen. Nur ein warnendes Zischen des Gänserichs über der Zimmerdecke hielt sie davon zurück. Doch ihr Gesicht glühte vor Wut, als sie sich wieder setzte. »Ist das alles, woran du denken kannst? Wie würde es dir gefallen, in seinen Schuhen zu stecken?«

»Gar nicht«, antwortete der Dicke ehrlich. »Es tut mir leid, ich hatte nicht weiter gedacht ... Wie hat er sich diesen schrecklichen Fluch denn aufgeladen?«

»Ich habe keine Ahnung. Und er auch nicht.«

»Aber das ist lächerlich!« Melilot starrte sie an. »Du meinst, er will nicht zugeben ...«

»Ich meine genau, was ich sagte! Denkst du etwa, ich bin ihm mit dieser Frage nicht oft genug auf die Nerven gefallen? Denkst du, ich habe ihn nicht Eide schwören lassen? Er hat bei allen Gottheiten, die ich zumindest beim Namen kenne und bei zweien oder dreien, von denen ich noch nie gehört hatte, geschworen, daß er den Fluch nicht verdient hat. Er sagt, und ich kann es zum Teil bestätigen, daß er jeden Zauberer konsultiert hat, den er bezahlen konnte, und keiner konnte ihn davon befreien. Außerdem gelang es keinem, sein Elend zumindest soweit zu lindern, daß er ihm erklärte, der Fluch sei gerechtfertigt. Denn wüßte er, weshalb er damit bedacht wurde, könnte er zumindest versuchen zu sühnen. Fällt dir ein grausameres Geschick ein als seines? Er wird für etwas bestraft, von dem er nichts weiß! Ist er nicht wahrlich bemitleidenswert?«

Ein Schauder, gefolgt von einem heftigen Nicken, ließ Melilots fetten Leib unter dem vornehmen Gewand schwabbeln.

»Aber was macht er dann auf einem Schiff?« fragte er schließlich. »Wenn er nicht zweimal im selben Bett schlafen kann ...?«

»Er hat eine Hängematte mitgenommen und sie jede Nacht an zwei anderen Pfosten oder Haken befestigt. Das läßt der Fluch zu.«

»Und wie ist es mit dem Essen am selben Tisch?«

»Bis heute abend hatte ich ihn überhaupt noch nie an einem Tisch essen sehen. An Bord trug er sein Essen jedesmal zu einer anderen Stelle an Deck oder auf den Zwischendecks, aber diese Taktik hatte ihre Grenzen. Wie du weißt, wurde unsere Seereise durch widrige Winde verlängert, die letzten beiden Tage aß er überhaupt nicht. In der Schenke, in der ich ihn kennenlernte, hatte er bereits eine Woche verbracht. Er hatte den Wirt bestechen müssen, ihm jede Nacht ein anderes Bett oder einen anderen Strohsack zu geben, und da es in der Wirtsstube nur zwei Tische gab, mußte er sich entwürdigen, wie ein Hund auf dem Fußboden zu essen. Er hatte deshalb unter viel Spott zu leiden.«

»Hat er dir beschrieben, was passiert, wenn er versucht, sich dem Fluch zu widersetzen?«

»Das kann er nicht. Er sagt, dazu hatte er nie die Kraft. Es ist, sagt er, als wäre er ein gut abgerichteter Hund geworden. Auch falls er sich morgen wieder an deinen Tisch setzen und sein Hunger groß sein sollte, würden seine Hände auf seinem Schoß verharren und sich weigern, auch nur einen Bissen zu seinen Lippen zu heben. Und wenn er sich noch so müde auf das weicheste Bett fallen ließe, wäre es ihm lediglich das erste Mal möglich, sich darin auszuruhen. Danach würde er sich die ganze Nacht herumwälzen, bis die

Erschöpfung ihn dazu triebe, sich auf dem Boden auszustrecken. Er muß die vornehmsten und niedrigsten Arten von Unterkünften meiden, sagt er. Erstere, weil die Reichen gern Antiquitäten kaufen; die letzteren, weil die Armen meist altes, durch viele Hände gegangenes Mobiliar haben, das sie geerbt oder geschenkt bekommen oder aus leerstehenden Häusern geplündert haben. Dieser geschnitzte Tisch hier könnte einer sein, an dem er vor Jahrhunderten aß, dieser Roßhaardiwan wurde vielleicht bereits anderswo benutzt. Der Fluch wirkt selbst in so großem zeitlichen und räumlichen Abstand. Er hungert, seine Lider schwellen durch Schlafmangel an, bis er umherwandert und erschöpft zu Boden fällt.«

»Wie lebt er? Welchen Beruf kann er ausüben?« erkundigte sich Melilot.

Jarveena zuckte mit den Schultern. »Ich glaube, wenn alles andere versagt, muß er rauben. Aber es gibt Arbeiten, die auch ein Wanderer ausführen kann. Er fährt viel zur See; manchmal verdingt er sich als Karawanenwächter; aus Andeutungen schließe ich, daß er auch schon Kurier für Geheimschreiben war. Natürlich kann er nicht lange auf derselben Route bleiben.«

»Natürlich«, murmelte Melilot trocken und mußte ein neuerliches Gähnen unterdrücken. »Nun, meine teure Jarveena, wenn dir das ein Trost ist, versichere ich dir, daß du wahrlich mein Mitgefühl geweckt hast. Dein farbiges Bild seines unerträglichen Daseins würde selbst ein steinernes Herz erweichen – was meines nicht ist, wie du weißt. Hoffen wir beide, um euretwillen, daß ihn Enas Yorl morgen von dem Fluch befreien kann. Geh jetzt und sage deinem Freund, ich wünsche ihm, daß er sich eines tiefen Schlafes in meinem Gästegemach erfreuen kann und daß ich bedauere, daß es bei der einen Nacht bleiben muß. Hinterlaß mir deinen Bericht und die Abrechnungen, damit ich sie durchsehen kann, während ihr bei dem Zauberer seid.«

»Du wirst feststellen, daß sie alle in Ordnung sind.«

»Sind sie das nicht immer?«

»Selbstverständlich. Wie hätte ich sonst so lange für dich arbeiten können?« Lachend stand sie auf, um das Gemach zu verlassen. Als sie an seinem Sessel vorbeikam, beugte sie sich vor und hauchte ihm einen Kuß auf den barbierten Schädel.

»Danke, daß du Klikitach zu bleiben gestattet hast. Bestimmt genießt er nicht oft solchen Luxus.«

Da entgegnete Melilot: »Ich habe nicht bemerkt, daß er ihn *genossen* hätte.«

Dieser kleine Scherz begleitete ihn zufrieden zu Bett.

Beim Aufwachen wurde sich Jarveena abrupt bewußt, daß sich außer Klikitach noch jemand in der Nähe befand. Angespannt tastete sie unter ihrem Kopfkissen nach dem Messer, das sie stets in Reichweite hatte.

Es war nicht da! Genausowenig wie das Kopfkissen!

Sie fuhr hoch und riß erschrocken die Augen auf. Melilots Gästegemach war verschwunden. Dies hier war ein völlig anderer Raum: ein langer Saal mit niedriger Decke und kahlen Steinwänden. Klikitach lag neben ihr auf einer weich gepolsterten Liegebank. Die Luft war angenehm warm und duftete nach getrockneten Kräutern, die auf ein Kohlenbekken gestreut waren.

Auf sie blickte ein hochgewachsener und sehr gut aussehender junger Mann in einem Umhang aus vielen Stofflagen herab – doch wo ein normaler Sterblicher die Augen hatte, glühten zwei rote, verräterische Funken. Sie stieß den Atem aus.

»Enas Yorl!« rief sie.

Ihre Stimme weckte Klikitach. Sofort schwang er die Beine auf den Fußboden, der mit weichen Pelzen bedeckt war. Er schaute sich nach seinem Schwert um, doch das war ebensowenig zu sehen wie seine Kleidung. Er vermutete in dem unbekannten Jüngling einen Rivalen oder sonst jemanden, der sie festhielt, das machte ihn hellwach, und er ging mit den Fäusten auf den Fremden los.

Das heißt, er wollte es. Als er den Fuß ein zweites Mal aufsetzte, wurde seine Bewegung unendlich langsam, als müsse er in starker Strömung flußaufwärts waten. Mit größter Anstrengung gelang ihm ein dritter Schritt, doch das war auch schon alles. Er stand schließlich völlig still, in lächerlicher Haltung auf dem linken Bein, hatte den Mund aufgerissen, das Gesicht zu einer Maske hilfloser Wut verzerrt.

Jarveena wußte genau, wie er sich fühlte. Bei ihrem ersten, unfreiwilligen Besuch im Palast des Magiers war sie genauso erstarrt festgehalten worden. Dieser von Basilisken bewachte Palast lag an und unter der Prytanisstraße im Südosten der Tempelallee.

Außer natürlich, wenn er anderswo war …

Sie benetzte die Lippen, denn selbst noch nach so vielen Jahren empfand sie in Enas Yorls Gegenwart eine Mischung aus Angst und Ehrfurcht, schon gar nackt wie jetzt – ›und wehrlos‹.

»Manchmal frage ich mich, weshalb Ihr Basilisken haltet, wenn Ihr diesen Zauber doch selbst durchführt. Macht man nicht Witze über den Mann, der sich einen Hund hielt und selbst bellte?«

»Wer sagt dir, daß nicht etwas von einem Basilisken in mir ist?« entgegnete der scheinbare Jüngling spöttisch. »Wieder einmal: willkommen in Freistatt, Jarveena. Ihr wurdet von Melilot dem Geizhals gestern abend fürstlich bewirtet. Der Geschmack der gebratenen Enten muß köstlich gewesen sein!«

Während des Sprechens veränderte sich sein Gesicht allmählich; vor allem seine Brauenwülste verdickten sich, und seine Schultern wurden krumm. Jarveena wußte, was eine so schnelle Veränderung bedeutete.

»Ihr habt Euch mit beachtlichem Zauber beschäftigt«, stellte sie fest. »Wart Ihr wahrhaftig einer der Schatten, die sich im Speisegemach des Dicken vergnügten?«

Er nickte.

»Konntet Ihr es nicht erwarten, mich wiederzusehen? Wolltet Ihr feststellen, ob ich mir neue Narben geholt habe und so noch mehr Arbeit für Euch hätte?«

Aber diese Spötteleien sollten nur ihre Nervosität vertuschen. Allerdings achtete Enas Yorl ohnedies nicht darauf. Er musterte Klikitach stirnrunzelnd. Schließlich berührte er dessen Schläfen flüchtig mit den Zeigefingern.

Dann sagte er: »Ich habe seine Geschichte gehört, als du sie gestern abend erzählt hast. Nun kann ich dir eine außerordentlich seltsame Tatsache bestätigen: Er glaubt aus tiefster Seele, daß der Fluch, der ihm das Dasein zur Hölle macht, ungerecht ist. Aber in den Jahrhunderten meines Lebens habe ich gelesen, gehört und weiß aus Erfahrung, daß einen Unschuldigen mit einem so mächtigen und dauerhaften Fluch zu bedenken, wenn schon nicht verboten, so doch selbstzerstörerisch ist, da er sich wieder gegen den wenden wird, der ihn bewirkt hat. Das sagen alle, die etwas davon verstehen.«

»Könnte es in früherer Zeit nicht Ausnahmen gegeben haben?« gab Jarveena zu bedenken. »Könnte es nicht uralte Mächte gegeben haben, die inzwischen längst in Vergessenheit gerieten?«

»Wie wäre das möglich, immerhin schleppt Klikitach sich seit tausend Jahren unentwegt von Hexer zu Zauberer zu Magier, erzählt ihnen seine Geschichte und fleht sie an, ihn von dem schrecklichen Fluch zu befreien! Da steckt mehr dahinter, als das innere Auge wahrzunehmen vermag ... Komm, beginnen wir den Tag mit etwas zu essen.«

Essen war nicht das, was sie üblicherweise als erstes tat, wenn sie den Zauberer besuchte. Sie war verwundert über die Änderung, doch nicht sonderlich enttäuscht, und schrieb sie seinem Widerstreben zu, sie in Anwesenheit eines dritten zu lieben – obwohl sie überzeugt war, daß er Klikitach Raum und Zeit gegenüber blind und taub gemacht hatte.

Doch tief im Innern wußte sie, es lag daran, daß er viel mehr an dem Fremden interessiert war als an ihr.

Enas Yorl drehte sich um, machte eine Geste, und das ferne Ende des riesigen Saales kam gehorsam näher. Eine Tafel war gedeckt mit Brot und Früchten und Schüsseln voll dampfender Fleischbrühe neben Kelchen mit lieblichem Wein. Nachdem er sich auf einem hochlehnigen Stuhl niedergelassen hatte, sagte Enas Yorl, als fiele es ihm jetzt erst ein: »Oh – bekleide meine Besucher.«

Unsichtbare Hände hüllten Jarveena in ein Seidengewand und banden sogar die dazugehörende Schärpe. Sie schaute nach Klikitach und sah, wie ein Kittel aus ungebleichter Wolle, fast so grob gewebt wie ein Sack, über ihn gezogen wurde, ohne daß sich seine unbequeme Stellung änderte.

»Ihr wollt ihn nicht zu uns an den Tisch bitten?«

»Er verspürt weder Hunger noch Durst«, antwortete der Zauberer. »Außerdem könnte es sich als vorteilhaft erweisen, seine Zunge auf normale Weise zu lösen, wie Melilot es vergangene Nacht mit wenig Erfolg versuchte. Und wie könnte ich das, wenn er bereits an meinem Tisch gegessen hat?«

»Aber gewiß ...«, begann sie, dann kniff sie die Lippen zusammen.

»Du wolltest sagen, du hast solches Vertrauen in meine Fähigkeiten, daß du überzeugt bist, ich kann ihn noch vor Anbruch der Nacht von seinem Fluch befreien. Doch wenn, wird das zweifellos sein Tod sein – hast du das auch bedacht? Aber der Ausgang ist keineswegs sicher ... Komm, setz dich zu mir. Trinken wir auf deine Rückkehr.«

Sie gehorchte, da sie gar keine andere Wahl hatte. Der Wein des Zauberers war superb, wie eh und je – damit verglichen war Melilots bester sauer wie Essig.

Auch das Essen war vortrefflich, doch sie stellte fest, daß sie keinen Appetit hatte, während Enas Yorl es sich schmekken ließ. Er hatte einmal durchblicken lassen, daß Zauberei eine ermüdende Sache war, die den Ausübenden mindestens ebensoviel Kraft kostete wie jegliche Art gewöhnlicher harter Arbeit. Eine Weile lenkte die Art und Weise, wie sein Gesicht und vermummter Körper sich ständig verwandelten, Jarveena ab.

Schließlich konnte sie sich nicht mehr halten. Sie platzte hinaus: »Alter Freund – wenn ich Euch so nennen darf –, wie kam es, daß Ihr Euch für Klikitach interessiert?«

»Alter Freund?« Enas Yorl wischte sich nun Lippen ab, die breiter und flacher waren als zuvor, unter einer Nase, die breiter und flacher und von jetzt buschigen Brauen gekrönt war. »Es gibt wenige, die mir so freundlich gesonnen sind, daß sie mich überhaupt Freund nennen – und das ist natürlich gewollt! Trotzdem habe ich nichts gegen deine Wortwahl einzuwenden!« Er lachte rauh und leerte seinen Kelch.

»Du sollst wissen, daß es sehr gegen meinen Willen war. Ich hüte mich vor sentimentalen Beziehungen, da sie mich an diese Welt binden können, und hoffe, daß ich bald selbst durch den Tod befreit werden kann. Ich möchte die Gelegenheit nicht dadurch verpassen, daß es mir schwerfallen könnte, jemanden oder etwas zurückzulassen ...« Er sprach seltsam stockend, als beichte er etwas, dessen er sich schämte.

»Trotzdem habe ich mir eine gewisse Bindung zu dir gestattet. Ich gebe zu, sie hat ein wenig mit Sinnlichkeit zu tun, doch davon abgesehen, ziehe ich es vor, sie auf einer Ebene, sagen wir, respektvoller Bewunderung zu halten. Wenigen, die so viel Grund haben, ihr Leben der Rache zu widmen, gelingt es, sich von dieser Besessenheit zu befreien. Du hast es geschafft!«

»Weil der Geschmack von Rache gar nicht süß ist«, entgegnete Jarveena. »Sie wandelte sich in meinem Mund zu Asche.«

»Trotzdem ... Aber kommen wir zur Sache zurück. Als ich wahrnahm, daß du dich mit einem Gefährten zusammengetan hast, freute ich mich sehr. Ich beobachte dich manchmal in meiner Kristallkugel, weißt du.«

»Das wußte ich nicht!« erwiderte sie bestürzt. »Ich weiß nicht, ob ich mich geschmeichelt fühlen soll, oder ... Schon gut! Fahrt fort!«

»Wie ich sagte, ich freute mich sehr, weil ich hoffte, unsere Bindung würde dadurch geschwächt. Doch trotz meiner besten Absichten wurde ich neugierig, was ihn betraf. Was ist das für ein Mann, fragte ich mich, der die wilde, starrköpfige Jarveena für sich gewinnen kann? Unweigerlich war ich von dem Moment an, als ich es herausfand, gefesselt.«

»Ich verstehe nicht ... Oh!« Jarveena stützte die Ellbogen auf den Tisch; beide Hände hatte sie um den Kelch gelegt. »Wenn er wirklich unschuldig ist, muß sein Fluch stärker sein als jener, der Euch so quält. Gelingt es Euch, seinen zu brechen, findet Ihr vielleicht auch die Möglichkeit, Euch von Eurem zu befreien.«

»Wüßte ich nicht, daß du in dieser Hinsicht völlig unbegabt bist, würde ich meinen, daß du meine Gedanken liest.«

Eine Zeitlang schwiegen beide. Schließlich blickte ihm Jarveena fest in die nichtmenschlichen Augen.

»Was werdet Ihr tun?«

»Ich habe bereits begonnen. Du kannst nicht wissen, welcher Tag heute ist; der Kalender, der ihn anzeigt, wird schon lange nicht mehr benutzt. Aber es war notwendig, daß du und er jetzt hierherkommen, nicht gestern und nicht morgen. Sonst hätte man wieder ein Vierteljahr warten müssen.«

»Ihr habt den Wind beschworen, der unser Schiff aufhielt!«

»Es war unumgänglich.«

»Dann müßt Ihr glauben, daß eine Chance besteht!«

»Klikitach zu erlösen? Vielleicht. Zunächst jedoch muß ich den Grund für den Fluch herausfinden.«

»Aber Ihr habt doch selbst gesagt, daß er ihn nicht kennt! Wie also ...«

»Warte!« Der Zauberer hob eine Hand, die nicht mehr zum Äußeren des gutaussehenden Jünglings gepaßt hätte. »Ich sagte, daß er ehrlich glaubt, dieser Fluch sei ihm ungerechterweise auferlegt worden. Das heißt nicht, daß es keinen Grund dafür gab. Ich versichere dir, auch vor tausend Jahren hätte niemand sich grundlos eine solche Arbeit gemacht. Klikitach ist vielleicht wahrhaftig unschuldig; und wenn, hat jener, der dieses Verbrechen gegen ihn verübt hat, für eine große Schuld zu büßen. Oder die Nachfahren jener, die durch dieses Verbrechen profitierten.«

»Aber er muß unschuldig sein! Schließlich hat er es geschworen, bei ... Aber ich vergeude meinen Atem. Ihr wißt es gewiß bereits.«

»Allerdings. Das ist vielleicht der erstaunlichste Umstand dieser Sache.«

Enas Yorl erhob sich. »Nun muß ich an die Arbeit. Zeit ist kostbar.«

»Darf ich warten? Kann ich Euch helfen?«

»Nein. Du wirst jetzt deinen eigenen Geschäften nachgehen. Bald steht Melilot auf und wird es kaum erwarten können, sich mit dir über deine letzten Reisen zu unterhalten. Er wird es vorziehen, Klikitach mit keiner Silbe zu erwähnen, und du wirst nicht weiter an den Mann denken, außer vielleicht in der Hoffnung, daß ich ihn retten kann. Bis Sonnenuntergang. In dem Augenblick, da die Sonne den Horizont erreicht, darfst du hierher zurückkommen. Nimm den Eingang an der Prytanisstraße und sprich die Basilisken beim Namen an – ich werde dich lehren wie –, dann lassen sie dich ein. Wenn die Arbeit bei Anbruch der Dunkelheit nicht beendet ist, ist alles umsonst.«

»Aber diese Wintertage sind so kurz!« rief Jarveena.

»Eben deshalb mußt du jetzt gehen. Bis zum Morgengrauen fehlt keine volle Stunde mehr. Geh jetzt! Nein, warte! Da ist noch etwas.«

Sie drehte sich um. »Ja?«

»Du brauchst die übliche Gebühr diesmal nicht zu entrichten. Heb sie für die letzte Behandlung deiner Narben auf. Mir genügt, daß du mir die größte Herausforderung in meinem trostlosen Leben seit langer Zeit verschafft hast, überhaupt die erste, die ein wenig Hoffnung für mich verspricht ... Und jetzt fort mit dir!«

Und sie *war* fort, mitten im Wort.

Alles geschah wie erwartet. Jarveena verbrachte den Vormittag mit Melilot, gönnte sich ein rasches Mittagsmahl und begab sich am Nachmittag zum Hafen, wo die Ware, die sie mit Melilots Geld beschafft hatte, bereits ausgeladen war und in ordentlichen Stapeln abholbereit stand: hier Stoffballen, dort Fässer mit Wein und Öl, daneben Gewürze in kleinen hübschen Truhen, die, wenn sie leer waren, ebenfalls einen guten Preis einbringen würden. Eine bestimmte Menge war für sie zur Seite gestellt, für das übrige bezahlte Melilot ihr eine gute Provision. Früher einmal hatte er vielleicht daran gedacht, sie übers Ohr zu hauen, so, wie er gewohnt war, jeden anderen übers Ohr zu hauen, doch das hatte ihre Freundschaft mit dem mächtigen Zauberer Enas Yorl verhindert. Außerdem war da noch ein Vorteil: Was Jarveena oder irgendein anderer Partner Enas Yorls am Kai stehen hatte, ehe es in ein bewachtes Lagerhaus gebracht wurde, stahl niemand. Oder versuchte es zumindest nur einmal ...

»Also, damit wären wir für heute mit dem Geschäftlichen fertig«, sagte Melilot erfreut und gab einem wartenden Lehrling Warenbuch und Abrechnungen. »Und es ist noch nicht einmal Sonnenuntergang. Jetzt habe ich Durst. Wollen wir uns einen Schluck in der Bierstube gönnen? Natürlich nur, wenn du nicht in Eile bist, dich um deinen Freund zu kümmern und ein anderes Nachtquartier für ihn zu suchen ...«

*Klikitach!*

Jarveena schlug die Hand auf die Stirn. Wie war das nur möglich? Den ganzen Tag, seit sie bei Melilot zurück war, hatte sie an nichts anderes als an Frachtlisten, Marktpreise und Gewinnspannen gedacht! Und der Dicke hatte mit keinem Wort seine Verwunderung ausgedrückt, daß sie bereit gewesen war, schon heute alles mit ihm zu erledigen, obwohl sie bisher immer den ersten Tag bei dem Magier verbracht hatte ...

Und gleich würde die Sonne untergehen!

»Nein, nein!« rief sie, »halte mich keinen Augenblick länger auf!« Und schnurstracks verließ sie ihn.

Der Weg vom Hafen zur Prytanisstraße war ihr nie so lange erschienen. Sie zählte nicht mit, wie viele Passanten sie anrempelte, wie viele Verwünschungen man ihr nachrief, wie oft sie selbst Ordnungshüter verwünschte, die wissen wollten, weshalb sie rannte, weil sie sie für eine Taschendiebin hielten, die vor ihrem letzten Opfer floh.

Irgendwie erkannten sie dann doch, daß sie nicht floh, sondern es nur eilig hatte ...

Die Zwillingssäulen ihres Zieles schimmerten in der Dämmerung. Die Gläubigen auf dem Weg zur Abendandacht in den nahen Tempeln machten einen weiten Bogen um sie. Kein Wunder, denn am Fuß einer jeden hatte sich schläfrig ein am Hals und den Fußgelenken mit Silberketten daran festgebundener Basilisk ausgestreckt. Als Jarveena auf sie zueilte, hoben sie wachsam die Köpfe, witterten und lauschten und überlegten auf ihre schwerfällige, kaltblütige Art, ob sie die Augen öffnen und ihren versteinernden Blick um sich werfen sollten oder nicht.

Enas Yorl hatte gesagt: »Sprich die Basilisken beim Namen an. Ich werde dich lehren wie.«

Aber das hatte er nicht!

Sie blieb abrupt stehen, erforschte ihr Gedächtnis. Nein! Sie hatte keine Ahnung, was sie sagen mußte!

»Er hat es vergessen!« stöhnte sie und ballte zornig die Fäuste.

Und da, plötzlich, hörte sie ein Knarren und Scharren, daß das Pflaster unter ihren Füßen erzitterte. Als sie aufblickte, sah sie, daß die Bronzetür des Palasts aufglitt und ein schwach leuchtender Dunst hervorquoll. Und auf der Schwelle stand …

»Klikitach!« rief sie.

Er trug noch den grobgewebten Wollkittel und war barfuß. Offenbar vernahm er ihren Ruf. Er schüttelte den Kopf, stolperte die fünf Marmorstufen hinunter und bedachte Jarveena mit einem flüchtigen Blick, doch so, als wäre sie eine Passantin, die er nicht kannte.

»Klikitach?« wiederholte sie unsicher.

Er stieß sie heftig zur Seite und taumelte weiter in die Dunkelheit. Einen Moment lang verbargen die Tempelgänger ihn vor Jarveena, und ihr Stimmengewirr übertönte ihre Rufe.

»Tod und *Vernichtung*!« fluchte sie. Sie wirbelte herum und raste die Stufen hinauf, um noch durch die Tür zu kommen, ehe sie sich schloß.

Die Basilisken entspannten sich, streckten sich wieder aus und rührten sich nicht mehr.

Sie befand sich in der dunstigen Halle, ehe ihr bewußt wurde, was geschehen war.

Ein gewaltiges metallisches Krachen verriet, daß sich die Tür geschlossen hatte. Sie war allein und verspürte mehr Angst, als sie je in diesem Leben wieder zu empfinden erwartet hatte. Der leuchtende Dunst war so dicht, daß sie die Wände nicht sehen, ja, kaum ihre Knie ausmachen konnte, als sie auf den Boden schauen wollte.

Plötzlich erfaßte sie kalte Wut.

»Enas Yorl!« brüllte sie. »Verdammt! Was habt Ihr getan?«

Ihre Umgebung verwandelte sich auf unangenehme Weise, als hätte jemand den normalen Raum in beide Hände genommen und zu einer Spirale gedreht. Sie hatte das Gefühl, das Gleichgewicht zu verlieren, obwohl ihre Füße fest auf dem Boden standen. Sie zog ihr Messer aus der Scheide, bereit einen Angriff abzuwehren, obwohl ihr, noch während sie den Griff umklammerte, bewußt wurde, daß jegliche physische Handlung hier sinnlos wäre.

Dann schwand der Dunst, und sie erkannte die unterirdische Halle, in der sie Enas Yorl einst gegen ihren Willen zum erstenmal begegnet war. Da war der lange Tisch, an dem alle Edlen Freistatts Platz gefunden hätten. Die Gestalt im Umhang saß weit entfernt am Kopfende, und von überall rundum waren Echos zu hören, die ihr kalte Schauder über den Rücken jagten. Sie klangen wie verzerrte Zaubersprüche, und sie ließen die Wände wie eine Glocke hallen.

Jarveena stand so reglos wie beim ersten Mal da, doch diesmal nicht, weil sie nicht anders konnte, sondern weil Angst und Grimm sie bannten.

»Ihr habt es nicht geschafft!« sagte sie anklagend.
Ihre Worte, die selbst widerhallten, vertrieben die anderen Echos in dem riesigen Raum. Endlich rührte Enas Yorl sich.

»Doch, ich habe es geschafft«, entgegnete er leise.

»*Wa-as?*« Jarveena tat einen Schritt auf ihn zu. Er schien die Entfernung zwischen ihnen nicht zu verringern. Doch sie hatte ohnehin in diesem Augenblick kein Verlangen nach seiner Nähe. »Aber warum ist Klikitach dann an mir vorbeigestürmt, als würde er mich nicht kennen? Er hat mich wie einen lästigen Passanten aus dem Weg geschoben!« Da erinnerte sie sich. »Außerdem habt Ihr gesagt, wenn es Euch gelänge, würde er sterben.«

»Ja, das habe ich. Trotzdem ...«

Während sie dieses Rätsel zu verstehen suchte, seufzte er tief.

»Komm her. Ich werde es dir erklären.«

Saal und Tisch zogen sich zu üblicherer Größe zusammen. In Sekundenschnelle fand sie sich genau da, wo sie bei Tagesanbruch gewesen war, auf demselben Stuhl. Unsichtbare Hände, wie immer, hatten ihn in dem Augenblick hinter sie gestellt, als sie ihre Selbstbeherrschung völlig zu verlieren drohte.

Vorsichtig steckte sie ihr Messer in die Scheide zurück und starrte den Zauberer an. Doch wäre nicht das funkengleiche Glühen unter seinen Brauen gewesen, hätte niemand ihn für dieselbe Person gehalten. Vor allem seine Arme waren so wenig den Gliedern eines Menschen ähnlich.

Aber die Stimme war dieselbe geblieben. Die Worte kamen schleppend, als koste ihn jede Silbe ungeheure Anstrengung.

»Es *ist* mir gelungen, Jarveena. Was es mich gekostet hat, wage ich nicht zu sagen. Vielleicht selbst den letzten Rest Hoffnung, den ich noch tief im Herzen hegte. Ich führte einen Ritus durch, der seit Menschengedenken nie versucht wurde – und ich machte es gut.«

»Mit welchem Ergebnis?« wisperte sie.

»Ich erfuhr den Grund für den Fluch, der Klikitach auferlegt wurde.«

Sie wartete. Als sie das Warten nicht mehr ertrug, forderte sie heftig: »Sagt ihn mir!«

»Das werde ich nicht. Nur eines kann ich sagen: seine Strafe ist gerecht.«

»Das verstehe ich nicht!«

»Versuche es gar nicht. Niemand sollte das. Hätte ich geahnt, welch schier unerträgliches Wissen ich dadurch auf mich lud ... Ich hätte nie etwas unternommen, um zu helfen.«

Jarveena ahnte die Bedeutung hinter den Worten und biß sich auf die Lippe. Ungebeten füllten sich ihre Augen mit Tränen, und doch waren sie ihr willkommen, denn sie verschleierten die gräßliche Gestalt, die Enas Yorl annahm.

»Kurz gesagt, hier ist das Geheimnis, das Klikitach vor jedermann und sogar sich selbst verborgen hatte: Seine Strafe *ist* gerecht. Er hat es mir selbst gestanden.«

»Das kann nicht sein! Niemand könnte ein solches Los verdienen!«

»Bis heute hätte ich das gleiche gedacht«, versicherte ihr Enas Yorl ernst. Er rutschte auf seinem Stuhl, als wäre das Möbelstück für seine neue Gestalt unbequem.

»Aber wie kann er Euch das gesagt haben?« beharrte Jarveena.

»Es war mehr Ahnung und Vermutung, die mich gerade den heutigen Tag dafür wählen ließ, denn exaktes Wissen. Meine Überlegungen stellten sich als richtig heraus. An einem bestimmten Tag in jedem Jahr ist Klikitach imstande, sofern auch die Umstände richtig sind, sich zu erinnern, weshalb er diesen Fluch verdient hat.«

»Sagt es mir! Sagt es mir!« bat sie.

»Selbst wenn du auf Händen und Knien zu mir gekrochen kämst und mich anflehtest, es vor deinem letzten Atemzug zu erfahren, würde keine Beschreibung solcher Abscheulichkeit über meine Lippen kommen!«

Nicht, daß er im Augenblick überhaupt Lippen zum Sprechen benutzte ...

»Doch soviel sollst du wissen: Nachdem er sie begangen hatte, besann er sich seiner Schandtat und bereute. Sein Abscheu vor sich selbst ließ ihm keine Ruhe, er wurde sein eigener Richter und verhängte die einzige angemessene Strafe über sich. Er wollte so leiden, daß jeder, der von seiner Untat gehört hatte und vielleicht versucht sein könnte, sie nachzuahmen, auch von der Strafe hören mußte, die dem Unhold, der sie ausgeführt hatte, nun zuteil war, und es sich anders überlegte. Er hatte dabei nur nicht bedacht, daß die Zeit kommen würde, da solche möglichen Nachahmer längst tot und alle Opfer seiner Schandtat vergessen sein würden. Deshalb fiel sein Urteil über alle Vorstellung grausam aus – außer für jemanden, der schändlich war bis in die tiefste Faser seines Herzens.

Er bestimmte es so, daß er für alle Zeit überzeugt sein würde, er habe nichts getan, um ein solches Los zu verdienen. Vielleicht gewährt das Einblick in die Ungeheuerlichkeit seiner Schandtat.«

»Was kann er nur getan haben?« rief Jarveena.

»Du wirst es nie ahnen. Es liegt nicht in deinem Wesen, dir eine so abscheuliche Untat vorzustellen, geschweige denn sie auszuführen.«

»Hat es Euch vergiftet?« Sie beugte sich anklagend vor und war froh, daß sie die Form, die er jetzt erdulden mußte, nur vage zu sehen vermochte. »Hat es Euren Geist ebenso entstellt wie Euren Körper?« Das war grausam, trotzdem sprach sie die Worte aus. »Kennt Ihr kein Erbarmen? Sind tausend Jahre nicht lange genug für selbst den schändlichsten Missetäter?«

»O ja.« Enas Yorls Stimme war wie das Rauschen von Wind in kahlen Bäumen. »Meiner Ansicht nach mehr als genug.«

Aber nicht seiner.«

»Wollt Ihr ...« Jarveenas Mund war plötzlich schrecklich trocken. »Wollt Ihr damit sagen, daß Ihr versucht habt, ihn von dem Fluch zu befreien, den er sich selbst auferlegt hat?«

»So ist es.«

»Und er duldete es nicht, weil er ein mächtigerer Zauberer war?«

»Nicht ganz.«

Sie warf verärgert die Arme hoch. »Habt Erbarmen mit mir, Enas Yorl! Ob Ihr nun Mitleid mit ihm empfunden habt oder nicht, habt es wenigstens mit mir, die Euch Freund nennt! Nie zuvor in meinem Leben fand ich jemanden mit einem besseren Grund, die Welt zu hassen, als den, den ich mit neun Jahren selbst bekam! Erklärt mir mit verständlichen Worten, was Ihr getan und was Ihr nicht getan habt!«

»Ich werde es versuchen ...« Seine Stimme wurde immer leiser. »Doch es fällt schwer, Worte für die Ereignisse zu finden. Die erforderlichen Zauber liegen zu einem Großteil außerhalb des normalen Universums ... Sie gelangen mir! Kein anderer Zauberer unserer Zeit hätte erreicht, was Enas Yorl heute zustande brachte; nicht einmal der eine in Ilsig, den man den fähigsten nennt; nicht der in Ranke, der dem Hof *miß*dient.

Jarveena: *Ich befreite Klikitach.*«

Eine lange lähmende Stille setzte ein. Als Jarveena sie nicht mehr ertragen konnte, krächzte sie: »Aber Ihr habt doch gesagt, daß ihn das töten würde!«

»Das hat es auch.«

»*Wa-as?*«

»Sind meine Worte nicht verständlich? Trotz der Entstellung, die ich erdulde!« Sein Ton war nun heftig und jagte Jarveena neue Schauder über den Rücken. »Nun, vielleicht weigert sich dein Wesen, sie zu verstehen. So muß ich denn noch einfachere Worte versuchen.

*Ich habe ihn befreit! Er starb!* Doch so schrecklich ist die Kraft dieses Zaubers, daß er wieder auferstand und sagte: ›Lebend oder tot bin ich verdammt, ruhelos durch die Welt zu wandern. Kein zweites Mal darf ich am selben Tisch essen, kein zweites Mal im selben Bett ruhen. Es ist bestimmt. Von mir. Es wird nicht enden!‹«

Aus Enas Yorls Zitat schwang eine Andeutung, ein Echo der Macht, mit der Klikitach diesen Fluch ursprünglich über sich verhängte. Es war unerträglich. Von grauenvollen Bildern vor dem inneren Auge gequält, schrie Jarveena laut auf und sank ohnmächtig vom Stuhl.

Fackelschein fiel auf ihre tränennassen Wangen.

Wie so oft zuvor erwachte sie im Morgengrauen und stellte fest, daß sie zurück in Melilots Haus war, allein. Doch diesmal spürte sie keine süße Nachwirkung der wahrlich magischen Geschicklichkeit von Enas Yorls Liebkosungen. Nur ein dumpfes Gefühl von Verlust quälte sie, als sie ihre Dekken mit den Füßen zur Seite schob und sich daran machte, ihr Nachtgeschirr zu benutzen, ehe sie sich den Inhalt der

Wasserkanne in der Waschschüssel über den Kopf goß. Trotz ihrer Nacktheit zog sie die Vorhänge zur Seite und öffnete die Fensterläden, um den neuen Tag einzulassen.

Die kalte Luft zusammen mit dem kalten Wasser machte sie hellwach. Sie griff nach ihrer Kleidung – und hielt abrupt inne, als sie sich in dem hohen, teuren Spiegel sah, der neben dem Fenster hing.

Kein Hauch von Narben zeigte sich auf ihrem Körper. Da war kein schleierfeines Netz von Spuren. Sie war so makellos, als hätte nie eine Drahtpeitsche durch die Luft gepfiffen, um blutige Striemen in das zarte Fleisch zu schlagen.

Erstaunt warf sie die Stirnlocke zurück. Bestimmt war die Narbe noch da ...?

Auch sie war verschwunden.

»Aber ich habe es ihm doch gesagt! Ich meine, ich habe es Melilot gesagt, und *er* hat zugehört. Ich sagte, daß ich sie behalten wolle, weil sie manchmal recht nützlich ist, um ...«

Sie verstummte und ließ die Hände sinken.

»Oh, Ihr seid da drin, nicht wahr, Enas Yorl? Ihr habt ein Ebenbild von Euch in mein Gehirn gesetzt! Es ist der gleiche Trick, der mich die Namen Eurer Basilisken lehrte! Vielleicht seid Ihr jetzt zu beschäftigt, mich in diesem Moment zu hören, aber verdammt, ich werde Euer Ebenbild genauso behandeln, als wärt Ihr es selbst! Antwortet mir! Warum habt Ihr meine Stirnnarbe entfernt, ohne daß ich es Euch erlaubte?«

Die Antwort kam nicht in Worten, sondern in einem warmen, tiefen Gefühl. Wenn man es überhaupt mit irgend etwas zu vergleichen vermochte, dann noch am ehesten mit der Wirkung von Glühwein an einem kalten Tag.

»Nicht ich«, versicherte ihr das geistige Duplikat von Enas Yorl mit Worten, die keine waren. »Nicht absichtlich jedenfalls. Hör mir zu, Jarveena, und vergiß es dein ganzes Leben nicht!

Sich nicht zu erinnern, was er getan hatte, war eine Gnade für Klikitach. Ich sage das auf Grund dessen, was ich herausgefunden habe. Mit der Erinnerung an solches Grauen leben zu müssen ...! Das siehst du doch ein.«

Sie nickte stumm in diesem nicht existierenden Dialog.

»Es wurde jedoch zu einer Verschärfung seiner Strafe. Es machte sie unerträglich. Tatsächlich war dieses Erbarmen schlimmer als keines. Er wußte es und verhängte trotzdem dieses Urteil.«

Wieder nickte sie, diesmal von Entsetzen geschüttelt.

»Doch du hast Mitleid mit ihm gehabt!«

»Ja! Er tat mir leid!« Und herausfordernd fügte sie hinzu: »Und er tut mir immer noch leid!«

»Du warst der erste Mensch seit tausend Jahren, der Mitleid mit ihm hatte.«

Einen Augenblick stand sie wie erstarrt. Dann sagte sie: »Das kann doch nicht sein!«

»Er hat es mir gesagt, als ich ihn befragte und eine Macht rief, wie sie selbst Götter nicht besitzen. Nie, ehe er dich kennenlernte, hatte jemand seiner furchtbaren Lage wegen Mitleid mit ihm gehabt.«

»Dann weine ich um unsere kranke Welt!« rief Jarveena – und sofort tat sie es. Tränen, die so lange ausgeblieben waren, flossen so unbehindert über ihr Gesicht wie in der vergangenen Nacht.

»Daran tust du gut«, bestätigte ihr der nicht sichtbare Enas Yorl.

Nach einer kurzen Pause fuhr er fort: »Denn du hast ein Wunder gewirkt.«

»Ich verstehe nicht.« Schluchzend kämpfte Jarveena um ihre Fassung, während sie sich anzog.

»Wie geht es deinen Narben heute?«

»Warum fragt Ihr? Ihr habt sie entfernt, oder nicht? Und mir die eine genommen, die ich behalten wollte.«

»Nicht ich, Jarveena, sondern du selbst!«

Sie erstarrte mitten in der Bewegung, als sie gerade ihre Stiefel zuschnallen wollte.

»Geh, sobald du angekleidet bist, auf die Straße. Frag

nicht weshalb, du wirst es sogleich selbst erkennen. Ich wirkte einen größeren Zauber, als ich wußte. Für den Augenblick denn, lebwohl. Versuche nicht, mich aufzusuchen, bis ich nach dir schicke. Ich ändere die Namen meiner Basilisken täglich. Manchmal kann ich ihnen keine geben, die für menschliche Zungen auszusprechen wären. Deshalb habe ich mich heute morgen auch nicht laut mit dir unterhalten ...«

Die Verbindung endete und hinterließ ein wirres Unbehagen, daß Jarveena sich mehrere Sekunden lang vorstellte, sie hätte vier Mägen und wiedergekäutes Heu im Mund.

Dieses Gefühl schwand. Ohne die Bänder ihres Wamses zu schließen, eilte sie die schräge Leiter hinunter, die in diesem Haus als Treppe diente, und schob einen schläfrigen Lehrling zur Seite, der sie daran hindern wollte, die Vordertür zu öffnen, weil Meister Melilot noch schlief, wie er erklärte.

Im noch grauen Licht des jungen Tages sah sie eine Gestalt auf dem Kopfsteinpflaster liegen. Ihr Gesicht war zur Seite gewandt, ein Arm ausgestreckt und die Brust von Blut bedeckt, das wahrscheinlich dank der beißenden Kälte noch rot war. Der Tote war vermutlich das Opfer eines messerstechenden Straßenräubers ...

»Klikitach!« wisperte sie und fiel auf ein Knie neben der – Leiche? Ja, wahrhaftig! Da war kein Pulsschlag. Rauhreif überzog sein Haar, seinen Bart, seine Hände ...

Langsam richtete sie sich auf und blickte staunend auf ihn hinunter.

»So hat deine ruhelose Wanderschaft hier in Freistatt geendet«, murmelte sie. »Nun, der Tod war, was du dir am meisten gewünscht hast. Und ...«

Ein Gedanke kam ihr, der so wundervoll wie erschrekkend war. »Wenn ich glaube, was Enas Yorl behauptet, muß ich daraus schließen, daß die frevelhafteste Schandtat in der Geschichte der Welt verübt wurde. Von dir, mein Klikitach. Von dir allein.«

Es würde jeden Augenblick anfangen zu schneien. Es war so kalt, und die Lippen, die ihre Zunge berührte, waren taub. Sie erwartete fast, Eis darauf zu kosten.

»Doch selbst du hast das Ende deiner Pilgerfahrt auf der Suche nach Sühne erreicht. Was jetzt aus deinem Körper wird, ist unwichtig. Möge der Schnee dein Totentuch sein. Mögen Hunde und Diebe deine Leiche schänden – du wirst es nicht spüren. Vielleicht hättest du schon früher nach Freistatt kommen sollen. Daß du gerettet wurdest, kann nicht allein daran liegen, daß du mich getroffen hast! Das will ich nicht glauben!«

Nach diesen Worten drehte sie sich auf dem Absatz um und marschierte zurück in das Skriptorium. Sehr erleichtert verschloß der Lehrling die Tür hinter ihr. Während sie ein Frühstück zu sich nahm, fielen draußen dichte Flocken.

Als die Nacht anbrach, empfand sie nichts mehr für Klikitach außer Mitleid, denn alle Unglücklichen verdienten Mitleid, und er war der Allerunglücklichste gewesen. Er wurde in ihrer Erinnerung, während sie ihr eigenes Leben lebte, zum Symbol.

»Vielleicht«, murmelte der Zauberer, der lang ausgestreckt auf Steinfliesen lag, weil seine momentane Form ungeeignet für menschliche Artefakte wie Diwane oder Stühle war, »wird dieser Schnee, der Klikitach bedeckt, auch mich einhüllen. Möge es bald sein!«

Danach gab er sich geduldigen Meditationen hin, angehaucht von Bedauern, daß er und Jarveena nicht in der Lage sein würden, sich während ihres gegenwärtigen Besuchs zu lieben.

Originaltitel: *Mercy Worse than None*

PESCH

# Sehen heißt glauben (Aber die Liebe ist blind)

## Lynn Abbey

Illyra erwachte vom Geschrei des Babys. Ihre Hals- und Schultermuskeln taten weh. Verkrampft blieb sie liegen, bis sie hörte, daß die Amme ihre Decken zur Seite schob und durch die nachtdunkle Stube stolperte. Dem Geschrei folgte zufriedenes Nuckeln. Illyra schloß die Augen und schmiegte sich in Dubros Arme zurück. Er drückte sie an sich, ohne wach zu werden. Das Brüllen des Säuglings hatte ihn nicht geweckt. Warum sollte es auch? Um Kinder hatten sich Frauen zu kümmern, und dieses Kind war außerdem nicht einmal sein eigenes.

Die S'danzoseherin hoffte, bald wieder einschlafen zu können. Sie hörte die Amme das Baby zurück in die Wiege legen und sich in ihr Bett zurückbegeben, wo sie bald leise weiterschnarchte. Dubros kräftige Arme waren nun nicht mehr tröstlich, sondern zu einer sie umschlingenden Falle geworden, aus der sie sich nicht befreien konnte – spürbare Symbole der Last, die auf sie drückte, seit ihr Bruder Walegrin im Sommer mit der Neugeborenen in den Armen zu ihr gekommen war.

Illyra hatte es von Anfang an als keine gute Idee empfunden. Vor drei Jahren hatte sie Zwillinge geboren: ein Mädchen und einen Knaben. Nun waren beide fort. Arton, der Junge, war aus der Welt der Sterblichen genommen. Der Halbgott Gyskouras hatte auf seiner Gesellschaft beharrt, und im letzten Frühjahr waren die beiden zu den Bandaranischen Inseln gebracht worden. Falls er je zurückkehrte, dann nicht als ihr Sohn, sondern als ein ihr fremder Kriegsgott. Lillis, ihr blauäugiges Töchterchen war etwa zur selben Zeit, während der Pestunruhen, von einer blutrünstigen Straßenbande erschlagen worden. Illyra hatte versucht, sie mit ihrem Körper zu schützen, aber das Schicksal hatte ihr Opfer nicht angenommen. Als Andenken verlief nun eine purpurne Narbe quer über ihren Bauch, doch sie war nicht halb so tief wie die Narben,. die das Leid in ihrem Herzen hinterlassen hatte.

Sie hatte ihr Leid gehegt und nichts von Leben und Freude mehr wissen wollen. Sie hatte dieses zappelnde Bündel gehaßt, das Walegrin ihr einfach in die Arme gedrückt hatte; hatte es gegen den Türpfosten schmettern wollen, weil die Kleine lebte und Lillis nicht. Aber das Baby hatte die zerbrechlichen Fingerchen um ihren Finger geklammert und sie angeblickt. Und Illyra hatte mit ihrer S'danzosicht gesehen, daß dieses Kind bei ihr bleiben würde.

Seltsam war es mit der S'danzo-Sicht. Sie zeigte selten Dinge von einem selbst, der Familie oder überhaupt von Menschen, für die man etwas empfand, sondern Dinge und Personen, die einem gleichgültig waren. Illyra liebte diese Nicht-Tochter nicht, die sie Trevya nannten. Sie erlaubte sich keine Zuneigung. Vielleicht lag es daran, daß sich ihre S'danzo-Sicht so oft mit der Kleinen beschäftigte.

Waren nicht Trevyas Beinchen in dem viel zu langen Geburtsvorgang verkrüppelt worden? Hatte nicht das Bild einer Konstruktion aus Fischbein und Leder, die den weichen Beinchen des Säuglings die gesunde Form geben würde, jede zweite S'danzo-Sicht Illyras überlagert? Hatte nicht Dubro eine solche Stütze genau nach ihren Anweisungen angefertigt, und wuchsen die verkrümmten Beinchen nicht bereits gerader, genau wie es ihre Sehergabe ihr gezeigt hatte?

Illyra hatte für Trevya ein Wunder gewirkt. Sie hatte Trevya Freiheit gegeben und für sich selbst eine unentrinnbare Falle errichtet. Tränen brannten in ihren Augen und tropften auf Dubros Arm. Die junge Frau, die einst eine Mutter gewesen war, hoffte, daß sie ihn nicht aufweckten, und wartete auf das Ende der langen Stunden bis zum Morgen, wenn die Arme sie freigeben würden.

Diese Nicht-Tochter kostete Dubro und Illyra mehr Zeit und Geld als seinerzeit ihre eigenen Kinder, denn sie behielten Trevya bei sich im Basar, statt sie hinter die Festungsmauern des Aphrodisiahauses zu schicken, wo arbeitende Kaufleute oft ihre geliebten Kinder versorgen ließen. Deshalb mußten sie eine Amme aufnehmen, eine junge Frau, die eine Totgeburt erlitten hatte. Sie wohnte nun bei ihnen, neben Dubros Schmiede. Aber es war nicht genug Platz für sie gewesen, für Trevya und die verlassene Suyan, darum hatten sie ihr Zuhause vergrößern müssen. Und natürlich brauchte Suyan zu essen und Kleidung und Heilmittel, wenn sie krank war.

Glücklicherweise gab es nun in Freistatt genug Arbeit. Die neue Stadtmauer wurde aus behauenen Steinen errichtet, Ständig mußten Spitzhacken und Hämmer repariert und durch neue ersetzt werden. Dubro hatte einen Gesellen und einen Lehrling anstellen müssen, und er sprach davon, eine größere Esse an der erstehenden Mauer zu bauen. Wahrlich konnte man jetzt ein Vermögen machen in Freistatt, aber nichts war umsonst, und Illyra schien es, als schrumpfe ihr erspartes Geld, statt mehr zu werden.

Sie war nur zur Häfte eine S'danzo, hatte jedoch die volle S'danzogabe des Sehens, nicht aber den Gleichmut der S'danzo, sich auch mit Armut abzufinden. Zur anderen Hälfte war sie Rankanerin durch ihren Vater, deshalb verlangte es sie nach materieller Sicherheit wie alle ordentlichen Bürger des Reiches. Und ihre S'danzo-Sicht vermochte ihre rankanischen Sorgen in dieser Hinsicht nicht zu beruhigen. Selbst ohne Trevya hätte Illyra in diesen Monaten schlecht geschlafen.

Momentan balancierte sie am Rand zwischen Wachen

und Träumen, und ihre Gedanken machten sich selbständig. Trevyas Gesichtchen trieb auf sie zu wie ein Blatt im Wind oder Treibholz in der Flut. Illyra rief ihren inneren Blick zurück, aber er gehorchte nicht und wurde zur vollen S'danzo-Sicht eines Kindes, das mit ausgestreckten Armen durch einen gepflegten Blumengarten rannte und ein Wort vor sich hinträllerte.

Illyra schrie auf und brach den Bann des Sehens, ohne jedoch ihren Gatten zu wecken, der an ihre nächtlichen Aufschreie gewöhnt war. Die Seherin starrte aus Dubros schützenden Armen in die Dunkelheit empor, entschlossen, wach zu bleiben. Die Vision ließ sich jedoch nicht unterdrükken, sie drängte sich in ihre Gedanken und forderte eine Deutung.

Diese Deutung war einfach. Wenn Trevya rannte, hieß das, daß ihre Beine gerade und kräftig werden würden. Daß sie durch einen Garten lief, bedeutete, daß sie an einem Ort leben würde, wo Schönheit ein Luxus war, den man sich leisten konnte. Wenn sie beim Laufen trällerte, hieß das, daß sie glücklich war. Und wenn dieses eine Wort *Mutter* war ...

Aber nein, Illyra weigerte sich, diesen Teil ihres Sehens zu akzeptieren – obwohl er ihr hätte sagen können, daß ihr die materielle Sicherheit bestimmt war, die sie sich so ersehnte. Illyra zog die Einsamkeit ihrer Sorgen vor und hüllte sich eng in ihre Dunkelheit, bis das erste Grau des Morgens durch die Schlitze der Fensterläden fiel.

Dubro rührte sich und gab sie dabei frei. Er war die Seele von Routine und Regelmäßigkeit. Jeden Tag, Sommer wie Winter, stand der Schmied beim ersten Licht des neuen Tages auf und hatte sein Schmiedefeuer bereit, wenn die Sonne über den Horizont lugte. Gewöhnlich genügte der Anblick seiner breiten Schultern, wenn sie unter dem abgetragenen Lederkittel verschwanden, Illyras nachtgeborene Zweifel zu vertreiben. Doch heute war es anders. Auch erzählte sie ihm nichts von ihren Visionen. Sie blieb im Bett, bis Suyan das Baby an die Brust genommen hatte, und selbst dann noch schlüpfte Illyra wie in Trance in ihre leuchtend bunten Kleider.

»Ihr fühlt Euch nicht gut?« erkundigte sich Suyan ehrlich besorgt.

Illyra schüttelte den Kopf und schnürte das rosa Mieder noch enger um den Busen. Die Stimme der Amme klang heute morgen etwas rauh, und Illyra war entschlossen, sie zu ignorieren.

»Die Kleine hat nur einmal heute nacht geweint, doch zur falschen Zeit, das genügte, daß Ihr nicht mehr einschlafen konntet?«

Alles war bei ihr eine Frage, die eine Antwort brauchte – nein, *forderte*. Aber diesmal würde es nicht funktionieren.

»Es sind Kräuter übrig von Masha zil-Ineel. Sie könnten aufgebrüht werden?«

»Es geht mir gut, Suyan«, sagte Illyra schließlich. »Ich habe fest geschlafen. Das Baby hat mich nicht gestört. Du hast mich nicht gestört. Und ich brauche keine Kräuter – nur ...« Sie holte Atem und fragte sich, was sie brauchte. »Ich werde heute in die Oberstadt gehen. Was ich brauche, ist ein bißchen Abwechslung.«

Suyan nickte. Sie kannte ihre Herrin nicht gut genug, um zu spüren, wie wenig Illyra eine Abwechslung brauchte. Und selbst wenn, hätte sie sich nicht anders verhalten.

Illyra ließ ihre Tiegelchen mit Augenschwarz und Rouge unbeachtet. Sie bürstete ihr Haar und steckte es zu einem dicken Knoten auf, dann schlang sie ein verhüllendes, unauffälliges Tuch um die Schultern. Man würde sie bestimmt für keine modebewußte Dame halten, aber auch nicht für eine S'danzo.

»Ihr werdet Frühstück mögen?« fragte Suyan aus der Ecke. Ihr Ton klang mütterlich und rügend.

»Nein, kein Frühstück.« Illyra blickte der anderen jungen Frau jetzt zum erstenmal in die Augen und sah ihre Verletzlichkeit und Selbstzweifel. »Mich gelüstet nach Haakons kleinen Kuchenstücken. Ich werde mir unterwegs ein paar kaufen.«

Die großen Augen des Mädchens glänzten verständnisvoll. »Ja, *Gelüste* ...«

Illyra ertappte sich dabei, daß sie die Hand zu einem Abwehrzeichen ballte. Suyan sehnte sich ebenfalls nach Sicherheit, und Sicherheit für eine Amme ist die Schwangerschaft ihrer Herrin. Nicht ein Tag verging, daß nicht irgendwie in diesen rhythmischen Fragen das Thema von Illyras gegenwärtiger Unfruchtbarkeit zur Sprache kam. Als Illyra sich zwang, sich zu entspannen, überwältigte sie die Ungerechtigkeit von allem. Sie wußte, wenn sie auch nur einen Augenblick länger bliebe, bräche sie in Tränen aus, und das würde alles nur noch schlimmer machen.

»Ich gehe jetzt«, murmelte sie, und ihre Stimme klang fast so elend, wie sie sich fühlte.

Dubro wies den neuen Lehrling in die feineren Künste der Betätigung des Blasebalgs ein. Seine Stimme war tief und eintönig, weil er sich bemühte, die Geduld nicht zu verlieren. Es hätte jetzt keinen Sinn, ihn zu unterbrechen. So zog Illyra ihr Schultertuch als Schutz vor dem eisigen Hafenwind fester um sich und hoffte, sich davonstehlen zu können.

»Madame – Madame Illyra! Seherin!«

Illyra wich gegen die Wand zurück, sie konnte nicht so tun, als hätte sie die junge Frau weder gesehen noch gehört, die durch die Markttagmenschenmenge auf sie zurannte.

»Oh, wartet, Seherin Illyra. Bitte wartet!«

Und Illyra tat es, während die Frau Atem holte und ihr eine schmutzige alte Kupfermünze in die Hand drückte.

»Helft mir, bitte! Ich muß ihn finden! Überall habe ich schon gesucht. Ihr seid meine letzte Hoffnung. Ihr müßt mir helfen.«

Illyra nickte und kehrte die paar Schritte in den Vorraum zurück, wo sie ihre Karten und alles andere hatte, was sie für ihr S'danzo-Gewerbe benötigte. Sie konnte sich nicht weigern – doch nicht wegen der Münze, wie die *Suvesh* gewöhnlich annahmen. Nicht Bezahlung war es, was die Sicht herbeibeschwor, sondern die Berührung der Haut des Kunden. Schon jetzt wurde sie schwindelig durch die Erscheinung einer anderen Realität. Es könnte sich als gefährlich erweisen, wenn sie versuchte, die Sicht zu unterdrücken.

Sie schob die Karten über den Tisch, nachdem sie sich auf ihren Hocker hatte fallen lassen. »Ihr müßt drei Häufchen machen«, befahl sie. Die Karten zu mischen blieb keine Zeit mehr.

Die Hand der Besucherin zitterte, als sie das Päckchen teilte. »Findet meinen Jinny, bevor es zu spät ist!«

Illyra unterdrückte das Gefühl, daß es bereits zu spät war, dann gab sie sich ganz den entstehenden Bildern hin. Die Luftlanze, die Schiffsieben, die Erzfünf umgedreht – der Wirbelwind, die Kriegsflotte und der Eiserne Schlüssel verwandelten sich zu einem Schloß. Das Schloß hielt eine Kette, und die Kette wuchs aus dem Bauch eines schlingernden Schiffes. Es war keine Anker-, sondern eine Galeerenkette vom Schiffsboden zum Fußgelenk, vom Fußgelenk zum Handgelenk, vom Handgelenk zum Riemen. Die Luft roch nach Wein, der mit einer Droge versetzt war, und hallte unter dem Knallen einer Peitsche.

Es *war* zu spät. Illyra sah Sklavengesichter und hörte Jinny seinen Namen nennen. Sie trennte sich von der Sicht und überlegte sich Worte, die helfen würden, die unvermeidliche Verzweiflung zu dämpfen, die ihre Antwort unweigerlich auslösen würde.

»Noch eine Karte«, hörte sie sich wispern. »Nehmt eine unter dem Wirbelwind.«

Die *Suvesh*, die Nicht-S'danzo Leute dieser Welt, kannten zwar vielleicht keine der Rituale der Seherinnen, aber sie kannten den Ablauf, nachdem sie einer Seherin die Münze in die Hand gedrückt hatten – und jegliche Abweichung davon bedeutete bestimmt schlechte Neuigkeiten. Illyras Besucherin schluchzte unverhohlen, als sie nach dem ersten Haufen langte.

Zwei Karten, nicht nur eine, rutschten heraus: der helle und dunkle Tunnel der Flammendrei und das dunkle Gesicht des Erdgottes. Illyra betrachtete sie, aber sie halfen ihr nicht.

»Er wurde auf ein Schiff gebracht«, sagte sie langsam und stieß die nun leblosen Velinkarten zu einem Haufen zusammen. »Weder war es seine Entscheidung, zu gehen«, fuhr sie fort und überging seine Versklavung. Ohne große Überzeugung fügte sie hinzu: »Noch liegt die Zeit und Art seiner Rückkehr in seiner Hand.« Illyra brachte es nicht übers Herz, der bedauernswerten Frau zu sagen, daß das Beste, was Jinnys Zukunft ihm bringen mochte, ein Grab in der Erde sein würde, nicht in den Wellen.

»Besteht keine Hoffnung? Es muß doch etwas geben, das ich tun kann! Irgend etwas! In welchen Tempel soll ich gehen? Zu welchen Göttern soll ich beten?«

Illyra schüttelte den Kopf, dann sprach sie als Frau, nicht als Seherin. »Hoffnung besteht immer – aber Hoffnung kommt nicht aus einem Päckchen S'danzokarten.«

Ihre Besucherin stand schwerfällig auf. Illyra fand ihren Verdacht bestätigt, daß sie in wenigen Monaten gebären würde und noch ärmer denn Suyan war, als sie sie aufgelesen hatten.

»Nehmt Euer Geld zurück.«

»Wird das etwas ändern?«

»Nein, aber Ihr könnt Euch dafür heute zu essen kaufen und morgen ebenfalls.«

»Ich brauche morgen nichts mehr zu essen!« schluchzte die Schwangere und rannte davon.

*O doch*, dachte Illyra, niedergedrückt durch das Bild einer blassen Frau und eines dünnen Kindes. *Da ist kein Tod für sie. Und auch kein Leben.*

Das Klopfen von drei Hämmern riß sie aus ihrer Vision. Dubro gab den Rhythmus an, und die beiden anderen hämmerten das rotglühende Eisen. Einer schlug ihn richtig; aber der andere war aus dem Takt, und sein Hammer hüpfte über das Metall. Die Schmiede hallte in einem unnatürlichen Rhythmus, der tief hinter Illyras müde Augen drang.

»Kannst du es nicht endlich richtig machen!« fauchte sie, als sie Kopf und Schultern durch den Türbehang des Vorraums geschoben hatte.

Das Dröhnen verstummte. Die beiden jüngeren Männer starrten Illyra bestürzt an, und Dubro warf ihr einen wissenden, besorgten Blick zu.

»Lernen ist nicht so leicht«, sagte ihr Gatte vorsichtig, während seine Augen sich zu Schlitzen zusammenzogen.

»Was lernt er denn? Wie er mir Kopfschmerzen machen kann?«

Dubro nickte zweimal. Das erste Nicken wies seine Helfer an, den Hammer niederzulegen. Das zweite galt seiner Gattin, auf die er zuging. Er legte sanft den Arm um sie und führte sie in den Vorraum zurück. So, wie die Schmiede sein wahres Zuhause war, so war der Wahrsageraum Illyras wirkliches Zuhause, in dem er sich wie ein unwillkommener Riese fühlte, denn er stieß sich hier den Kopf an den Deckenbalken an, konnte sich jedoch auch nicht setzen, da der Stuhl für die Kunden sein Gewicht nicht aushalten würde.

»Lyra, ich schicke sie heim, wenn du möchtest, aber ich glaube nicht, daß es das Hämmern ist, das dich stört. Was fehlt dir, Lyra?«

Illyra beherrschte auf ihrem Hocker den Raum. Sie mußte den Kopf zurücklegen, wollte sie ihrem Gatten ins Gesicht sehen. Aber sie hatte nicht die Absicht, sich von ihm in die Augen blicken zu lassen. So sprach sie statt dessen zu dem Tisch, mit einer so weichen Stimme, daß sie das Unbehagen des Schmieds in diesem Raum erhöhte. Doch sie fühlte sich nicht wohler als Dubro. Nervös suchten ihre Finger nach den Karten und mischten sie.

»Alles und nichts, Dubro. Ich weiß nicht, was mir fehlt – und es ist mir schon fast egal.« Die Karten entglitten ihren Fingern und verteilten sich auf der grünen Samtdecke.

Dubro seufzte tief und ließ sich auf ein Knie fallen. So konnte er Illyra in die Augen sehen und sie zwingen, in seine zu blicken. »Dann lies die Karten für mich. Frag sie, was ich tun muß, um dich glücklich zu machen.«

Illyra wich ihm aus und heftete den Blick auf die Karten, die sie wieder einsammelte. »Du weißt, daß ich das nicht kann. Ich liebe dich. Ich kann nicht sehen, was ich liebe.«

Sie hob den Blick und wollte Dubro beschämen, doch was sie in seinen Augen las, beschämte sie selbst. Er zweifelte an ihrer Liebe, und nun, da sie das wußte, erkannte sie, daß sein Zweifel nicht unbegründet war, denn sie zweifelte selbst daran. Der schlimmste Schmerz, den Illyra je gekannt hatte, rann wie ein Schauder ihren Rücken hinab. Die Karten fielen wieder auf den Tisch, als sie die Hände vor ihr Gesicht schlug. Sie hätte nie gedacht, daß Dubro in dem Augenblick, bevor er über den Tisch langte, um ihr Nacken und Schultern zu massieren, jedes Bild studieren und sich einprägen würde.

»Hätten wir reiche Verwandte oder eine einsame, von Seen und Bäumen umgebene Villa, würde ich dich wegschicken. Was dir zu schaffen macht, ist nur Freistatt!« sagte Dubro mit einer Beredtheit, die ihm wenige zugetraut hätten.

Illyra stellte sich die Villa vor und erkannte sie aus ihrer frühmorgendlichen Vision von Trevya. Schluchzen schüttelte sie, als sie ihre Gedanken von der Villa und ihrem Gatten löste.

»Was dann?« fragte Dubro nun weniger verständnisvoll.

»Ich weiß es nicht. Ich weiß es nicht ...« Doch nun, obwohl sie die Art ihres Problems nicht zu erkennen vermochte, stolperte Illyra über etwas, das unter anderen Umständen den Grund ihrer Verzweiflung hätte offenbaren können. Zumindest für Dubro.

»Ich wachte heute morgen mit einer schlimmen Ahnung auf«, gestand sie. Sie log noch nicht, aber sie machte sich für diese Halbwahrheiten bereit, die sie gewöhnlich ihren Kunden auftischte. »Ich hoffte, ihr zu entgehen, aber dann kam diese Frau, und die Ahnung wurde zu einer Sicht. Sie wollte wissen, wohin ihr Liebster verschwunden war, und ich fand ihn – in Ketten im Bauch eines Schiffes irgendwo. Und obgleich ich nur sein Gesicht deutlich sah, erkannte ich, daß er nicht allein war, daß viele Männer versklavt worden waren.«

Dubro wurde nachdenklich, wie sie es erwartet hatte. Ketten waren aus Eisen, und Dubro kannte jeden in Freistatt, der mit diesem Metall am eigenen Leib zu tun gehabt hatte. Die blauen Augen wurden blicklos, als er seine Gedanken ordnete und deutete.

Illyra beobachtete die Bewegung seiner Pupillen, während er überlegte. Ihr schlechtes Gewissen schwand; sie hatte ihn dazu gebracht, über etwas anderes nachzudenken – aus dem sich vielleicht noch etwas Brauchbares ergeben mochte. Sie sammelte ihre Karten ein und wickelte sie in ein Stück Seide, ohne je einen Blick auf die aufgedeckten geworfen zu haben.

»Das ist etwas für deinen Bruder Walegrin«, sagte Dubro fest und nickte.

»Dann sag es ihm. Ich mache jetzt einen Spaziergang, vielleicht finde ich irgendwo einen Garten. Ich will nicht zur Kaserne gehen.«

Dubro brummte bestätigend, und Illyra unterdrückte einen Seufzer. Noch vor einem Jahr hätte ihr Gatte allein bei der Erwähnung des Namens Walegrin einen Wutanfall bekommen. Er hatte ihrem strohblonden Bruder die Schuld an all ihrem Unglück gegeben. Doch jetzt, seit Walegrin ihr Trevya gebracht hatte, war der Standortkommandant in ihrem Haus willkommen, und die beiden Männer verbrachten so manchen Abend gemeinsam in einer Schenke. Dubro war sogar so weit gegangen, die Kosten für die Anmeldung der Staatsangehörigkeit des Kindes im Rankanischen Reich mit ihm zu teilen.

Illyra konnte sich keine Unterhaltung, geschweige denn Freundschaft, zwischen den beiden wortkargen Männern vorstellen, hatte es auch nie wirklich versucht. Doch da wurde ihr klar, daß sie sich über sie unterhielten. Sie hatte sie durch die Mauer zusammengebracht, die sie um sich errichtet hatte. Doch die Erkenntnis weckte nicht den Wunsch nach Änderung.

»Unterhalt dich mit ihm. Am besten, du ißt auch gleich mit ihm. Ich glaube nicht, daß ich vor Sonnenuntergang zurück sein werde.«

Sie strich ihr Schultertuch zurecht und ging an ihm vorbei zur Tür, ohne ihn zu berühren. Geselle und Lehrling waren verschwunden. Trevya plärrte, obwohl Suyan sich große Mühe gab, sie durch Singen zu beruhigen. Nichts berührte Illyras Herz. Sie verschwand, ohne einen Blick zurück, im Gedränge des Markttags.

Es gab etwa zwei Dutzend S'danzo in Freistatt, die kleinen Mädchen mitgerechnet. Die Männer und Kinder konnten sich unbemerkt in der ganzen Stadt bewegen, besonders, da sie zur Baustelle des Reiches geworden war und jeden Tag Fremde eintrafen. Aber die Frauen, die Seherinnen, die echten wie die falschen, schlugen Wurzeln im Basar und verließen ihn nur selten. Illyra erkannte viele Gesichter, an denen sie vorbeikam, doch niemand erkannte sie. So frei sie sich fühlte, war sie doch auch sehr allein und wurde kleiner mit jedem Schritt, den sie sich weiter vom Basar und der Schmiede entfernte.

Sie war fast unsichtbar, als sie das Haupttor des Palasts erreichte. Sie war hier bekannt – und wurde erkannt – durch die vielen Male, die sie ihren Sohn besucht hatte, als er mit dem Gottkind Gyskouras in der Kinderstube des Palasts gehegt und gepflegt worden war. Aus demselben

Grund wurde sie auch nicht gegrüßt, als sie die inneren Korridore betrat.

Hier waren andere, die sie kannten. Sie murmelten mit abgewandtem Blick einen Gruß und beschleunigten den Schritt, um sich so rasch wie möglich von ihr zu entfernen. Es war vielleicht eine große Ehre, die Mutter eines kleinen Gottes zu sein. Der Mutter des anderen Kindes, eine ehemalige Sklavin und Tänzerin, mangelte es nicht an Dienerschaft, Gemächern und Geschmeide. Aber eine solche Mutterschaft regte nicht zu weltlicher Freundschaft an. Tatsächlich hätte Seylalha mit ihrer Anmut und Schönheit auch ohne Gyskouras' Hilfe ein luxuriöses Zuhause gefunden. Und Illyra, der sich halb Freistatt anvertraute, hatte nie Freunde gehabt.

Von Dubro und Walegrin abgesehen, deren Verbindung zu ihr mehr als Freundschaft war, gab es nur einen, dem Illyra ihr Herz öffnen konnte: Molin Fackelhalter. Und es war schon ein trauriger Zustand, wenn eine gottlose S'danzo Rat bei einem rankanischen Priester suchte.

In diesem Augenblick jedoch trug Illyra ihre Einsamkeit wie eine Rüstung. Sie schritt an der Treppe vorbei, die sie zu Molins überfüllten Gemächern gebracht hätte. Sie hatte ihr Ziel deutlich vor Augen: ein Garten, dessen Mauern den Wind fernhielten, der Sonne jedoch unbehindert Zugang gewährten. Ein Ort, an dem es gewiß selbst zu dieser Jahreszeit Blumen gab.

Der kleine Garten war leer – seit beachtlicher Zeit verlassen und Wildkräutern preisgegeben. Zwei robuste Rosen hatten noch frostgezeichnete Blüten, die ihren letzten Duft verströmten. Davon abgesehen gab es nur noch vereinzelte gelbe Blumen, einige hauchfeine weiße Blüten und, in der geschütztesten Ecke, ein kleines Beet mit feurigen Dämonenaugen. Illyra war froh, daß sie dagegen nicht allergisch war. Sie sammelte einen Armvoll der Blumen, setzte sich damit auf eine sonnenbeschienene, steinerne Bank und machte sich daran, eine Girlande zu flechten.

Sie hatte Blumenbinden durch eine Vision gelernt. Ihre Mutter hatte es sie ganz sicher nie gelehrt, genausowenig Dubro oder Mondblume, die ihr alles gesagt hatte, was sie über Frauen und ihre Gabe wissen mußte. Sie hatte auch noch anderes gelernt: einige Lieder und Gedichte, so allerlei über das Lieben und ein paar nützliche Tricks, wenn es ums Töten mit Messer oder Schwert ging. Sie wußte zu viel für nur eine Person – und sie hatte Lillis unter anderem auch deshalb so geliebt, weil sie sich danach gesehnt hatte, ihr Wissen mit jemandem zu teilen, der verstehen würde.

Tevya könnte es nie verstehen.

Die Sonne wärmte Illyras Schultern und lockerte die Verkrampfungen, die sie seit jenem Spätwintertag hatte, als sie zum letzten Mal eine lebende Tochter aus eigenem Fleisch und Blut in den Armen gehalten hatte. Illyra hob das Gesicht mit geschlossenen Augen in die Sonne und stellte sich eine alterslose Lillis vor: Kind, Frau und Freundin. Sie nahm die Vision, die sie vor dem Morgengrauen gehabt hatte, und veränderte sie, bis das Kind ihre eigene Tochter war, und sie ihr Lachen und dieses eine Wort – *Mutter, Mutter, Mutter* – deutlich hören konnte.

Aber das Lachen, wie Illyra nach einem glücklichen Augenblick bewußt wurde, war wirklich, es erschallte in dem mauerumgebenen Gärtchen, nicht in ihrer Vorstellung. Sie öffnete die Augen und blickte auf die Schar Kinder, die in ihre Zuflucht eingedrungen waren und zu spielen begannen. Sie kannte keines von ihren früheren Besuchen in der Kinderstube des Palasts, sie bemerkte jedoch, daß zwei Beysiber waren, beides Mädchen und vermutlich Immigranten wie ihre Eltern.

»Du bist dran!«

»Und daß du ja nicht guckst!«

Das gerufene Kind, das jüngere beysibische Mädchen, löste sich widerwillig aus der Gruppe. Arme und Beine der Kleinen, die weit aus der feinen, aber schmutzigen und formlosen Tunika ragten, waren noch fleischig vom Babyspeck, und ihr Gang war breitbeinig und plattfüßig wie bei einem Kleinkind. Sie verzog weinerlich das Gesicht, als sich die Entfernug zwischen ihr und ihren Spielgefährten vergrößerte. Bisher hatte noch keines der Kinder Illyra bemerkt, die still auf der Bank saß.

Die Kleine straffte die Schultern und hielt die Hände vor die Augen.

»Laut! Du mußt laut zählen, Cha-bos!« rief die etwas ältere Beysiberin.

»Eins – zwei – d-drei ...«

Bei vier waren die anderen Kinder bereits verschwunden, und man hörte ihr Kichern und Schreien, bis sie sich in das Labyrinth von Gemächern und Korridoren ihres Zuhauses zurückgezogen hatten. Die kleine Cha-bos lauschte, und als sie nichts mehr hörte, nahm sie die Hände vom tränenverschmierten Gesichtchen. Jetzt erst bemerkte sie Illyra.

Die Haut, welche die Exilgemeinde von den Ureinwohnern dieses Erdteils unterschied, schnellte über die bernsteinfarbenen Augen des Kindes, und es *starrte*. Unwillkürlich fuhr Illyra zusammen. Aber Cha-bos schien es nicht zu bemerken – oder sie war bereits imstande, ihre Reaktionen zu verbergen.

»Ich kann nicht bis hundert zählen«, sagte sie, überzeugt, daß das alles erklärte. Und Illyra stellte fest, daß Beysiber weinen konnten, *während* sie starrten.

»Ich auch nicht«, gestand Illyra – nicht, daß sich für sie je die Notwendigkeit ergeben hätte, so vieles zu zählen.

Cha-bos blickte sie niedergeschlagen an. Was nutzte eine Erwachsene, wenn sie nicht mehr wußte als sie selbst? »Es macht nichts«, erklärte sie sich und Illyra. »Sie wollen sowieso nicht mit mir spielen.«

Von diesen großen, starren Augen angezogen, zeigte ihr S'danzoblick Illyra, daß das stimmte. Die größeren Kinder machten bei diesem einfachen Spiel gar nicht mehr mit, sondern waren bereits dabei, etwas Abenteuerlicheres auszuhecken.

»Das tut mir leid. Du wirst bald genug größer werden.«

»Aber sie nie *kleiner*.«

Illyra wand sich innerlich, sie wollte sich aus den tiefen Augen des Kindes befreien. Sie verstand nun, weshalb sich die anderen S'danzofrauen mit der Gabe gewöhnlich in der Nähe ihrer Familie aufhielten – wo die Vertrautheit, wenn nicht die Liebe, den Fluch der Sicht bannte.

Illyra wollte vor allem nicht wissen, daß Cha-bos kein gewöhnliches Kind war, sondern die Tochter der Beysa Shupansea und ihr Blut bereits mit wirksamem Gift vermischt war.

»Du kannst keine Freundinnen haben, nicht wahr?« platzte sie heraus.

Cha-bos wurde ernst und schüttelte das Köpfchen ganz langsam, aber die Haut über dem Auge sprang zurück, und sie blinzelte. »Vanda. Sie paßt auf mich auf.«

Vanda war ein Name, den Illyra von früher kannte. Sie war eine junge Ilsigerin, die es geschafft hatte, Kindermädchen der vielsprachigen Schar in der Kinderstube des Palasts zu werden. Illyra hatte sie nicht mehr gesehen, seit Arton fortgesandt worden war, und sie hatte angenommen, daß das Mädchen in die Stadt zurückgekehrt war.

»Ist Vanda noch hier?«

»Natürlich. Ich brauche sie.«

Cha-bos Vertrauen zu Vanda war so stark wie ihre Überzeugung, daß die Welt ausschließlich für ihre Bedürfnisse da war. Sie war bereit, Illyra durch das Labyrinth des Palastes zu einem Raum zu führen, der nach seinem chaotischen Zustand und der Größe der Betten nur die Kinderstube sein konnte.

Vanda saß mit Nadel und Faden zwischen Haufen ramponierter Kinderkleidung. Ihr Gesicht leuchtete in ehrlicher Freude auf, als Cha-bos rufend auf sie zukam, wurde jedoch kühl, als sie Illyra sah.

»Es ist lange her«, stellte sie fest. Sie streifte die Flickarbeit vom Schoß und verbeugte sich, wie es zur Begrüßung der Mutter eines potentiellen Gottes schicklich war. »Geht es Euch gut?«

Illyra nickte und wußte nicht, was sie sagen sollte. Sie fragte sich, was sie von diesem Besuch eigentlich erhofft hatte. »Den Umständen entsprechend«, stammelte sie höflich.

Der Umgang mit Kindern hatte Vanda ein wenig ihrer Direktheit bewahrt. »Was führt Euch her?« Sie nahm ihre Flickarbeit wieder auf.

Erinnerungen wirbelten durch Illyras Kopf. Vanda war die Tochter von Gilla und dem Maler Lalo. Gilla hatte ihre Kinder zu Erwachsenen heranreifen sehen und hatte zur selben Zeit wie Illyra ihr Töchterchen einen Sohn begraben, dessen Lebensfaden ebenfalls viel zu früh durchschnitten worden war. Auch hatte Gilla Illyra während der schlimmen Wochen ihrer gemeinsamen Trauer gepflegt.* Vanda wußte gewiß, was ihre Mutter wußte, und Vanda kannte Kinder.

»Ich habe ein Kind«, begann Illyra tief aus ihrem Herzen.

Erstaunen und Argwohn huschten über Vandas Gesicht. »Oh.« Sie seufzte, während sich eine beruhigende Maske über ihr Gesicht schob. »Welch ein Glück für Euch!« Es war eine Stimme, mit der man zu geistig Verwirrten sprach.

Illyra entging die Distanz nicht, die Vanda rasch zwischen ihnen schuf. Aber nachdem sie einmal zu reden begonnen hatte, konnte sie nicht mehr aufhören. Sie beschrieb, wie ihr Trevya aufgehalst worden war und daß das Kind ihr keine Ruhe ließ. Sie sprach von Trevyas verkrüppelten Beinchen und von den Visionen, die zur Anfertigung der Stütze aus Fischbein und Leder geführt hatten.

Dann erläuterte Illyra sich selbst und Vanda, wie Dubro

* *Die Herrin der Flammen* von Diana L. Paxson, Geschichten aus der Diebeswelt: *Die Herrin der Flammen*, Bastei-Lübbe 20167

sich seit Trevyas Ankunft verändert hatte. Als wären Kinder austauschbar und als müsse eine Frau jedes Baby lieben, das in ihren Armen zappelte.

Während dessen saß Vanda unbewegt und aufmerksam da und wurde bei jedem Wort der S'danzo zurückhaltender. Bis Cha-bos, der es schon zu Beginn von Illyras Wortschwall langweilig geworden war, dafür sorgte, daß ihr wieder Aufmerksamkeit geschenkt wurde.

Das Kind hatte eine ihrer *Ti-cosa* hervorgeholt, eine kleinere Version des beysibischen Hofkostüms, die so reich bestickt und gepolstert war, daß sie fast von allein stehen konnte.

»Richtet sie!« verlangte Cha-bos und begann durch die Stube zu laufen.

Bänder hingen von den Säumen und Nähten als Symbole der Vipern der Beynit, welche die erwachsenen weiblichen Angehörigen der Familie der Beysa bei sich trugen.

»Cha-*bos*-tu!« rief Vanda den vollen Namen des Kindes, als die Katastrophe sich abzuzeichnen begann.

Smaragdgrüne und rubinrote Seidenbänder schlangen sich um die Beine des Kindes. Cha-bos schrie auf, als sie vorwärts stolperte und als wirres Häufchen Kind und Kleidung auf dem Boden landete. Einen Augenblick glaubten Illyra und Vanda, daß sie sich nicht weh getan hatte, doch dann gellte ein Schrei herzzreißender Angst aus dem Durcheinander.

Vanda erreichte sie als erste und brüllte ihre tröstenden Worte fast, während sie Cha-bos von der *Cosa* befreite. Ein Splitter, so lang wie ein Kinderfinger ragte aus dem Unterarm der Kleinen. (Die Fußböden in diesen oberen Palasträumen bestanden aus Dielen, die schon bessere Tage gesehen hatten.) Chabostu, zweite Tochter Shupanseas und Zeugin all dessen, was ihre Mutter ins Exil nach Freistatt getrieben hatte, war wie gelähmt beim Anblick ihres eigenen Blutes. Ihr ganzer Körper war auf die beysibische Art erstarrt, ihre einzige Bewegung das krampfhafte Atmen zwischen den Schreien.

Vanda vermochte die Starre des Unterarms nicht zu lösen, und als sie den Splitter herauszog, spritzte hellrotes Blut aus der Wunde.

»Liebe Shipri steh mir bei!« murmelte Vanda, als in Chabos aufgerissenen Augen plötzlich nur noch das Weiße zu sehen war. »Haltet sie!«

Vanda schob das Kind in Illyras widerstrebende Arme, brüllte nach den Palastwachen und eilte zu den Kleidungsstücken, um einen Streifen als Verband abzureißen.

Illyra schwankte und wurde fast so starr wie Cha-bos, als warmes Blut über ihre Finger hinabsickerte.

Das war kein gewöhnliches Kind – kein gewöhnliches Blut. Was sich da in der Mulde zwischen ihrem Daumen und Zeigefinger sammelte, war gräßliches, starkes Gift. Illyra schluckte, schauderte und fiel fast in Ohnmacht, als die Flüssigkeit über ihr Handgelenk rann und unter ihrem Ärmelaufschlag verschwand. Nichts hätte sie jetzt lieber getan, als das kleine Mädchen von sich zu stoßen und das Weite zu suchen. Aber Vanda war zurück und riß Stoffstreifen mit den Zähnen ab, und auf dem Korridor hallten die schweren Schritte herbeieilender Wachen.

Illyra blieb nichts übrig, als ihren Ekel zu unterdrücken, während Vanda die Wunde behandelte und Cha-bos in ihren Armen zuckte. Eine absurde Panik erfüllte die Kinderstube. Welche Infektion könnte sich überhaupt in einem Kind ausbreiten, dessen Blut Gift war? Da kamen die Visionen.

Sie befand sich im Beysibischen Reich und blickte mit Kinderaugen auf einen Alptraum. Riesen stürmten mit bluttriefendem Stahl in den Händen aus zuckenden Schatten. Kalte, unnachgiebige Hände hielten sie von hinten, und die ganze Welt schwankte schwindelerregend, als alles Vertraute in Entsetzen und Chaos versank.

Ein Gesicht schwamm vor ihren Augen: halb war es das ihrer Mutter und halb das eines grimmigen, mordlüsternen Riesen – und dieser andere Teil, der Teil, der nicht ihre Mutter war, gewann die Oberhand. Und überall war Blut, als die letzte Festung, die Shupansea treu ergeben war, unter dem Ansturm des Feindes fiel und die Edelsten des Reiches um ihr Leben rannten wie die niedrigsten Bauern.

Illyra, deren Kindheitserinnerungen nicht weniger drastische Szenen enthielten, teilte Chabostus' Angst – und ihre unauslöschliche Empörung darüber, daß keiner dieser Riesen, die ihre Welt beherrschten, sie beachtete. Schlimmer noch, ihre Mutter Shupansea war offenbar vor Angst nur noch zum Stammeln fähig.

In der kindlich anklagenden Vorstellung der Kleinen hatte sich ihre Mutter die Aufmerksamkeit und den Trost angeeignet, der ihr, Cha-bos, zustand. Das Kind war nicht fähig, diese Umkehrung des Universums zu begreifen, deshalb klammerte es sich an die Dinge, die es verstehen konnte: Nie zuvor hatte es ähnlich empfunden, und nie zuvor hatte es so viel Blut gesehen. Deshalb mußte es das Blut sein, das diese schrecklichen Gefühle verursachte. Blut und diese Gefühle waren untrennbar miteinander verbunden.

So wurde Blut zum absoluten Schrecken in ihrer Welt.

Vanda arbeitete hastig, um die Wunde des Kindes zu säubern und zu bedecken, denn sie war sich der wachsenden Ängste des Kindes durchaus bewußt, ohne ihren Grund zu kennen. Obgleich den Wachen versichert worden war, daß die Verletzung weder ernsthaft war noch das Ergebnis einer Untat, kontrollierten sie lautstark die umliegenden Korridore – hauptsächlich, um Shupansea zu beweisen, daß sie ihren Pflichten nachgingen.

Illyra beobachtete die Aufregung aus größerer Distanz. Sie hatte sich aus den Visionen des Kindes befreit und dadurch ein wenig ihrer Angst vor dem giftigen Blut verloren, das immer noch ihren Arm besudelte. Und sie war so klug gewesen, nicht völlig in die hektische Welt der Kinderstube zurückzukehren.

Die Seherin blieb von ihrer Umgebung gelöst, bis Shupansea über die Schwelle trat, dicht gefolgt von Prinz Kadakithis und einem Dutzend Höflingen. Die Beysa sank anmutig auf die Knie und versuchte, ihre Tochter in die Arme zu nehmen. Doch das wollte Chabostu nicht und kämpfte wie ein kleiner Dämon, um der Fürsorge ihrer Mutter zu entgehen.

»Durchlaucht ...?« warf Vanda vorsichtig ein und deutete unauffällig auf den Verband.

Shupansea, die wußte, was passieren würde, wenn die Wunde wieder blutete, zog ihre Arme zurück. »Es war sehr schwierig für sie«, sagte sie leise zu Illyra. Sie sprach, wie es jede andere Mutter auch getan hätte, deren Kind sie zurückstieß.

Obwohl Illyra die Mutter eines voraussichtlichen Gottes war, hatte sie keine Ahnung, wie sie mit jemandem reden sollte, der gleichermaßen Göttin wie Königin war. Sie warf einen verstohlenen, hilfesuchenden Blick auf Vanda und schloß, daß deren Nicken bedeutete, sie solle sich Shupansea gegenüber mit der gleichen überlegten Vertrautheit benehmen, wie sie es bei ihren Kunden tat. »Kinder haben ihren eigenen Kopf«, sagte sie mit der Spur eines Lächelns.

Die guten Manieren der Beysa verhinderten, daß sie *starrte*, aber ihre Lieblingsviper wählte ausgerechnet diesen Moment, sich raschelnd durch das Untergewand zu schlängeln und den juwelenfarbigen Kopf aus Shupanseas Kragen zu strecken. Sie züngelte die Luft, wobei sie ihren rosigen Schlund und die elfenbeinfarbigen Giftzähne entblößte. Dann, während die Frauen reglos standen, senkte sie sich auf Illyras Ärmel hinunter.

»Rührt Euch nicht!« mahnte die Beysa unnötigerweise.

Illyra verharrte reglos, bis die Beynit mit ihrer vor und zurück schnellenden Zunge das verkrustete Blut auf Illyras Ärmel untersuchte. Jeglicher Gedanke an einen sofortigen

Tod war unbedeutend, verglichen mit der Berührung der Schlange. Mit einem würgenden Keuchen schoß Illyra aus dem Kreis und warf Viper und Kind in entgegengesetzte Richtungen.

Cha-bos schrie, die Schlange verschwand, und Illyra war von einer gemischten Kohorte Palastwachen umringt. Rankaner, Ilsiger und Beysiber richteten in erstaunlicher Einigkeit ihre geschliffenen Lanzenspitzen auf den Hals der Seherin.

Die Wachen kannten ihre Pflicht; niemand würde sie zur Rede stellen, weil sie nicht die üblichen Maßnahmen ergriffen, wenn das Kind des Avatars einer Gottheit von der Mutter eines anderen Avatars auf den Boden geworfen wurde. Ausnahmsweise einmal erwies sich Freistatt als Ort, wo Recht und Ordnung ihren vorgeschriebenen Lauf nahmen. Nicht einmal die gemeinsamen Proteste des Prinzen und der Beysa konnten verhindern, daß die S'danzo zum Wachkommandanten abgeführt wurde.

»Macht Euch keine Sorgen«, beruhigte der Prinz Illyra, als er sich der waffenstarrenden Eskorte anschloß, die sie aus der Kinderstube brachten. »Es ist nur eine Formalität. Ihr braucht bloß Euren Namen unter ein paar Protokolle zu setzen.«

Das war kein großer Trost für die Seherin, die wie die meisten in Freistatt nur ein X an Stelle ihres Namens kritzeln konnte.

Es wäre vielleicht anders gekommen, wenn Dubro seine Gattin begleitet hätte – denn er war dazu bestimmt gewesen, Schreiber zu werden, nicht Schmied, und er hatte nicht vergessen, was er einmal gelernt hatte. Dummerweise war Dubro nicht einmal in der Schmiede, als ein Lakai aus dem Palast kam, und Suyan brachte vor Ehrfurcht kein Wort heraus.

Nicht, daß Dubro ihr gesagt hatte, wohin er ging, als er das Feuer dämpfte und das lederne Vordach herunterließ, das den Eingang zu seinem Arbeitsplatz von Illyras trennte. Er konnte ja schlecht zugeben, daß er zur hinteren Mauer ging, wo die anderen S'danzoseherinnen wohnten, um sie um ihren Rat zu bitten.

Er dachte an Mondblume und war nicht der einzige in Freistatt an diesem und anderen Tagen, der ihren gewaltsamen Tod bedauerte.* Sie war kaum größer gewesen als Illyra, aber mehr von Dubros Gewicht, und er hatte sich in ihrer Gegenwart wohl gefühlt.

Er überlegte sich seinen Plan noch einmal, als er das S'danzoviertel betrat, in dem es stark nach Räucherwerk roch. Er hatte sich bereits entschieden, wieder umzudrehen und in seine eigene, vertraute Welt zurückzukehren, als er sich des abschätzenden Blickes der Frau bewußt wurde, die Mondblumes Platz als die beste Seherin eingenommen hatte.

»Grüß Euch, Schmied«, rief die große, hagere Frau. »Was führt Euch hierher?«

Die Xanthippe ließ man nicht einfach stehen. Sie war die lebende Verkörperung jeglichen Gemunkels, das man sich verstohlen über die S'danzo zuraunte. Kein vernünftiger Mensch bezweifelte, daß sie jeden, der sich bei ihr unbeliebt machte, verfluchen konnte und es auch tat.

Dubro zerknüllte den Saum seines Kittels in der Faust und machte ein paar Schritte auf sie zu. »Ich habe eine Frage — über die Karten.«

Sie musterte ihn von oben bis unten, wozu sie sich Zeit ließ, und zog schließlich den Vorhang zu ihrem Wahrsageraum zur Seite. »Dann habt keine Scheu, kommt herein und fragt.«

* *Rebellen werden nicht in Palästen geboren* von Andrew J. Offutt, Geschichten aus der Diebeswelt: *Sturm über Freistatt*, Bastei-Lübbe 20122

Die Xanthippe lebte allein. Niemand wagte es, zu fragen, ob sie je eine Familie gehabt hatte. Für die anderen S'danzo und das übrige Freistatt war sie immer genau so gewesen, wie sie war. Eine Aura der Zeitlosigkeit lag über ihren nüchternen Räumlichkeiten. Ihr Holztisch war von der langen Benutzung dunkel und glänzend geworden.

Ihre Karten waren zerfleddert, die Bilder sowohl verblaßt wie auch fleckig. Sie war eine Seherin, die nicht gestattete, daß irgend jemand außer ihr ihre *Amashkiki*, die Karten, die Wegweiser zu Visionen, berührte. Sie flogen von einer knochigen, knotigen Hand zur anderen, als sie sich auf ihrem Hocker niederließ.

»Sagt mir, wo ich anhalten soll. Wählt zuerst, was Euch am wichtigsten ist.«

Dubro schob die ausgestreckten Hände mit den Handflächen voraus zwischen sich und die rasch wechselnden Karten. »N-nein!« stammelte er. »Ich wähle keine Karten! Illyra hat bereits gewählt.«

Die Xanthippe hielt abrupt inne. »Wenn sie gewählt hat, was ist dann Eure Frage?« Aber gewiß wußte sie es bereits.

»Sie kann für niemanden lesen, den sie liebt. Sie wollte die Karten auch gar nicht auflegen – aber einige fielen ihr aus der Hand. Ich glaube zwar, daß sie für uns nicht lesen kann – aber ich glaube nicht, daß sie nicht wählen kann.«

»Für einen Mann von Eurer beträchtlichen Statur habt Ihr einen erstaunlichen Durchblick«, erklärte die Xanthippe selbstzufrieden kichernd. Dubro verschränkte die Hände und schwieg. »Nun gut, beschreibt die Karten, die Ihr gesehen habt.«

»Es waren fünf. Sie nennt sie Gestirn, Quecksilber, Eichel, Meer und Leere.«

Seit mehr als zehn Jahren arbeitete Dubro vor Illyras Wahrsageraum und hatte ihren Beruf ignoriert. Doch trotz seines Hämmerns hatte sich ihm einiges davon eingeprägt. Seine Augen begegneten dem Blick der Xanthippe, und er ließ sich auch von ihrem wachsenden Unglauben nicht irritieren.

»Hauptkarten, allesamt«, bestätigte er.

Die Seherin legte ihre Karten mit fester Hand in ihr seidenes Nest zurück. »Ihr habt wohl nicht bemerkt, wie die Karten zueinander lagen? Übereinander oder umgekehrt?«

»Sie *fielen* ihr aus der Hand«, erinnerte er sie.

»Ich verstehe.« Sie machte eine längere Pause. »Nun, dann sollten wir vielleicht annehmen, daß alle Bilder richtig und getrennt lagen. Das wird das einfachste sein. Ihr möchtet doch die *einfachste* Deutung, nicht wahr?«

Dubro nickte. Ihr Sarkasmus störte ihn nicht. Sie hatten schon mit dieser Frau zu tun gehabt. Ihre stichelnden Bemerkungen waren so normal für sie wie für Illyra ein Lächeln.

»Ihr wißt wahrscheinlich, daß es bei den *Amashkiki* fünf Familien gibt: Feuer, Erz, Holz, Wasser und Luft, die für die fünf Elemente stehen, aus denen das Universum erschaffen wurde. Jede Familie wird von einem Haupt geführt und von ihrer Lanze verteidigt. Es gibt natürlich Karten, die nicht in diese Familien fallen, aber sie sind in unserem Fall von keiner Bedeutung, denn Ihr habt nur Hauptkarten beschrieben. Jede Hauptkarte.«

Wieder nickte Dubro. Das hatte er gewußt. Die *Amashkiki* waren allgemein verbreitet, doch nur den S'danzo offenbarten sie ihre Geheimnisse. Beim Spiel waren fünf Häupter in der Hand einen hohen Einsatz wert.

»Die Lanzen verteidigen. Sie sind steif, scharfklingig, haben ihre feste Funktion. Die Häupter dagegen sind der Anfang.« Die Grauhaarige grinste. »Und auch das Ende. Magier mögen die Hauptkarten, weil sie alles bedeuten, wißt Ihr. Das Aufschlagen eines Hauptes erleichtert das Deuten, das hat Illyra Euch vielleicht gesagt; zwei Häupter schreien es geradezu hinaus. Fünf Häupter sind absurd – und Ihr, Schmied, wißt das, glaube ich.«

Zögernd nickte er.

»Vielleicht hatte sie die *Amashkiki* gerade geordnet und nur die untersten fallen lassen?«

»Sie hatte eine Kundin gehabt, die eben gegangen war. Wenn ich es für einen Zufall gehalten hätte, wäre ich nicht hierhergekommen.«

»Dann liegt der Pfad offen vor euch. Es gilt nur noch, den ersten Schritt zu tun.«

Dubro nickte wieder. Die Worte der Seherin bekräftigten seine eigene Überzeugung. Die alte S'danzo kniff die Augen zusammen. In ihrem Alter war die Sicht eine zweitrangige Gabe. Von größerer Bedeutung waren ihre Menschenkenntnisse. Die Xanthippe konnte aus einer Geste ebensoviel lesen, wie die S'danzosicht ihr aus ihren Karten verraten hätte.

»Wenn sie noch länger wartet«, sagte sie, »könnte es sein, daß der Pfad selbst handelt. Er läßt sich nicht verleugnen.«

»Aber sie verleugnet ihn. Sie *sieht* Trevya, wann immer sie sich umdreht, doch ihr Herz wird nur noch härter.«

Die Xanthippe schnaubte. »Sie ist eine kleine Närrin, die inzwischen wissen sollte, was passiert, wenn Kinder im Spiel sind.«

Freistatt war ein kleiner Ort, wo niemand um mehr als drei oder vier Ecken herum ein Fremder für irgend einen anderen war. Es gehörte schon eine entschlossene Eigenbrötelei dazu, nicht auf Gerüchte zu hören; es war unmöglich, ein Privatleben zu führen. Die ganze Stadt hatte von Illyras Zwillingen gewußt, und die Xanthippe war über die gut versorgte, aber unwillkommene Nicht-Tochter unterrichtet.

»Je länger Eure Frau leugnet, was die Sicht ihr gezeigt hat, desto unvermeidlicher wird es, Schmied. Nur einmal gesehen ist das Schicksal schwach und unsicher und Veränderung unterworfen – vor allem für junge Menschen. Aber wiederholte Visionen zu verleugnen, wie Illyra es getan hat ...« Die Xanthippe schüttelte den Kopf und kicherte vor sich hin. »Nichts im Leben ist Zufall. Vielleicht weiß sie, was sie tut; nicht einmal Illyra ist stärker als die Bestimmung.«

Das Lesen war zu Ende. Hinter dem Türvorhang wartete

bereits ein neuer Kunde. Dubro zog den Kopf ein, um ihn sich nicht am Türbalken anzustoßen.

»Denkt daran«, fügte die alte S'danzo hinzu, als der Vorhang über seinen Rücken streifte. »Falls Ihr und die Euren Figuren auf dem Brett des Schicksals seid, werdet ihr die Hand der Bestimmung nicht auf euren Rücken spüren.«

Dubro schüttelte den Kopf und ging weiter. Er war ein *Suvesh* und erwartete klare Antworten, wenn er zu einem Orakel ging. Das S'danzoviertel zu besuchen war zumindest ein Versuch gewesen, eines der seltenen Male, da er seinem Spieltrieb nachgegeben hatte. Es genügte ihm, daß er durch die Anfrage nichts verspielt hatte, und es störte ihn nicht übermäßig, daß er nicht klüger wieder fortging, als er hergekommen war.

Inzwischen war es Mittag. Es herrschte dichter Verkehr, und seine beiden Helfer waren für den Rest des Tages heimgegangen. Er könnte zu seiner Schmiede zurückkehren, ein paar Stunden wie früher allein arbeiten oder sich den Rest des Tages freinehmen. Und da es anscheinend ein Tag für impulsive Entschlüsse war, entschied sich Dubro dagegen, gleich wieder in die Schmiede zurückzukehren. Er machte sich auf den Weg zum Palast.

Walegrin und seine Leute hatten zur Zeit die erste der drei großen Schichten, sie begannen ihre Streife im kalten Morgengrauen und wurden etwa jetzt abgelöst. Selbst wenn der Mann nicht sein Schwager wäre, würde Dubro ihn den anderen Wachkommandanten vorgezogen haben – dem durch und durch bestechlichen Aye-Gophlan und dem heimtückischen Zip –, um ihm von Illyras Visionen zu erzählen.

Und in letzter Zeit, wie Illyra vermutete, schwelgten die beiden Männer in ihrer gemeinsamen Sorge um sie. Ein herzhaftes Mahl und ein paar Krug Bier in der Schankstube von Tinkers Knopf wäre vielleicht genau die richtige Kur für sein ärgerliches Unbehagen. Er bahnte sich einen Weg durch die Menge, nachdem er sich entschlossen hatte, zur Palastkaserne zu gehen.

»Na, seht Ihr? Ich sagte Euch doch, daß es schnell ausgestanden sein würde.« Doch Kadakithis' Stimme klang ein wenig zu erstaunt, als daß er ganz überzeugend wirkte.

Illyra nickte schwach. Man hätte sie zumindest darauf aufmerksam machen können, daß der Wachkommandant kein anderer als ihr eigener Halbbruder sein würde. Und welche Fehler Walegrin auch haben mochte, sein Familiensinn war über jeden Tadel erhaben. Er hatte erklärt, daß es verständlich war, in bedrohlicher Nähe einer dieser tödlichen Schlangen in Panik zu geraten.

»Ich bin sicher, in der Küche gibt es mehr als genug zu essen. Soll ich Euch einen Gardisten mitgeben, damit Ihr hinfindet? Ich würde Euch ja gern selbst begleiten, aber ...« Der Prinz blickte in die Richtung der Gerichtshalle und der Gemächerflucht Fackelhalters. Kadakithis bewies jetzt mehr Reife als bei seiner Ankunft vor sieben Jahren, als er noch eine naive Marionette gewesen war. Er war dabei, erwachsen zu werden.

»Vielen Dank, ich finde sie schon allein«, versicherte ihm Illyra.

Das erleichterte ihn offensichtlich, und er entfernte sich in einem keineswegs majestätischen Laufschritt. Illyra hatte eine flüchtige Vision von ihm auf einem stahlgrauen Hengst, dann nichts mehr, denn ihre Gedanken wurden von den köstlichen Düften aus der Küche angezogen. Man würde sie dort kennen und sie mit der gleichen distanzierten Höflichkeit behandeln, wie die übrige Dienerschaft im Palast es tat. Sie alle fühlten sich über eine S'danzo aus dem Basar erhaben, auch wenn diese Seherin das Ohr der Obrigkeit und der Götter hatte.

Mit einem feingeflochtenen Korb, der mehr wert war als sein gewiß schon bald verspeister Inhalt, schlenderte Illyra auf den sonnigen Palasthof hinaus. Vielleicht machte sie eine Wanderung über die Straße der Generale zu den Hügeln, wo die Bäume sich in zahllosen Rot- und Goldtönen verfärbt hatten. Oder sie spazierte zum Himmlischen Versprechen; dieser Park war tagsüber gewöhnlich verlassen. Oder vielleicht …

Illyra unterbrach ihre Überlegungen, als sie eine vertraute Gestalt durch das Westtor kommen sah. Dubro – und obwohl sie ihm selbst vorgeschlagen hatte, Walegrin zu besuchen, begann ihr Herz heftig zu klopfen. Ein paar Male, als sie noch ein Kind gewesen war und der Schmied nur ihr Beschützer, war sie vor ihm davongelaufen, doch in den letzten Jahren nie mehr. Bis jetzt. Sie tauchte hinter einen Wasserwagen, beugte sich über ihren Korb und tat, als krame sie in seinem Inhalt.

Sie wartete, weinte und dachte an Cha-bos, die nicht bis hundert zählen konnte. Als ihre Tränen getrocknet waren, wähnte sie sich sicher. Sie schlug die Richtung zur hinteren Ecke des Palasts ein, vorbei an dem kunstvollen Tor, wo Priester und Götter sich mit der weltlichen Obrigkeit in Verbindung setzten.

Hier waren die Steine für die nächste Instandsetzung des Palastes gelagert, und hier befanden sich auch die gewaltigen Zisternen zur Wasserversorgung der inneren Festung im Fall einer Belagerung. Illyra hatte sich zwar keineswegs verirrt, aber sie kannte sich hier nicht aus und wußte auch den Namen des kleinen Tors nicht, auf das sie stieß. Nach dem Steinstaub zu schließen, war es der direkte Durchgang für die Arbeitstrupps zum Palast.

»Hallo, Süße, hast du auch was für mich in deinem Korb?« rief ein Arbeiter aus der Nähe.

»Nein, nur mein eigenes Essen.«

»Bist du sicher? Ein so hübsches Ding wie du sollte hier nicht allein essen …«

Da verstand Illyra seine Absicht und errötete tief. Er lachte herzhaft, und sie rannte durch das namenlose Tor in ein Gewirr roter Sandsteinhaufen. Ärger übermannte sie, und sie wünschte dem Arbeiter alle möglichen kleinen Katastrophen an den Hals, weil er nicht erkannt hatte, daß sie eine glücklich verheiratete Frau war, und weil er Anträge hatte durchblicken lassen, die man einer S'danzoseherin einfach nicht machte!

Sie aß den Käse, ohne ihn zu genießen. Das Feuer ihrer Schmach loderte nun in ihr und beleuchtete die Verständnislosigkeit, mit der die Welt sie behandelte. Es war ja nun wirklich nicht, als verlange sie so viel. Es war pure Selbstsucht und Eigensinn, daß jene, die behaupteten, sie zu lieben, nicht verstanden, daß ihre Welt mit Lillis' Tod geendet hatte. Wenn sie sie wirklich liebten, würden sie mit ihr trauern und ihre sinnlosen Versuche aufgeben, sie aufzuheitern.

Ihr Leben war eine Tragödie, ein endloser Leichenzug von Lillis' Tod bis zu ihrem eigenen. Sie war zur Märtyrerin geworden und fühlte sich in dieser Rolle wohl.

»Du solltest kein so finsteres Gesicht machen.«

Illyra ließ vor Schreck den Korb fallen und starrte in die Sonne, erkannte jedoch den Mann nicht, der so vertraulich zu ihr sprach.

»Und du solltest etwas vorsichtiger sein, wo und wie du deinem Groll Luft machst!«

Sie konnte nicht dulden, daß ein Fremder sie schalt, und hatte Lust, ihn mit einem starken S'danzofluch zu verwünschen. Aber etwas, das sie nicht verstand, hielt sie zurück. Statt dessen kletterte sie von ihrem Platz auf einem Steinhaufen hinunter und sammelte ihr aus dem Korb gefallenes Picknick wieder ein.

Aus diesem Winkel, wo ihr die Sonne nicht in die Augen schien, war der Mann leichter zu sehen, doch deshalb auch nicht besser zu erkennen. Es gab jetzt unzählige Fremde, die für den Mauerbau angeworben worden waren – doch dieser Mann war bestimmt kein einfacher Arbeiter. Nicht einmal Tempus, wenn seine Umrisse sich von einer blutrot untergehenden Sonne abhoben, wirkte so zeitlos. Außerdem konnte sie ihn nicht *sehen,* ebensowenig seinen Schatten.

Das war kein gutes Zeichen, nun da Freistatt frei von Magie war.

»Ich bin eine freie Frau«, erklärte sie mürrisch und setzte sich auf einen anderen Stein, wo das Licht besser war und sie dem Fremden in die Augen zu sehen vermochte.

»Hier nicht!«

Das war keine Drohung, lediglich die Feststellung einer Tatsache, als hätte sie etwas übersehen. Aber was könnte man übersehen, wenn man auf einem Steinhaufen saß?

»Schau hinunter«, forderte er sie auf nachdenkliche, väterliche Weise auf.

Hinunter. Der Staub war rot, wo die Unwetter von Jahren mit dem Sandstein gespielt hatten. Nichts wuchs hier. Nichts war hier vergraben. Sie konnte auch nichts *sehen*.

»Wo du sitzt. Wo du schon eine ganze Stunde gesessen hast.«

Ach *das*. Es waren Trümmer, die einst ein Bauwerk gewesen waren. Auf einigen Steinen prangten Buchstaben einer vergessenen Sprache. Bei den Göttern, es könnte Rankene sein, aber wie sollte sie das wissen.

Zornig biß sie von ihrer Frucht ab. »Na und?«

»Bist du denn blind?«

Dieser Fremde in der gehämmerten, bronzefarbenen Rüstung und mit den forschenden dunklen Augen verdiente einen S'danzofluch, entschied Illyra. Sein Blick war schlimmer als das Starren der Beysiber! Sie lenkte ihre Gedanken in die alten Formen, dann langte sie tief in ihr Gedächtnis nach den Worten des Ritus, der ihre Wünsche mit der Sicht verschmelzen würde.

Er sprang auf sie zu, obwohl sie ihren Fluch stumm vorbereitete, und zerrte sie mit einer Hand von dem Stein, während er ihr mit der anderen den Mund verschloß.

»Törichte!« Er ließ sie auf den Boden fallen. »Du blinde, hoffnungslose Törin! Wie oft wurde Freistatt durch kleinliche Verwünschungen verdammt, von unbedeutenden

Narren, die Heiligkeit nicht erkennen, wenn sie ihr gegenüberstehen?«

Illyra stand auf und bürstete den Staub von ihrem Rock. Der Ärger des Mannes war zu ehrlich, um ihn einfach abzutun. »Wer seid Ihr, daß Ihr mich scheltet?« murmelte sie, ohne vom Boden aufzublicken. »Wer hat Euch zum Hüter von Freistatt gemacht? Ihr seid nur ein Fremder, der gekommen ist, um am Mauerbau mitzuarbeiten. Aber Freistatt ist mein Zuhause, und ich kann es zur Hölle und zurück verwünschen, wenn ich will!«

»Du bist eine noch größere Närrin, als ich vermutet hatte, Seherin Illyra.«

»Also gut, ich will es nicht zur Hölle verdammen. Ich hätte gern ein Freistatt, in dem Blumen in Rabatten entlang der Straßen blühen und wo anständige Bürger sich nach Sonnenuntergang nicht verstecken müssen. Ich hätte gern ein Freistatt, in dem Männer ihre Frauen lieben und Kinder nicht mit hungrigen Bäuchen aufwachsen. Aber wer hätte die Stadt nicht gern so? Doch Freistatt ist eben Freistatt und wird sich nie ändern.«

Sie hob die Augen und funkelte ihn an, damit er noch einmal überdachte, was er als nächstes hatte sagen wollen.

»Wenn du dich überwinden könntest, dafür zu sorgen, könnte ein besserer Ort daraus werden. Vielleicht sogar einer, den du zu lieben vermöchtest.«

»Das wäre was! Wer seid Ihr überhaupt?«

»Nenn mich Hirt.«

Illyra hob herausfordernd den Kopf. Ein Hirte? Was immer er auch war, die einzigen Schafe, die er zu sehen bekam, waren zweifellos tot, gebraten auf seinem Teller. Ein Söldner schon eher. Sie bemerkte jetzt, daß ein Pferd mit um die Beine geschlungenen Zügeln auf dem Weg auf ihn wartete und daß niemand auf diesem Weg kam oder ging. Es war wirklich keine gute Idee, mit jemandem zu streiten, dessen Sattelhalter und Schwertgürtel von einem Dutzend Waffen strotzten.

»Also gut, ich gebe Freistatt meinen Segen ...«

»Oben auf dem Stein!«

Sie setzte sich auf den ersten Stein und räusperte sich betont. »Ich gebe Freistatt meinen Segen«, wiederholte sie. Ein Windstoß blies ihr Staub in die Augen. Das und die Sonne in seinem Rücken verhinderten, daß sie ihn deutlich sah. »Mögen seine Einwohner in Frieden leben. Mögen seine Herrscher es weise regieren. Mögen seine Mauern stark und seine Kochtöpfe voll sein!

Na, ist das besser?« fragte sie und blinzelte in die Sonne.

»Du hast die Liebe vergessen.«

»Stimmt. Mögen Männer ihre Frauen lieben, Frauen ihre Kinder, Kinder – oh, mögen Kinder lieben, wen sie wollen.«

»Das ist schon einmal ein Anfang«, lobte der Hirt. »Hast du Durst?«

Er langte nach seinem umgeschlungenen Weinbeutel und reichte ihn ihr. Da sie vermutete, daß er sie in Verlegenheit bringen wollte, nahm Illyra den Wein. Nicht, daß viele Städterinnen den Beutel so drücken konnten, daß sie die Flüssigkeit in den Mund bekamen, ohne sich gründlich zu beklekkern. Sie konnte es. Sie hatte gelernt, aus einem Beutel zu trinken – und nicht einmal durch eine Vision. Es war eines der wenigen Dinge, die ihr Vater ihr beigebracht hatte. Der Wein war gar nicht übel, allerdings nicht von der Art, wie er hier zu haben war. Sie fing den letzten Tropfen und gab ihm den Beutel mit der Miene einer satten Katze zurück.

»Danke.« Befriedigt stellte sie fest, daß sie ihn mit ihrer Geschicklichkeit überrascht hatte.

Er kippte den Weinbeutel und drehte sich unter ihm so, daß sein Rücken Illyra fast berührte, und auch er in die Sonne blickte. Illyra konnte sich nicht denken, weshalb er sich so verdrehte, wenn er dadurch doch wahrscheinlich daneben zielen würde. Wein spritzte an ihrem Ohr vorbei und landete auf dem roten Stein.

»Paßt doch auf!« fauchte sie und brachte hastig ihren Rock in Sicherheit.

Aber er drückte den Beutel aufs neue und ließ einen großen Fleck auf der verwitterten Inschrift zurück, bevor er seine Arme vernünftig hielt und einen anständigen Mundvoll abbekam. Eigenartig, daß ein Krieger oder ein Hirte so unbeholfen mit einem Weinbeutel umging.

»Ich bin aus der Übung«, behauptete er, aber sie glaubte ihm nicht.

»Ich muß jetzt gehen«, sagte sie. »Es wird spät. Ich wohne …« Nein, sie sagte ihm lieber nicht, wo sie wohnte. Nicht, daß sie im Herzen wirklich dachte, daß das helfen würde, wenn es sich dieser Fremde in den Kopf setzte, sie und Dubro zu besuchen. Sie rutschte vorsichtig vom Stein. Den beachtlichen Rest ihres Picknicks gab sie in den Korb zurück. Es erschien ihr ratsam, sich rückwärts von dem Stein zu entfernen. Er grinste immer noch, wie sie den Weg betrat, und lachte sogar laut, als sie durch das Tor floh.

Tatsächlich war es noch gar nicht so spät. Die Sonne hatte erst drei Viertel des Weges zum westlichen Horizont zurückgelegt, und Illyra hatte nicht vorgehabt, vor Sonnenuntergang zum Basar zurückzukehren. Es war noch angenehm warm, und solch schöne Tage würde es wohl vor dem nächsten Frühjahr nicht mehr viele geben. Sie könnte immer noch ein Stück die Straße der Generale entlangwandern. Und diese Richtung schlug sie nun auch ein – zurück durch den Haupthof und den Statthalterweg entlang.

Haakon, der Straßenhändler, pries auf seiner nachmittäglichen Route sein Zuckerwerk an. Trotz allem, was sie gegessen hatte und noch bei sich trug, machten ihr die Törtchen und anderen Näschereien den Mund wäßrig.

»Ein Kupferstück«, sagte Haakon, als sie auf ihn zuging, doch als er sie erkannte, berichtigte er sich mit leiserer Stimme: »Für zwei.«

Illyra lächelte und gab ihm die abgegriffene Münze, die sie am Morgen bekommen hatte. Weil sie zwei Nußhörnchen erstanden hatte, wickelte er das zweite in einen Fetzen dünnes Pergament und steckte es ihr in den Korb.

»Köstlich!« lobte sie mit vollem Mund.

»Ein feines Mitbringsel.«

Für Dubro, meinte er, während sie Suyan vor sich sah. Sie fragte sich, ob die Amme je einen dieser Leckerbissen gekostet hatte. Unwahrscheinlich. Suyan hatte erzählt, daß sie in Abwind aufgewachsen war, und Dubro hatte sie in einem baufälligen Haus am Schlachthof gefunden. Illyra stellte sich Suyans Gesicht vor, wenn sie in das noch warme Nußhörnchen biß. Sie änderte die Richtung und eilte zum Basar zurück.

Die Schmiede war leer, doch ehe Illyra sich deshalb Gedanken machen konnte, hörte sie Trevya weinen, und rannte das letzte Stück.

»Ich habe dir ein Nußhörnchen mitgebracht!« rief sie, als sie sich durch den Vorhang schob.

Suyans Lächeln ging fast in ihren vergeblichen Versuchen unter, den Säugling zu beruhigen.

»Ich nehme sie einstweilen. Die Hörnchen schmecken wirklich am besten, wenn sie warm sind.«

Illyra hob das Kind hoch und stellte fest, was gar nicht so erstaunlich war, daß es gut in ihre Armbeuge paßte, und sie erinnerte sich, wie sie die Arme ein bißchen wiegen und zur Beruhigung der Kleinen ein wenig mit einem Finger wackeln mußte. Und da Illyras Finger von Butter und Zucker glänzten, fand Trevya ihn faszinierend. Sie zog ihn in den Mund und nuckelte zufrieden.

»Sie kriegt ihre Milchzähne«, sagte Illyra.

Suyan schluckte einen Bissen hinunter. »Nicht Milchzähne, würde ich meinen?« Wieder eine ihrer singenden Fragen.

»Nein, Milchzähne ist ein irreführendes Wort. Sie wird bald am Morgen Brei essen können. Ich habe gern Porridge gemacht – vor allem im Winter.«

Suyans glücklicher Gesichtsausdruck schwand. Illyra konnte fast sehen, wie sie daran dachte, wo sie gewesen war, bevor Dubro sie in die Schmiede geholt hatte.

»Wir werden auch weiter jemanden brauchen, der sich um sie kümmert. Ich bin eine S'danzo, nicht ...« Illyra zögerte, sie fragte sich, weshalb sie fast gesagt hätte, daß sie nicht Trevyas Mutter war. Das war auch Suyan nicht. Und andere S'danzos hatten ständig Kinder um sich. »Nun, Trevya sollte jemand haben, der auf sie aufpaßt«, fuhr sie nach einem verwirrenden Augenblick fort, »Es ist gefährlich hier, mit der Schmiede. Nicht wie andernorts, wo das Schlimmste, was passieren könnte, ein aufgeschlagenes Knie ist.«

Die Angst verließ Suyan mit einem tiefen Seufzer. Sie aß den Rest ihres Hörnchens auf, und auch danach ließ sie das Baby in Illyras Armen. Sie unterhielten sich im Nachmittagslicht, wie sie sich noch nie zuvor unterhalten hatten, wenngleich über nichts Wichtiges. Sie redeten über Gerichte, die Dubro mochte und über solche, auf die er lieber verzichtete; über die Ballen bunt gemusterter Stoffe, die mit einer Karawane aus Croy eingetroffen waren; und ob der Geselle wohl eine Frau bekommen würde.

Illyra warf einen Blick in die Zukunft. »Ich kann gar nichts *sehen*«, gestand sie kopfschüttelnd und erinnerte sich, was sie draußen auf dem Stein gesagt hatte. Einen Herzschlag lang stockte ihr Blut. Dieser Fremde, der kein Hirt war, hatte sie überlistet, Freistatt mit einem beispiellosen Zauber zu belegen: mit einem S'danzosegen. Nicht, daß es so was wie einen S'danzosegen überhaupt gab. »Jeder ist ein Kind, auf die eine oder andere Weise ...«

»Was habt Ihr gesagt?«

Suyan beugte sich näher, aber Illyra wiederholte es nicht. Sie war schließlich nur eine S'danzo, und Freistatt *war* Freistatt und würde sich, was sie auch tat, nicht sehr verändern. Aber wenn sie den Hirten je wiedersah, würde sie ihm danken, daß er sie ins Leben zurückgeholt hatte.

Originaltitel: *Seeing is Believing – But Love is Blind*

# Heimkehr

## Andrew Offut

*In Freistatt ist immer irgend jemand wach –*
*vor allem, wenn andere schlafen.*

*Absolute Wahrheit*

Als sie sah, daß er aufgewacht war, kehrte sie zum Bett zurück. Sie beugte sich über ihn, um ihm einen Kuß auf die Nasenspitze zu hauchen, dabei streifte ihr langes, auf seltsame Weise bleiches Haar sein Gesicht.

»Wir sind eingeschlafen«, erklärte sie ihm. »Ich muß gehen! Es ist schon entsetzlich spät.«

Schläfrig hob er eine Hand, um nach einer ihrer Brüste zu greifen. Lachend richtete sie sich rasch auf und hakte die restlichen Verschlüsse am Vorderteil ihrer Tunika ein.

»Ah ...«, beschwerte er sich noch benommen und gähnte.

Sie ging zur Tür. Er sah sie innehalten, eine Hand zur Schläfe heben und unter das erst seit kurzem silbergrau gefärbte Haar greifen. Sie drehte sich um. Der Mondschein, der durchs offene Fenster fiel, zeigte ihm, daß sie die Stirn runzelte.

»Meine Ohrringe«, murmelte sie. Sie eilte zu dem kleinen Nachttisch zurück.

Einen Augenblick später rief sie: »Liebling? Habe ich meine Ohrringe nicht hierhergelegt? Sie sind – sie sind nicht mehr da!«

»Dann müssen sie wohl auf den Boden gefallen sein«, meinte er gleichmütig und gähnte aufs neue.

Er lächelte, während er sie beobachtete und sich erinnerte. Ihr zuzuschauen, wie sie neben dem Bett kniete und ihre Ohrringe suchte, machte Spaß, und er ließ seiner Phantasie freien Lauf.

»Sie sind nicht hier, Cusher! Bitte steh auf und hilf mir suchen. Könntest du die Lampe anzünden? Es sind kostbare Ohrringe!«

Acht oder neun Minuten später lagen die ganzen Bettsachen auf dem Boden. Sogar seine neben dem Bett liegende Kleidung hatten sie durchsucht, denn ihre vermißten Ohranhänger aus Gold und Jade und Topas könnten sich ja möglicherweise in seinen Sachen verfangen haben, die er vor ein paar Stunden eilig auf den Boden hatte fallen lassen. Mittlerweile schluchzte sie und erklärte immer wieder, daß ihre Großmutter ihr diese Kleinodien vor vielen Jahren geschenkt hatte.

Schließlich gab Imaya – die Lady Imaya Rennstochter – die Suche auf und ging. Cusharlain, der inzwischen so hellwach war wie sie, verschloß die Tür hinter ihr.

*Ein anständiger Mann würde sie nach Hause begleiten*, dachte er. *Zumindest hinunter zur Straße*. Abwesend kratzte er seinen Schenkel, da wurde ihm bewußt, daß er noch nackt war. Er betrachtete seine Sachen, die über den Fußboden verstreut lagen. Dann zog er eine Braue hoch und schaute zum Fenster. Natürlich war es offen, aber schließlich befand sich dieses Gemach nicht im Erdgeschoß!

Nackt tappte er zum Fenster und blickte hinaus. Er sah nichts, nur andere Häuser und die dunklen Gassen und Straßen dazwischen; lediglich Freistatt, müde im Mondschein schlummernd. Er schaute die drei Stockwerke hinunter, stützte die Hände aufs Fensterbrett, lehnte sich hinaus und schaute nach oben. Ein vager Schauder rann ihm über den Rücken, doch er achtete nicht darauf. Er drehte den Kopf und blickte grübelnd nach beiden Seiten.

Cusharlain richtete sich seufzend auf. »Verdammt!« fluchte er.

In dieses Gemach kam man nur durch die Tür, aber die war noch verschlossen gewesen, als sie nachgesehen hatte. Er erinnerte sich genau. Nachdem einer dieser hübschen Anhänger während ihrer Umarmung seine Schulter gekratzt hatte, hatte sie beide abgenommen. Er hatte sie beobachtet, weil er es mochte, wie ihr nackter Busen sich bewegte, wenn sie die Arme zu den Ohren hob. Er hatte gesehen, daß sie die Ohrringe auf das Nachttischchen an ihrer Seite des Bettes gelegt hatte.

*Wir liebten uns und sind eingeschlafen*, dachte er, während er zum offenen Fenster starrte. *Und während wir schliefen, ist jemand durch dieses Fenster gestiegen und hat die Ohrringe genommen und den Geldbeutel, der in mein Beinkleid eingenäht war! Nur, daß niemand in Freistatt so etwas fertigbrächte! So gut ist keiner!*

*Ein Mann könnte es, der so geschickt war, etwas so Unmögliches zu schaffen. Ja, er wäre zu so etwas imstande gewesen. Aber er ist nicht mehr hier. Ist schon lange weg. Über ein Jahr? Ja, bei allen Göttern, sogar schon länger.*

*Trotzdem, jemand ist durch dieses Fenster eingestiegen, hat ihre Ohrringe und meinen Geldbeutel an sich genommen, während wir schliefen!*

*Verdammt! Der kleine Bastard ist wieder in der Stadt!*

»Ich bin Tischler, Zauberwirker. Das heißt, ich war es.« Der Mann mit der traurigen Miene hob seine Hand, um auf ihre sehr beschränkte Brauchbarkeit, vor allem für einen Tischler, hinzuweisen.

Strick blickte den Mann mitfühlend an. Daß er so besonders traurig aussah, lag an seinem großen Gewichtsverlust, durch den sein Fleisch schlaff geworden war.

»Bevor Ihr hereingekommen seid, hat Wints mir gesagt,

daß Ihr ein sehr guter Tischler seid, Abohorr, und daß Ihr in letzter Zeit um gut fünfzig Pfund abgenommen habt. Er hat nicht gesagt, daß Ihr Euren Daumen verloren habt.«

»Wollt Ihr hören, wie?«

»Nein.« Strick betrachtete die immer noch erhobene Hand. Er wußte von den Gefahren, in die Tischler und Holzfäller geraten konnten, und war nicht an Einzelheiten interessiert, die zweifellos sowohl grausig waren, wie langatmig erzählt werden würden. »Ich meine, es würde weder Euch noch mir nutzen. Und ich muß Euch sofort sagen, daß ich Euch den Daumen nicht zurückbringen kann.«

Abohorr seufzte tief und nickte. »Habe ich mir schon gedacht. Darum geht's auch nicht, Zauberwirker. Ich will nicht mehr tischlern. Hängt mir zum Hals raus. Ich meine, schon bevor das mit dem Daumen passiert ist, ich schwör's bei Anens Bart. Ich weiß, daß Ihr gute Beziehungen habt und dafür bekannt seid, daß ihr den Leuten helft, deshalb ...«

Der einstmals fette Labyrinthbewohner wedelte die verstümmelte Hand und blickte traurig, doch hoffnungsvoll auf den sehr großen Mann hinter dem blaudrapierten Tisch. Den Mann, der bereits soviel in Freistatt für seine sorgenvollen, sicherlich verdammten Einwohner verändert hatte. Ein Fremder mit einem eigenartigen Akzent, der von irgendwo aus dem Norden hierhergekommen war.

»Meine Fähigkeiten erstrecken sich nicht auf – auf ... Ich weiß nicht recht, was ihr eigentlich von mir wollt, Abohorr.«

Sein Besucher erhob sich rasch. Sogar im Stehen behielt er seine respektvolle Haltung bei, so daß es nicht so aussah, als blicke er hinab auf den Sitzenden in der schlichten blauen Tunika.

»Ich würde alles für Euch tun, Zauberwirker. Ich bezahle Euch auch die Zeit, falls ich sie vergeudet habe. Nur – bitte, laßt es mich wissen, wenn Ihr von was hört, von einer Arbeit, für die ich in Frage käme. Ich bin groß und kräftig und ein verdammt guter Arbeiter, Zauberwirker. Ich bin's gewöhnt, schwer und viel zu arbeiten. Ihr habt 'ne Menge Beziehungen, und alle Leute reden davon, daß Ihr schon so vielen geholfen habt. Wenn Ihr was hört – nun, Euer Gehilfe Wintsenay weiß, wo er mich finden kann.«

Strick nickte. »Hat Wintsenay Euch geraten hierherzukommen?«

»Ich möcht nicht um alles auf der Welt, daß er deshalb Schwierigkeiten kriegt, Zauberwirker. Wir haben uns unterhalten, und da hat er es erwähnt.«

»Nun ja.« Die Miene des Zaubermeisters blieb unbewegt, obwohl es ihn Mühe kostete.

»Wie auch immer – was schulde ich Euch, Zaubermeister?«

Strick antwortete seinem Besucher mit einem leichten Lächeln und einem leichten Schütteln des Kopfes, der mit einer enganliegenden blauen Kappe aus blau gefärbtem Leder bedeckt war. Niemand hatte Strick je ohne Kopfbedeckung gesehen. Man sah seine Kappe und eine tiefblaue Tunika über einem Beinkleid aus demselben Stoff, was ungewöhnlich war. Sein goldfarbenes Medaillon, das er immer um den Hals hängen hatte, trug wenig dazu bei, die Strenge seiner Gewandung aufzulockern. Merkwürdigerweise hatte das Medaillon eine gewisse Ähnlichkeit mit seinem breiten, hängenden Schnurrbart.

»Ich habe nichts für Euch getan, Abohorr. Ihr schuldet mir nichts. Seid Ihr sicher, daß Ihr nicht weitermachen und beweisen wollt, daß Ihr auch mit einem Daumen weniger der beste Schreiner sein wollt, den Freistatt je kannte? Dabei könnte ich Euch helfen.«

»Ich habe einfach keine Lust mehr zu tischlern, Zaubermeister«, antwortete der Bedauernswerte. Mit ein paar weiteren Worten des Dankes und der Entschuldigung verließ er das Gemach des Mannes von Firaqa.

Strick wartete etwa eine Minute, um Abohorr Zeit zu

geben, die Treppe hinunter und zu der Tür des ›Geschäfts‹, wie er es gern nannte, zu kommen, ehe er brüllte: »Wints!«

Der Mann, den man früher als etwas zu alt gewordenen Gassenjungen bezeichnet hatte, brauchte keine Minute, dem Ruf Folge zu leisten. Wintsenay war ein anderer Mensch geworden, seit er eine feste Anstellung hatte und die blaue Livree Strick ti'Firaqas trug.

»Herr?«

»Du hast deinem Freund Abohorr geraten, mich aufzusuchen«, sagte Strick grimmig. Er machte ein strenges Gesicht und deutete mit einem Finger, der größer war als alle des Extischlers. »Du weißt verdammt gut, daß ich einen verlorenen Daumen nicht zurückzaubern kann, Wints! Ich wünschte, du hättest nie erfahren, was mein Fluch ist – daß ich versuchen *muß* zu helfen, daß ich es gar nicht vermag, nicht zu helfen oder es nicht zu versuchen, vor allem, wenn man mich bittet.«

Wintsenay wollte sich rechtfertigen. Aber er unterließ es und starrte statt dessen auf den kostbaren Teppich, den ein reicher Kunde seinem Herrn vor kurzem verehrt hatte. Wie das Medaillon war es eine Dankbarkeitsbezeugung für die Hilfe des Weißen Magiers.

»Es tut mir leid, Meister. Ab ist ein guter Mann. War früher immer so fett und stark und fröhlich, wißt Ihr. Jetzt sieht er aus wie ein geschlagener Hund. Er braucht und verdient Hilfe.«

»Wenn du falsche Spielchen mit mir spielst, Wintsenay, wirst du auch Hilfe brauchen! Und jetzt heb deinen heimtükkischen Hintern hinaus und nimm den Rest deines häßlichen Gestells mit.«

Den ersten Teil verstand Wintsenay und handelte entsprechend. Und während er ging, bemühte er sich, mit seinem trägen Verstand den Rest der Worte seines Herrn zu deuten, was auf Kosten seiner Schnelligkeit ging.

Strick seufzte, schüttelte den Kopf und schlug mit seiner

gewaltigen Hand auf die feine Tischdecke aus tiefblauem Samt. Nach einer kurzen Weile, sagte er laut, brüllte jedoch nicht: »Avneh?«

Ein halbwüchsiges Mädchen eilte herein, ebenfalls in auffallendem Croyblau. Vor Stricks Erscheinen war Avenestra ein Straßenmädchen gewesen und eine Alkoholikerin, die sich in Fuchs' Kneipe herumgetrieben hatte. Jetzt war sie Empfangsdame und ergebene Dienerin ihres Retters. Aber Dienerin mehr in dem Sinn von Akolyth eines Gottes. Er nannte sie Nichte und hatte sie veranlaßt, ihn ›Ohm‹ zu rufen – als Selbstschutz, denn das dankbare Kind hatte sich ihm in jeder Beziehung hingeben wollen. Sie war bereits aus ihrer ersten blauen Tunika herausgewachsen und brauchte eine neue mit mehr Freiheit für ihre sich rundenden Formen.

»Ja, Ohm Striiii...«

Sie starrte an ihm vorbei, als sie mit diesem gedehnten i-Laut aufhörte. Ihr ›Ohm‹ erstaunte sie mit der Gechwindigkeit, mit der er aufsprang, einen Satz zur Seite machte und herumwirbelte. Ein erschreckend langes Messer blitzte in seiner Rechten. Er und Avenestra starrten auf den Eindringling, während dieser den Riesen anstarrte und die blanke Klinge, die fast so lang wie ein Schwert war.

Dieser Eindringling war dunkel, hager und mittelgroß. Er hatte pechschwarze Haare und Augenbrauen, die über der Adlernase beinahe zuammenwuchsen. Seine Augen waren fast so schwarz wie das Haar. Er trug einen einfachen grünen Kittel, ein geschmeidig gegerbtes ledernes Beinkleid, Halbstiefel und mehrere Messer, darunter eines, das sich mit Stricks überdimensionaler Klinge messen konnte. Während er den Blick zu Stricks blauen Augen hob, hob er auch die Arme ein wenig.

»Mutter Shipri habe Erbarmen, Hanse!« rief Avenestra. »Kannst auch bloß du fertigbringen, daß du da reinkommst, ohne daß dich Frax oder Wints oder ich gesehen haben! Aber wann bist du in die Stadt zurückgekehrt? Ich habe mich gedacht, du bist vielleicht tot!«

»›Mir gedacht‹, Avenestra, verdammt«, rügte Strick sie, ohne sich umzudrehen oder auch nur den Blick von dem Eindringling zu nehmen. »Geh jetzt. Und sag Frax und Wintsenay, sie sollen sich nicht einmischen. Und halt die nächsten Besucher eine Zeitlang auf.«

»Das ist wirklich Avenestra?« staunte der ungebetene Besucher. »Sie sieht bedeutend besser aus als früher. Setzt sogar ein bißchen Fett an. Gehört sie dir?«

»Sie ist meine ›Nichte‹, Gehilfin und manchmal Köchin, das ist alles. Ich habe Ahdio ausgerichtet, was du gesagt hast: daß du die rote Katze nicht einfach mitgenommen hast, sondern daß sie dir durch die Wüste gefolgt ist.«

»Du hast ein gutes Gedächtnis, Strick von Firaqa.«

»Ja, ich erinnerte mich, worum du mich gebeten hattest, als wir uns auf der Straße nach Firaqa trafen.* Und ich erkannte dich auch – nachdem Avenestra dich beim Namen genannt hatte. Ich habe diesen Namen übrigens des öfteren gehört, seit ich in Freistatt bin. Du bist in dieser Stadt nicht gerade unbekannt.«

Fast katzenhaft kam der jugendlich wirkende Mann um den Tisch herum.

»Ebensowenig wie du, Strick. Du hast nicht lange gebraucht, dir in dieser Stadt einen Ruf zu schaffen. Und ich dachte an jenem Tag im Wald, du wärst ein ruheloser Krieger. Du bist gekommen, um meiner Stadt zu helfen – also wirst du diese fischäugigen Schlangenliebhaber aus Übersee vertreiben?«

»Nein, Hanse. Die Beysiber werden hierbleiben.«

»Das habe ich auch gehört. Daran muß ich mich erst gewöhnen. Stimmt es, was man von dir sagt?«

»Wie sollte ich das wissen?«

*_Der dunkle Held_ von Andrew Offutt, Bastei-Lübbe 20142

Hanse lächelte beinahe. »Daß du nur Weiße Magie wirkst?«

»Ja.«

»Also das ist mal was anderes in Freistatt! Und stimmt es auch, daß jede Hilfe von dir eine Art Nebenwirkung mit sich bringt?«

»Gewissermaßen. Ich nenne es den Preis, zusätzlich zu der Bezahlung in klingender Münze oder in Ware. Avenestra, beispielsweise, hat nicht mehr das zwanghafte Bedürfnis, sich jede Nacht zu betrinken, aber sie hat ein starkes Verlangen nach Naschwerk entwickelt.«

»Das erklärt ihre neue … Rundlichkeit.« Hanse nickte.

»Und du, Hanse. Wir sind uns nur einmal flüchtig begegnet, und das ist schon lange her. Bist du geschäftlich hierhergekommen?«

»Nein. Wollte nur alte Freunde mal wiedersehen. Ja, wir sind uns an jenem Tag vor vielen, vielen Monaten flüchtig begegnet und haben einander ein paar Tips über Firaqa und Freistatt gegeben.« Hanse schmunzelte.

»Auch ich erinnere mich, wie wachsam, wie vorsichtig jeder von uns war, damals auf der Straße im Jungfernwald. Du hattest eine junge Frau bei dir und natürlich diese ungewöhnlich große rote Katze.«

Hanse nickte. »Ja. Es ist ein Kater. Er heißt Wunder. Die erste Katze, die ich je mochte. Die erste Katze, die ich überhaupt ausstehen konnte! Sobald ich hierherkam …«

»Von Firaqa?«

»Nun ja. Sobald ich ankam, ging ich in Fuchs' Kneipe und gab Wunder bei dem guten alten Ahdio ab, der mir von dir erzählte. Und eine Menge über dich von anderen Leuten zu hören war nicht schwierig. Du bist verantwortlich für dieses lächerliche Silberhaar, mit dem jetzt so viele herumlaufen?«

»Ich glaube schon.«

»Doch nicht für die Mode mit den nackten Hüpfen, was? Die stammt wohl von den schlangenäugigen Fischgesichtern.«

»Du solltest vielleicht versuchen, ihnen nicht mehr irgendwelche kränkenden Namen zu geben, Hanse. Tatsache ist Tatsache. Und die Tatsache ist, daß sie hierbleiben werden und man sich damit abfinden muß.«

»Ich werde mir Mühe geben«, antwortete Hanse mit wenig Begeisterung. »Hat sich auch noch vieles andere verändert, seit ich weg bin. Eine Menge Bauarbeiten – *Wiederaufbau*. Ist mir auch nicht entgangen, daß dieses Haus instandgesetzt wurde. Du mußt Blau sehr mögen! Als ich dich das letzte Mal gesehen habe, warst du hauptsächlich staubbedeckt. Und sogar Wächter in Livree! Selbst Avenestra in entsprechendem Blau. Hübsch, dein ›Geschäft‹. Schöne Decke auf diesem Tisch und ein kostbarer Teppich.«

Strick musterte ihn mit diesen großen blauen Augen über dem hängenden rotblonden Schnurrbart. Er zuckte mit den Schultern.

»Ich habe auch gehört, daß hier Menschen auf geheimnisvolle Weise verschwinden. Es gibt Gerüchte über Sklavenhändler, die ihre Geschäfte in Freistatt tätigen. Was weißt du darüber?«

»Eine Menge Leute versuchen mehr darüber zu erfahren, Hanse. Jedenfalls scheint das Gerücht begründet zu sein. Sei vorsichtig, falls du in der Dunkelheit auf der Straße bist.«

Hanse lachte laut. Nach einem Moment verzog sich Stricks mächtiger Schnurrbart zu einem leichten Lächeln.

»Mich würde interessieren, welchen Eindruck du von Firaqa gewonnen hast, Hanse, und wie es dir und deiner Frau dort ergangen ist. Aber momentan habe ich Besucher, die unten warten.«

»Es wird dich bestimmt noch so einiges mehr interessieren, was ich dir erzählen kann«, versicherte ihm Hanse. »Bedeuten dir folgende Namen viel: Thuvarandis, Corstic und Arcala?«

Strick blinzelte und setzte sich bedächtig, dann blickte er den jüngeren Mann über den Tisch hinweg erwartungsvoll an. Diese drei Namen bedeuteten eine Menge für ihn, wie Hanse geahnt hatte.

Mit knappen Worten erzählte Hanse von Firaqa und was er dort erlebt hatte.* Er beendete seine Erzählung mit den abscheulichen Geschehnissen im Haus des Zauberers und ihrem Ausgang.

Strick starrte ihn an. »Er ist tot?«

»Mausetot!«

Strick klatschte die Pranke auf den blau drapierten Tisch. »Tot! Endlich! Dann hast du Firaqa einen großen Dienst erwiesen, Hanse. Das war ein wirklich ruchloser Mann!«

»Wem sagst du das!« Hanses Stimme war trocken wie die Wüste.

Einen kurzen Augenblick schwieg er. »Und du hast Freistatt gute Dienste erwiesen.«

»Nun ja.« Strick murmelte etwas, und Hanse verstand, daß es ihm gar keinen Spaß machte, jeden Tag von seinem Geschäft zu seinem vornehmen Landhaus hin und her zu pendeln, und Strick endete: »Ich bin ein einfacher Mensch und würde viel lieber in der Stadt wohnen.«

»Ah, da kann ich dir helfen«, versicherte ihm Hanse grinsend. »Ich nehme dir die Villa gern ab, Strick.«

Mit einem schiefen Lächeln fragte Strick, wem das Wilde Einhorn gehörte.

Endlich ließ sich Hanse auf den Stuhl gegenüber dem Meister der Weißen Magie fallen. »Ohrring Nadeesh! Du hast mich was gefragt, was ich weiß. Wenn es nicht den Besitzer gewechselt hat, während ich weg war, gehört es dem Arzt Nadeesh aus der Straße der Goldschmiede. Unverwechselbar. Er trägt Mondsteine.« Hanse hob Daumen und Zeigefinger. »Zwei. Ohrringe. Steine so schwarz wie das Herz eines Steuereintreibers.«

»Der Arzt Nadeesh«, wiederholte Strick. »Danke, Hanse. Oh, wo wohnst du?«

* *Der dunkle Held* von Andrew Offutt, Bastei-Lübbe 20142

Hanses Miene war freundlich, aber verschlossen, das Gesicht des Diebes namens Nachtschatten. »Ich – nun, da und dort, Strick. Solltest du mich aus irgendeinem Grund sehen wollen, dann gib im Wilden Einhorn Bescheid oder in Fuchs' Kneipe.«

Strick nickte. »Und deine junge Frau – ich gab ihr mein Amulett ...«

»Das ihr und mir und Firaqa außerordentlich geholfen hat«, sagte Hanse dankbar. »Unterhalten wir uns ein andermal darüber, ja? Ich habe *eine* junge Frau dabei. Merkwürdig, daß du den alten Ohrring erwähnt oder vielmehr nach ihm gefragt hast. Ich hab' vorige Nacht ein Paar Ohrringe eingesteckt, als Geschenk für sie. Silky. Na ja, ihr richtiger Name ist Vivispor, aber was soll's – nur ein Mädchen, das ich in Suma aufgegabelt habe.«

»Du hast ein Paar Ohrringe ›eingesteckt‹?«

»Stimmt«, bestätigte Hanse gleichmütig, beeilte sich jedoch, weitere Bemerkungen oder Fragen zu verhindern. »Und jetzt habe ich keine Katze mehr. Weißt du, ich hatte mich wirklich daran gewöhnt, diesen verdammten Kater um mich zu haben. Ich gebe es gar nicht gern zu, aber er fehlt mir bereits – oh! *Nein!*«

Zum zweiten Mal innerhalb einer Stunde blickte Strick auf jemanden, der wie gelähmt an ihm vorbeistarrte. Da Hanse weder aufbrüllte noch nach einer seiner Waffen langte, vermied Strick es, seine Schnelligkeit und die Tatsache, daß er bewaffnet war, neuerlich unter Beweis zu stellen.

Außerdem kündete dieser Besucher seine Anwesenheit alsbald in seiner eigenen Sprache an: *»Miau.«*

»Verdammt, Wunder, du hast dich aus Fuchs' Kneipe gestohlen und bist mir wieder gefolgt!«

*Also so hat er seinen gar nicht so unmöglichen Überraschungsbesuch geschafft!*

»Entschuldige, Strick. Komm her, du verdammter Kater. Er kommt mir doch immer mit diesem süßlichen Kätzchenmaunzen, wenn er meiner Stimme anmerkt, daß ich mich ärgere und glaubt, daß er Schelte verdient hat. Komm – her – Wunder!«

*»Miau?«*

Strick saß ganz still, während die rote Katze auf Samtballen an ihm vorbeistolzierte und urplötzlich auf dem Schoß des jungen Mannes saß. Hanse bedachte den Weißen Magier mit einem ungewohnt verlegenen und schuldbewußten Blick.

»Oh, entschuldige, Strick.«

»Es sieht ganz so aus, als hätte Wunder entschieden, daß sie deine Katze ist und nicht Ahdios.«

»Ja, ich weiß.« Hanses Stimme klang traurig, aber sein Gesicht strafte sie Lügen.

»Wenn sich eine Katze einmal entschieden hat ...«

»Ja, ich weiß. Es ist nur, daß Ahdio so verdammt groß ist ...«

»Dann wollen wir hoffen, daß er auch die Größe hat, es zu verstehen. Hanse – hör zu, ich möchte dich um einen Gefallen bitten. Oder um zwei.«

»Ach.«

»Nimm Frax und Wints mit hinaus und zeig ihnen, wie du hier hereingekommen bist. Sag ihnen, ich will, daß sie die nötigen Veränderungen vornehmen, damit so was nicht mehr vorkommt.«

»Strick, ich schwöre, außer mir könnte es sowieso niemand.«

Strick blickte ihn stumm an, bis Hanse seine ganze Willenskraft aufbringen mußte, die Augen nicht zu senken. Seine Miene großäugiger Unschuld, die ihm schon so lange bei anderen gute Dienste leistete, wirkte bei diesem Mann überhaupt nicht. Dieser Zauberwirker war anders. Strick war wie – wie niemand sonst.

Schließlich fragte Hanse: »Wie lautet der zweite Gefallen?«

»Komm nie wieder auf diese Weise herein!«

»Das schwöre ich dir, Strick.«

»Gut. Ansonsten hat es mich gefreut, dich wiederzusehen, Hanse. Und danke für die Auskunft über diesen Nadeesh. Wir müssen uns mal wiedersehen und plaudern.«

»Vielleicht.« Nach einer kurzen Pause sagte Hanse: »Verdammt. Du schickst mich einfach weg, oder täusche ich mich?«

»Ich arbeite tagsüber, Hanse. Kunden warten.«

Hanse blickte ihn nachdenklich an. »Strick, du bist mir so einer! Geh'n wir, Wunder, du verdammter Kater.«

Auf dem Weg hinaus sah Hanse, daß Strick nicht übertrieben hatte: Im Wartezimmer im Parterre saßen zwei Kunden. Einer sah aus wie ein rankanischer Edler. *Strick verdient ganz schön damit, daß er hier Gutes tut*, dachte Hanse und blinzelte dem kühl vor sich hinblickenden blauuniformierten, mit Schwert und Dolch bewaffneten Mann zu. Ehemaliger Palastgardist, da war sich Hanse sicher. Er erkannte auch Wints, tat jedoch, als bemerke er ihn nicht. Unglaublich! Wints anständig angezogen, barbiert und selbstsicher!

Nach ein paar Schritten auf der Zeile, so hieß die Straße, sah Hanse schon wieder eine Frau mit Silberhaar. Strick war der Auslöser dieser Modetorheit. *Verdammt, warum? Jetzt weiß man überhaupt nicht mehr, ob eine Frau sich das Haar gefärbt hat, ob sie vorzeitig ergraut ist oder sich erstaunlich gut gehalten hat!*

Avenestra führte einen vornehm gekleideten rankanischen Edlen herein.

Strick hatte rasch erfahren, daß der Edle Abadas neu in Freistatt und ein Vetter Therons war, der sich selbst zum Kaiser erhoben hatte. Der Edle Abadas war mittelgroß, wog vielleicht zehn Pfund zuviel. Sein hellbraunes Haar lichtete sich, und er hatte einen rötlichen Schnurrbart, große Ohren und kurze, dicke Finger. Schöne rehbraune Augen erwiderten offen Stricks Blick. Abadas war mit seiner Tochter aus Ranke gekommen und – mit nur einem Diener. Er suchte ein größeres Haus, sagte er, und als Personal Einheimische.

*Ungewöhnlicher Rankaner,* dachte Strick. *Ein Liberaler, der beweisen will, was für ein guter Mensch ein Rankaner sein kann; vor allem der – Agent? – Spion? – des neuen Kaisers!*

»Ich habe Geld bei einem hiesigen Bankier hinterlegt. Kennt Ihr Renn?«

Strick nickte. Renn war einer seiner zwei Bankiers.

»Er führte mich ein ein wenig herum«, fuhr Abadas fort. »Ich muß gestehen, daß ich zwei Häuser sah, in die ich mich verliebte, Zauberwirker. Eines, ein Landhaus, gehört Euch, wie ich erfuhr.«

»Ah.«

Als der Edle Abadas Strick verließ, hatten die beiden Zugereisten eine geschäftliche Abmachung getroffen. Strick war glücklich, daß er die Villa, die er von Izamel gekauft hatte,* an Abadas für einen Betrag vermieten konnte, der eine Spur höher war als Stricks Tilgung und Steuern. Strick hatte das Haus zum alten Preis bekommen, zum ›Vorwiederaufbaupreis‹, wie man es jetzt nannte. Beide Männer waren glücklich über das Geschäft.

Strick rief seinen Diener herein.

»Wints, geh zu Cusharlain. Sag ihm, ich suche ein Haus in der Stadt, eines, in dem ich auch Platz für mein Geschäft habe.«

»Ja, Herr. Heißt das ...«

»Gut. Dann lauf auch noch zu Gilla, Lalos Frau. Frag die Gute, ob jemand von ihren Kindern oder Verwandten an einer Anstellung bei einem netten rankanischen Edlen interessiert ist.«

* *Der Bann der Magie* von Andrew und Jodie Offutt, Geschichten aus der Diebeswelt: *Der Bann der Magie,* Bastei-Lübbe 20179

»Ja, Herr. Herr, ich ...«

»Gut. Ich bin sicher, du kennst auch ein paar Personen, die sich als Dienerschaft für Lord Abadas eignen würden, Wints. Also tu, was ich sage.«

Wintsenay tat es.

In der nächsten Stunde hatte Strick vier Kunden. Er lehnte es ab, überhaupt etwas für den einen zu tun, der sich an seinem Hauswirt rächen wollte; bediente sich eines einfaches Zaubers und eines völlig unnötigen, abscheulich schmeckenden Tranks, um die wirklich häßlichen Warzen im Gesicht des zweiten zu entfernen; bedauerte beim dritten, einer Frau, daß er nichts mehr für das schon lange verdrehte Bein tun konnte, wirkte jedoch heimlich einen Zauber, damit die Frau nicht mehr so unglücklich darüber war; und schließlich riet er dem vierten, der unter ständigen Magenschmerzen litt, sofort einen Arzt aufzusuchen. Nicht daß die bösartige Wucherung, die Strick im Darm sah, noch geheilt werden könnte, aber zumindest würde ein Arzt ihm die letzten Wochen seines Lebens einigermaßen schmerzfrei gestalten können.

Für all das nahm der Zauberwirker drei Silberstücke und einen Ballen Stoff, dessen Muster ihm jedoch nicht zusagte. Aber er konnte ihn ja gegen etwas anderes austauschen oder als Geschenk verwenden.

Avenestra trat kauend ein.

»Es wartet niemand mehr, Ohm. Ich habe das Schild ›Geschlossen‹ vor die Tür gehängt, wie du gesagt hast.«

»Gut!« Strick stand auf und streckte sich.

»Oh! Ist das ein herrlicher Stoff!«

»Er gefällt dir, Avneh?«

»Er ist wunderschön, Ohm. Ich mag so ein Schnörkelmuster!«

»Wir können zwar nichts gegen dein Verlangen nach Süßigkeiten tun, armes Baby, aber wenn du mir beweist, daß du hier hereinkommen kannst, ohne was zu kauen, werde ich sehen, was wir dir aus diesem Stoff machen lassen können.«

»Oh, tut mir leid, Ohm. Mutter Shipri, gib mir die Kraft!«

Strick tätschelte ihre Schulter und drehte sich zur Seite, um zu verhindern, daß sie ihn umarmte, denn er sah, daß zumindest eine Hand klebrig von irgendwelchem Naschwerk war, und eilte die Treppe hinunter. Er winkte Fulcris zu sich, übertrug Avenestra die ›Verantwortung‹ und Frax die Bewachung des Geschäfts. Dann verließ er mit Fulcris das Haus, um sich zur Straße der Goldschmiede zu begeben.

Nadeesh der Heiler hatte von dem ausländischen Zauberwirker gehört, der hierhergekommen war, um Gutes für Freistatt zu tun. Sein kummervoll aussehender Diener führte die Besucher zu ihm. Nadeesh der Heiler war ein dürrer Mann mit leichengrauen Strähnen. Er sah aus wie siebzig oder älter. Außerdem trug er nur einen Ohrring, wie Strick und Fulcris feststellten. In eine schreiend bunte Tunika gewandet, die nur über Knochen drapiert zu sein schien, saß er in einem dämmrig verhangenen Gemach. Strick erkannte sofort, daß er sich in in einem schlimmen Zustand befand, nicht nur wegen der Wunde, die verriet, daß ihm der linke Ohrring mit mitleidloser Gewalt aus dem Läppchen gerissen worden war.

»Was fehlt Euch, mein Herr?«

»Ich kann keine Ursache finden, mein Herr. Gestern abend meinte ein Freund, der ebenfalls Arzt ist, daß es vielleicht ein – Zauber sei.«

Strick entging nicht, daß der viel zu dünne Mann bei diesen Worten zitterte. Strick, der Zuversicht zeigte und darauf bedacht war, daß er sie auch übertrug, schlug vor, nachzusehen.

Nadeesh erklärte sich nervös damit einverstanden.

»Was – was müßt Ihr tun?«

»Ihr braucht mir nur etwas Wertvolles zu geben und Euch dann ruhig auszustrecken und zu versuchen, an nichts zu denken. Ich werde lediglich die Hände auf Eure Schultern legen, das ist alles.«

Der Heiler schnaubte. »Die Götter wissen, zu wie vielen Patienten ich das schon sagte! Dabei ist uns doch klar, daß das völlig unmöglich ist!«

Mit einem schwachen Lächeln nahm Strick die angebotene Münze entgegen und berührte die Schultern, die sich unter der gelben Tunika wie nur mit Haut überzogene Knochen anfühlten. Der Magier aus Firaqa war durchaus imstande, ins Nichts zu blicken. Er benötigte lediglich Sekunden, um die Ursache von Nadeeshs Leiden zu erkennen.

»Euer Freund hat recht, Heiler. Jemand hat Euch mit einer schlimmen Verwünschung bedacht.«

Nadeesh stöhnte.

»Und er hat eine Barriere zurückgelassen. Würdet Ihr an ein Tor oder eine Tür denken, die sich öffnet, an eine Höhle mit weiter Öffnung ... Nein, nein, verhaltet Euch still, aber nicht steif!«

Die Verwünschung kam von einem gewisse Marype, Sohn des Zauberers Mizraith und vor langer Zeit Lehrling eines Schwarzen Magiers namens Markmor.* Alle Welt wußte, daß Marype tot war! *Aber diese Verwünschung ist nicht so alt! Marype ist zweifellos sehr lebendig! Außerdem hat er das Gesellenstadium hinter sich gelassen!* Strick konzentrierte sich, und Schweiß rann ihm über das Gesicht. Schon bald erkannte er, daß die Wirkung der Verwünschung so stark war, weil Marype in den Besitz eines persönlichen Gegenstands des Arztes gelangt war.

* *Blutsbrüder* von Joe Haldeman, Geschichten aus der Diebeswelt: *Der blaue Stern*, Bastei-Lübbe 20091

»Ah! Der Ohrring und ein wenig Blut!«

»Wa-as?« Die Stimme des vergreisten Arztes bebte.

Strick nahm die Hände von den knochigen Schultern und setzte sich neben den Mann. Der Zauberwirker war nun überzeugt, daß der Heiler vor dieser bösartigen Verwünschung mindestens fünfzehn Jahre jünger ausgesehen hatte.

»Wie habt Ihr Euren Ohrring verloren?«

»Vor etwa zwei Monaten überfielen mich eines Nachts Straßenräuber und – bei den Göttern! *Das* begann gleich danach! In diesen vergangenen zwei Monaten habe ich unglaublich abgenommen – und Kraft verloren!«

»Das waren keine Straßenräuber, Nadeesh, sondern Männer, die man für einen ganz bestimmten Zweck angeheuert hatte. Ein Schwarzer Magier, der Euch haßt, setzte sie ein, um nicht nur in den Besitz Eures Ohrrings zu kommen, sondern auch von ein paar Tropfen Eures Blutes. Das ermöglichte es ihm, Euch mit einer äußerst wirkungsvollen Verwünschung zu belegen.«

»Woher wißt Ihr das?«

»Antwortet Ihr Euren Patienten, wenn sie Euch dergleichen Fragen stellen?«

»Nein. Und gewöhnlich kann ich nicht einmal die Frage beantworten: ›Wie wird es mit mir weitergehen?‹«

»Ihr wißt es bereits. Ihr siecht dahin, und niemand würde annehmen, daß es von einer bösen Verwünschung herrührt. Meiner Meinung nach will dieser Zauberer Euren Tod!«

Nadeesh überraschte seinen Besucher mit einem Wortschwall, der den noch namenlosen Zauberer betraf, sein Liebesleben und seine Mutter.

»Wer ist es? Wer hat mir das angetan, Zauberwirker?«

»Das kann ich nicht sagen«, erwiderte Strick. Wenn er es für ratsam hielt, konnte er genausogut lügen wie ein Arzt. »Welcher Zauberer haßt Euch so sehr?«

»Keiner! Ich meine – ich habe keine Ahnung.«

»Habt Ihr nie einen Zauberer behandelt?«

»Nicht wissentlich.«

»Nun, habt Ihr *abgelehnt*, einen Zauberer zu behandeln?«

»Nicht wissentlich«, beantwortete Nadeesh auch diese Frage. Nach ein paar Sekunden fügte er hinzu: »Aber jetzt wird mich einer ermorden.«

»Er mordet Euch bereits« sagte Strick und blickte wieder ins Nichts. »Außer wir können etwas dagegen unternehmen.«

Nadeesh setzte sich mühsam auf und keuchte. »Glaubt Ihr, Ihr vermögt etwas zu tun?«

»Versuchen kann man es immer. In diesem Fall muß man es.«

»Ich verstehe nicht.«

»Nicht so wichtig. Ihr seid ein viel zu guter Mann, als daß ich untätig zusehen dürfte, wie Ihr ermordet werdet.«

Ein tiefer Seufzer entquoll dem auf so furchtbare Weise gealterten Mann.

»Anbetracht der Tatsache, daß ich ein Zauberwirker, kein Arzt, bin, sollten wir schon im voraus über das Honorar sprechen.«

Nadeeshs Lächeln war gräßlich, aber ehrlich. »Das ist Euer Vorteil, mein Herr. Nennt Ihr mir den Preis, und ich werde nicht feilschen. Aber bedenkt, daß ein Patient nicht mehr bezahlen kann, wenn er gestorben ist.«

Trotz des Ernstes der Lage seines ›Patienten‹ lachte Strick laut.

Sie besprachen das Honorar.

Hanse fiel auch jetzt auf, wieviel gebaut oder wiederaufgebaut wurde. Er war unterwegs, um Mignureals verwitwetem Vater einen Besuch abzustatten. Das tat er nicht gerade gern. Er hatte Mondblume, Mignues Mutter, eine mehr als üppige Seherin, geliebt. Das gestand er sich nun ein. Ahdio und noch ein paar andere in Fuchs' Kneipe hatten in der vergangenen Nacht bemerkt, daß der dunkle, jugendliche Mann namens Nachtschatten »anders« war. Sie hatten recht. Die Erlebnisse in der Wüste und oben im Jungfernwald hatten ihn ein wenig verändert; und das Leben mit Mignureal hatte ihm Verantwortung auferlegt. Die ständigen dunklen Schatten der Zauberei und die furchtbaren Ereignisse in Firaqa hatten ihn reifer gemacht.

Die Begleitung durch die riesige rote Katze erregte beachtliche Aufmerksamkeit. Hanses Augen und die vielen scharfen Klingen, die er offen an den verschiedenen Stellen trug, veranlaßte die Neugierigen, ihre Bemerkungen für sich zu behalten oder nur sehr leise zu äußern. Einmal vernahm er ein abfälliges Lachen, und Hanse war klar, daß es als Herausforderung gedacht war. Er drehte sich nicht einmal um. O ja, Nachtschatten war anders.

In dem Laden, wo Mignureals Vater Teretaff so allerlei feilbot, begrüßte ihn eine von Mignureals dunkelhaarigen jüngeren Schwestern. Da es davon mehrere gab und Hanse sich nie für Kinder interessiert hatte, wußte er nicht, wie dieses Mädchen hieß. Erstaunlich, daß sie in dieser kurzen Zeit so aufgeblüht war. Aber das hatten Mädchen nun mal an sich, und S'danzo schienen ohnehin eher zu reifen.

Er trat in die Wärme, die schwer war durch die kräftige Mischung von Nahrungsmittel- und Ledergerüchen und anderen Dingen. Der Laden war schon immer vollgestopft gewesen.

»Hat dein Vater eine ... Freundin?« fragte er und schämte sich seiner Leisetreterei. Er war gar nicht traurig, als das Mädchen den Kopf schüttelte. Wie alt war es wohl? Dreizehn? Das bedeutete, daß Cormentaff, der Junge, vierzehn war. Ein weiteres Mädchen müßte bald sechzehn sein. Das Mädchen mit dem roten Haar. Wie hieß sie gleich?

Diese Schwester hier redete schmeichelnd auf Wunder ein, der sich ihren Versuchen, ihn zu streicheln, entzog und hinter einem Ladentisch verschwand.

»Er ist recht scheu«, erklärte Hanse. »Wunder, wenn du etwas umwirfst oder sonst etwas anstellst, geht es dir schlecht!«

»Miau.«

Hanse war nicht sehr glücklich darüber, daß Teretaff bereits Besuch hatte. Die alte S'danzo mit den unerbittlichen Augen und der bunten, schlicht geschnittenen Kleidung beachtete Hanse kaum. Hanse war betont höflich. Er erkannte, daß die Xanthippe gar nicht Teretaff besucht, sondern an der fast Sechzehnjährigen interessiert war. Da starrten beide Hanse an. Das Mädchen trug eine gelb und grün gestreifte Bluse, die beachtliche Rundungen bedeckte. Und die Röcke unter einer buntgemusterten Schürze leuchteten in sechs anderen Farben oder Schattierungen.

»Du bist mit meiner Tochter von hier fortgegangen«, wandte sich Teretaff an Hanse.

»Überstürzt«, fügte die Xanthippe hinzu.

Plötzlich mußte Hanse es ihnen erzählen, ohne Rücksicht auf die Folgen. »Ja. Als ich sah, daß Mondblume tot war, verlor ich die Beherrschung. Ich rannte los und prallte gegen einen Fisch ... ein Beysiber und brachte es um. Sie. Ich glaube, es war diejenige gewesen, die Mondblume get... die ...«

»Oh, ich hoffe es!« rief die fast Sechzehnjährige heftig und mit ziemlich kehliger Stimme.

»Jileel!« rügte die Xanthippe und verriet Hanse damit unbeabsichtigt den Namen des Mädchens.

Teretaff blickte sie an, dann wieder Hanse. »Das hoffe ich auch, Hanse. Sie mochte dich sehr, meine Frau.«

Es überraschte Hanse selbst, als er sich sagen hörte: »Ich habe sie geliebt, Teretaff.«

Alle drei anderen blinzelten. Schließlich sagte die alte Frau. »Du hast dich verändert, junger Mann.«

Hanse nickte. »Wir haben viel durchgemacht. Wir haben aber auch oben in Firaqa sehr viel erreicht.«

»Firaqa?«

»Eine Stadt hoch im Norden. Seltsame Leute mit einer seltsamen Religion. Von einer Art Rat aus Zauberern regiert. Der oberste war auch der schwärzeste und vermutlich der mächtigste. Er ist jetzt tot. Teretaff, Xanthippe – Mignureals Gabe stieg steil an in Firaqa. Sie war glücklich, als sie eine kleine Kolonie S'danzo fand. Sie waren in Firaqa unerwünscht. Die S'danzo, meine ich. Jetzt ist es anders. Sie – Mignureal ist dort geblieben, Teretaff. Sie ist jetzt eine große Seherin, eine *Amoushem*. Habe ich das richtig ausgesprochen?«

»Ja«, versicherte ihm die Xanthippe und überraschte Hanse mit dem glücklichen Leuchten in ihren Augen. »Sie hat es also zu etwas gebracht und wird mit der Gabe respektiert.«

»Ja. Sie hat die Gabe, Xanthippe, Teretaff. Mignues Gabe ist größer als die aller anderen in Firaqa.«

»Dann geht es ihr dort also gut«, sagte Teretaff glücklich und stolz, aber auch traurig. Tränen quollen aus den Augen des Mädchens neben der alten Frau, nachdem sie gehört hatte, daß ihre Schwester nicht zurückkommen würde.

»Aber – du bist hier, und sie ist dort?«

Hanse nickte. »Es war nicht leicht. Oh, wir hatten unsere Schwierigkeiten – wahrscheinlich, weil wir die ganze Zeit unter dem Schatten von Zauberei standen. Aber ich glaube, wir werden einander immer lieben. Es ist nur, daß ich einfach zurückkommen *mußte*, und sie fand, daß sie dort bleiben muß. Sie ist dort glücklich. Anerkannt und angesehen.«

»Ich freue mich für sie«, sagte Jileel, aber ihre Stimme zitterte.

»*Ich* bin höchsterfreut!« erklärte die Xanthippe und erstaunte Hanse erneut, indem sie bewies, daß ihr grimmiger Mund lächeln konnte.

Hanse fragte sich, ob Teretaff diese Neuigkeit ebenso gefaßt hingenommen hätte, wenn die Xanthippe nicht da gewesen wäre. Fast wünschte er sich, Jileel wäre nicht dabei.

Sie starrte ihn mit diesen großen dunkelbraunen Augen an. Das hatte sie immer getan, erinnerte er sich, wenn er Mondblume und dann Mignureal besucht hatte, doch jetzt schien es ihm irgendwie anders. Die Frau in ihr war erwacht. So war Mignureal nicht gebaut gewesen! Ihre Mutter schon; Mondblume war überall füllig gewesen, so korpulent, daß ihr das Gehen schwergefallen war. (Sie war aber auch jetzt noch die schönste Frau, die Hanse je gekannt hatte. Sie hatte ihn gelehrt, nur indem sie war, was sie war, daß Schönheit einen inneren Wert darstellte.)

Er brachte den Beutel zum Vorschein und händigte ihn dem überraschten Teretaff aus. Der Inhalt klimperte.

»Von Mignureal«, erklärte er ihm.

»Von – Mignureal?« Jetzt waren es Teretaffs Augen, die feucht glänzten.

Hanse tat, als bemerke er es nicht. Er nickte. »Sie bestand darauf. Sie verdient gut. Das ist für dich und ihre Geschwister, sagte sie. Es ist beachtlich viel firaqanisches Gold, Teretaff. Geh damit zu einem vertrauenswürdigen Bankier und sieh zu, daß er dir diese Münzen zu einem guten Kurs umwechselt.«

Teretaff lächelte, dann lachte er, und es war ihm entsetzlich peinlich, als sein Lachen zum Schluchzen wurde. Auf mütterliche Weise umarmte ihn seine Tochter Jileel, während Hanse verlegen zurückwich.

»Ich muß jetzt gehen.« Er schluckte. »Habe eine Verabredung, wißt ihr.«

»Junger Mann.«

Wieder schluckte Hanse. »Mein Name ist Hanse, Ma'am.«

»Gut, Hanse. Und mich nennt man die Xanthippe. Du weißt, daß ich die oberste S'danzo mit der Gabe bin. Mondblume mochte dich, das weiß ich, und Mignureal – nun. Ich muß zugeben, daß ich nie viel von dir hielt. Das hat sich geändert. Betrachte mich als mütterliche Freundin, Hanse.«

Hanse mußte schon wieder schlucken. Es war seine Art,

sich nicht geehrt zu zeigen. Plötzlich änderte sich seine Haltung, und er grinste breit.

»An meinem Handwerk hat sich nichts geändert, Xanthippe.«

Sie blinzelte. »Ich höre wohl nicht recht. Eine Freundin vertraute dir einen Beutel voll Gold für ihren Vater an, und du hast ihn diesen weiten Weg hierhergebracht.«

*Verdammt!* »Nun, das ist was anderes. Das werdet Ihr doch niemandem sagen, oder?«

»Was?«

Hanse zuckte mit den Schultern. »Ich muß an meinen Ruf denken.«

»Aber junger Ma…, *Hanse* hat einen *schlechten* Ruf!«

Hanse nickte. »Es ist *meiner,* Xanthippe.«

Jileel, die zwischen der alten Frau und ihrem Vater stand, kicherte.

Die Xanthippe schüttelte den Kopf. »Wie auch immer, ich habe gesprochen. Du wirst mich als Freundin erachten, Hanse!«

»Ich werde daran denken. Aber jetzt muß ich weiter.«

Als er ging, hörte er noch die Stimme der Xanthippe: »Schön, Jileel, vergewissern wir uns noch einmal, ob das wirklich die Sicht war …«

Hanse rief Wunder und dachte an die beachtliche Summe, die er heimlich in Firaqa bei dem Bankier für Mignue hinterlegt hatte, die liebe Mignue …

Er fand eine passable Unterkunft im Roten Hof im Labyrinth und erfreute die Wirtin mit ein paar Münzen als Vorauszahlung. Silky war dafür, daß sie sogleich das Bett ausprobierten. Doch so kurz nachdem er Mignureals Familie verlassen hatte, konnte Hanse das einfach nicht. Und er konnte es auch nicht zugeben. Er gab zu bedenken, daß sie erst Arbeit für Silky finden mußten, und so schauten sie sich um.

Irgendwann am Nachmittag wurde ihm auch klar, daß er nicht die Absicht hatte, mit dem braunhaarigen Mädchen zusammenzuleben, das er in seiner Einsamkeit oben in Suma *erworben* hatte. Gut, das würde er in den Griff bekommen; er war nicht an sie gebunden, und ganz offensichtlich gefiel ihr das Labyrinth nicht, wo Hanse zu Hause war.

Er gab Silkys Betteln nach, eine Melone zu kaufen. Als er sie teilte, bemerkte er, daß sich der Holzgriff seines Lieblingsmessers gelockert hatte.

»Verdammt!«

Als nächstes bemerkte er, daß Silky sich angeregt mit einem anderen Kunden des Straßenhändlers unterhielt, einem Rankaner. *Gut*, dachte er und entfernte sich ohne jegliche Gewissensbisse. Silky war nur Silky, eine vorübergehende Verliebtheit, aber ein schadhaftes Messer war eine ernste Angelegenheit. Indem er alle möglichen Abkürzungen benutzte, gelangte er schnell in die Gerberstraße. Drei Blocks vor Fuchs' Kneipe befand sich Zandulas' Gerberei. Man brauchte bloß der Nase zu folgen, um sie und das betriebsame Geschäft von Zandulas' Nachbarn, Cholly, zu finden. Hanse wollte zu Cholly, dem Leimsieder. Sicher, sein voller Name war Chollander, doch so nannte ihn lediglich sein Eheweib. Cholly verrichtete so allerlei wichtige Dienste für Freistatt, zu denen unter anderem auch die Herstellung von Leim gehörte. In einer Stadt, wo man damit rechnen konnte, daß bei Sonnenaufgang Tote herumlagen, war ein Mann, der kostenlos die Straßen von Leichen säuberte, sehr nützlich.

Der Bär von Mann begrüßte Hanse herzlich und überrascht. »Wieso hast du dich so lange nicht mehr sehen lassen, Hanse? Muß schon über ein Jahr her sein.«

Cholly war allein in seinem vollgestopften Geschäft, was bedeutete, daß seine zwei Helfer in seinem Auftrag unterwegs waren. Wahrscheinlich um Bestellungen entgegenzunehmen oder auszuliefern: Leim oder die Nebenprodukte von Jollys Gewerbe wie Schmuck, gebrauchte Kleidung, Knochen oder auch schönes langes Haar zur Anfertigung von Perücken.

Kurz und ein wenig ungeduldig erzählte Hanse Cholly, wo er gewesen war.

»Ich hatte keine Ahnung, Hanse! Oh – ich nehme an, daß du weg bist, bevor dieser mit den Hüften wackelnde rankanische Gladiator in die Stadt kam?«

»Wie kann ein Gladiator ... Du meinst Chenaya Nußknacker? Wir sind uns begegnet, Cholly.«

»Oh? Wundert mich, daß du nicht grinst, wenn du das sagst. Bestimmt hat Mylady Hochnase dich entweder beleidigt oder versucht, dich zu töten, oder dich vernascht. Oder alles miteinander.«

Hanse knirschte mit den Zähnen. »Sie hat mich vernascht, Cholly. Genau so war es, sie hat mich aufgegabelt, mich heimgebracht und vernascht.* Sie sieht gut aus, ist geschmeidig wie eine Katze, das gebe ich zu. Aber im Bett, das war was anderes. Es hat mir nicht gefallen mit ihr, und es wird sich auch nicht wiederholen. Ich ziehe richtige Frauen vor.«

Cholly sah seinen Gesichtsausdruck und hörte seinen Tonfall. Auf seine aufmerksame, weise Art nickte er und schwieg. Dann legte sein Besucher sein kaputtes Messer auf den Ladentisch, und der Bär ging zu seinen Geschäftsmanieren über. Er nahm das Messer in die Pranke, untersuchte es und zuckte mit den Schultern.

»Kein Problem, Hanse. Ich richte es dir als Willkommensgeschenk.« Und schon fing Cholly daran zu arbeiten an. »Benutzen wir eine besondere Art von Klebstoff, die ich ausgetüftelt habe. Hält durch Druck.« Er brummte leicht – ein Mann von der Größe des Leimsieders Chollander fand sel-

* *Sonnentochter* von Robin W. Bailey, Geschichten aus der Diebeswelt: *Hexennacht*, Bastei-Lübbe 20113

ten Arbeiten, die schwer genug waren, angestrengteres Brummen zu rechtfertigen. »Jetzt noch den nassen Klebstoff, so, dann muß es trocknen. Wir brauchen nicht lange zu warten. Ich erinnere mich an dieses alte Messer, du hast es schon viele Jahre. Eine wirklich hervorragende Klinge! Oh – hast du vielleicht irgendwelche Messer aus diesem Furakka?«

Hanse zeigte ihm zwei. Er wußte, daß dieser Messersammler beide schon deshalb für exotisch halten würde, weil sie aus einem fernen Land waren. »Das wirklich feine ist ein Geschenk des Zauberers von Firaqa, Arcala heißt er.«

»Hätte nie gedacht, daß du dich so lange in der Nähe eines Zauberers aufhalten würdest, daß er dir was schenken könnte! Kann man sich bei einem Burschen kaum vorstellen, der Zauberei noch mehr verabscheut als jeder andere!« Cholly bewunderte dieses Messer und das zweite, das Hanse ihm reichte. »Hübsch«, lobte er und legte es auf den Tisch. »Da, schau dir dieses Prachtstück an, während ich dein altes Messer fertig mache.« Er drückte Hanse einen Dolch in die Hand, dessen Klinge mit Silber verziert war.

Da er ein Tauschgeschäft witterte, hielt Hanse es natürlich für erforderlich, das Schmuckstück schlechtzumachen. »Hübsch«, sagte er scheinbar gleichgültig. »Aber ich wette, diese Einlegearbeit schwächt die Klinge.«

Da er ein Tauschgeschäft witterte, schnaubte Cholly und gab ein paar seltsame Laute von sich, die Hanse sagen sollten, wie lächerlich so eine Annahme war. Es war aber auch Zeit, das Thema zu wechseln.

»Es ist jetzt fertig, Hanse. Trockenkleber ist wirklich ein gutes Bindemittel. Ich bin stolz darauf. Er bleibt nicht auf glitschigen Oberflächen kleben wie auf Wachs oder Fett. Oder Seife. Andererseits ist er leicht von glatten, polierten Oberflächen abzuziehen.«

»Wie kann er dann fest genug für ein Messer sein, auf das ich mich verlassen können muß?«

»Ich sagte ›abziehen‹, Hanse. Auseinanderreißen das ist was anderes. Glaub mir, ich könnte damit einen Griff auf einen Pferderücken kleben und das Tier daran hochheben. Wenn ich ein Pferd heben könnte, meine ich. Er ist *stark*.«

Das löste einen Gedanken aus, aber Hanse achtete darauf, daß es beiläufig klang, als er fragte, wie man das Zeug wegbekam.

Cholly schwenkte die Hand. »Oh, ich habe einen Entferner dafür. Den mußte ich mir natürlich auch einfallen lassen.«

»Klar«, sagte Hanse und fand, daß es Zeit war, zu dem möglichen Handel zurückzukehren. »Wie stark, glaubst du, ist diese Klinge mit der Silbereinlegearbeit?«

»Es ist ein Dolch, Hanse. Ich meine, du würdest ja nicht damit werfen wollen oder Bäume fällen, nicht wahr?«

Das Ritual, das zum Kauf führen sollte, hatte begonnen. Es dauerte etwa fünfzehn bis achtzehn Minuten, bis man sich einig war. Als Hanse ging, besaß Cholly beide firaqanischen Messer im Austausch für den Silberdolch und einem Topf des Hartklebers, den Hanse ›Chollys Trockenleim‹ nannte. Den Entferner gab der Leimsieder als Draufgabe. Dieses Tauschgeschäft machte beide Männer glücklich.

Hanse kehrte in die Gegend zurück, wo er Silky verlassen hatte. Der Melonenhändler war weitergegangen und Silky offenbar ebenfalls. Als Hanse sich etwas umhörte, erfuhr er, daß das braunhaarige sumesische Mädchen sich dem blonden Rankaner angeschlossen hatte. Obgleich das Hanses Stolz ein wenig kränkte, war er nicht traurig darüber. Die rote Katze dagegen schien ihm erhalten zu bleiben. Bis zum Abend hatte er Wunder zweimal zu Ahdio zurückgebracht. Kaum war jedoch dort eine Tür geöffnet worden, hatte Wunder die Gelegenheit genutzt und war zu Hanse zurückgekehrt.

»Also gut, du verdammter Kater, bringen wir meinen neuen Topf Kleister heim. Du mußt dich sowieso erst noch dort umsehen.«

Wunder bog scharf ab und warf seine Flanke gegen Hanses Bein. »Mauaur!«

»Nein!«

»Mau?«

»Nein, verdammt, Wunder, wir halten *nicht* an, um dir *jetzt* ein Bier zu kaufen!«

Stricks Grundsatz lautete, Klienten bei sich zu empfangen und sich auf keine Hausbesuche einzulassen. Für dieses Treffen jedoch, das er sich schon so lange wünschte, hätte er sich in den Palast begeben. Doch davon wollte Prinz-Statthalter Kadakithis nichts hören, sondern kam statt dessen, um seiner Sicherheit willen, heimlich früh zu Stricks ›Geschäft‹. In absoluter Vertraulichkeit gestand der gutaussehende junge Rankaner dem erstaunten Strick, daß er viel unbedeutender war, als er sich zu sein wünschte.

»Der junge Halbbruder des Kaisers«, Kadakithis tippte dabei auf seine Brust und vermied es, den Zauberwirker anzusehen, »mußte stets darauf achten, daß er nur ja niemandem auf den Fuß trat, sich so unsichtbar wie möglich machte. Abakithis – der Kaiser – war diese Art von Mensch. Mit der Zeit fand er jedoch, daß ich nicht unsichtbar genug war. Deshalb versetzte er mich hierher. Nicht, weil er etwas für Freistatt oder für mich tun wollte, sondern ganz einfach, um mich aus Ranke fortzuhaben.« Kadakithis seufzte. »Also hatte ich das Bedürfnis, mich zu beweisen, etwas zu leisten. Weil ich mich so sehr bemühte, war ich zu übereifrig in meinem Versuch, diese Stadt zu säubern, die Freudenhäuser in der Straße der Roten Laternen zu besteuern und – und anderes.«

Strick saß ganz still und sagte keinen Ton.

Verlegen blickte Kadakithis auf die Wand zu seiner Rechten und fuhr bedrückt fort. »Gestern machte mir Lord Abadas, der Vetter des neuen Kaisers, seine offizielle Aufwartung. Ich schämte mich meiner entsetzlich, denn ich tat alles, mich bei ihm einzuschmeicheln.«

Nach einer Weile drehte er den Kopf und blickte Strick aus blaßblauen Augen an.

»Eure Bemühungen und Euer Vorgehen sind verständlich«, versicherte ihm Strick ruhig. »Auch gegenüber Lord Abadas. Der Mann wurde zweifellos hierhergesandt, um für seinen Vetter ein Auge auf Euch zu haben, nicht wahr? Immerhin seid Ihr der Halbbruder von – Kaiser Therons Vorgänger auf dem Kaiserlichen Thron.«

Kadakithis schüttelte den Kopf. »Nein, Strick, mir ist diese Stadt ans Herz gewachsen, ich fühle mich hier zu Hause. Wenn ich zu irgend etwas tau... – wenn ich den Menschen hier auch nur annähernd so helfen will, wie Ihr es tut, brauche ich ...« Der Prinz-Statthalter unterbrach sich verlegen.

Strick wußte, was der Prinz sagen wollte. »Auch ich mag Freistatt und seine so schlimm heimgesuchten Bewohner, Lord Prinz, und – ich *muß* helfen. Ich habe keine Wahl.«

»Auch davon habe ich munkeln gehört, Zauberwirker, aber ich will nicht in Euch dringen. Wenn es Euch schmerzt, tut es mir ehrlich leid. Wir beide sind nicht von Gram verschont.«

»Auch mir tut es leid, Lord Prinz. Nun muß ich Euch warnen, daß der Preis ...«

Kadakithis unterbrach ihn. »Natürlich habe ich auch davon gehört. Ich möchte gern Eure Hilfe, Strick, wie Ihr sie so vielen anderen habt zukommen lassen.«

»Der Preis liegt außerhalb meiner Kontrolle, Prinz Kadakithis. Er ist manchmal sehr hoch und manchmal durchaus tragbar. Doch wie gesagt, ich habe keine Kontrolle darüber.«

»Das weiß ich, Strick. Trotzdem möchte ich Eure Hilfe.

Während man mich belustigt Kittycat ruft, nennt man Euch Helfer des Volkes. Ist ein Prinz des Volkes keine Person? Soll ein Prinz als Geringerer behandelt werden? Soll ein Prinz Angst vor dem Preis haben? Ich weiß davon, Strick. Muß ein Prinz schöntun?«

Strick erhob sich und machte eine Verbeugung. »Edler Lord Prinz! Ich habe diese Begegnung seit Monaten ersehnt. Diese Menschen hier verdienen mehr von ihren Göttern und ihren Herrschern. Jetzt beschämt Ihr mich. Ich *wollte* Euch von Hilfe sein, wie Ihr wißt. Die Warnung wegen des Preises, glaubt mir, ist etwas, auf das ich jeden aufmerksam machen muß, der hierherkommt. Ich muß es!«

Kadakithis nickte. Und blickte ihn erwartungsvoll an.

Strick rief Avenestra, fing sie jedoch an der Tür ab. Sie wußte, daß sie wie üblich nicht hereinkommen und diesen Besucher nicht einmal sehen sollte, deshalb versuchte sie auch, es nicht zu tun. Strick sprach so laut, damit der Prinz ja hörte, wie er ihr auftrug, ›Saksarabooninga‹ zuzubereiten. Sie hatte die anrüchigen, aber völlig harmlosen Zutaten bereits hergerichtet und mußte nur noch die purpurne und die grüne Gemüsefarbe dazumischen. Sie beeilte sich. Strick wartete an der Tür, während Kadakithis ganz still auf dem Besucherstuhl saß und an dem Stuhl des Zauberwirkers vorbei ins Leere starrte.

Avenestra kam aus dem Nebengemach zurück und reichte ihrem Retter einen Silberkelch. Strick trug ihn zum Tisch und stellte ihn vor seinen Besucher. Kadakithis verkrampfte sich, dann beugte er sich vor, um in den Kelch zu blicken. Dabei verkrampfte er sich noch mehr. Doch dann, als wäre es ein für ihn bestimmter Schierlingsbecher, langte er tapfer danach.

»Einen Moment noch, Lord Prinz. Gebt mir zuerst etwas Wertvolles.«

Zunächst blickte Kadakithis ihn nur an, dann fragte er: »Ich nehme an, das Ritual verbietet das Wörtchen ›bitte‹?«

Strick schwieg. Gewiß, sein Besucher war ein Kaiserlicher Prinz aus Ranke und Statthalter dieser Stadt. Torezalan Strick ti'Firaqa aber war Torezalan Strick ti'Firaqa, Zauberwirker und Helfer des Volks.

Aus seiner mit Kissen gepolsterten braunen Tunika zog der verkleidete Prinz eine winzige, kunstvoll geschnitzte Schatulle heraus, öffnete sie und wies auf die in Samt gebettete Perle.

Als wäre auch das ein Ritual, berührte Strick sie nur leicht – und blickte den Prinzen erwartungsvoll an.

Mit sichtlichem Unbehagen griff Prinz Kadakithis nach dem Trank, den Strick mit viel Mühe möglichst widerlich in Aussehen und Geruch gebraut hatte, und goß ihn in sich hinein, ohne den Becher auch nur einmal abzusetzen. Der Mann verstand es, Medizin einzunehmen, stellte Strick fest.

Kadakithis schüttelte den Kopf, als er den leeren Becher abstellte. »Und da glauben die Leute, wie gut es ein Prinz hat! Bei allen Göttern, Strick, was ist in dem Gesöff?«

»Nichts, was Euch schaden könnte, Lord Prinz. Ein Geheimrezept, das mir ein Zauberer aus Zimmanabuniga im fernen Westen anvertraute.«

Er legte die Hände auf die Schultern des schlanken blonden Mannes und sagte ihm, daß er entschlußfreudig und charismatisch sei und es ihm keineswegs an Selbstvertrauen mangle. »Denn Charisma und Eure Intelligenz werden Euch zum Wohle von Freistatt lenken. Das müßt Ihr Euch oft selbst sagen, vor allem vor dem Schlafengehen und dem Aufstehen.«

Der rankanische Prinz-Statthalter erhob sich und drückte die Hand des viel größeren Mannes. Strick entging nicht, daß der junge Mann bereits höher aufgerichtet stand als bei seinem Eintreten. Ein paar Momente blickten sie einander in die Augen, dann schwang Kadakithis herum, zog seinen Kapuzenumhang wieder um sich und ging.

Strick seufzte. *Scharlatan!* beschimpfte er sich. *Dieser gut-*

*aussehende junge Mann war auch zuvor schon charismatisch und entschlußfreudig gewesen! Nur GLAUBT er es jetzt auch!*

Dann schickte der Zauberwirker Wintsenay los, damit Hanse erfuhr, daß Strick ihn brauchte.

Kadakithis bezahlte den Preis. Noch am Nachmittag desselben Tages erfuhr er, daß Taya aus dem Palast geflohen war.

Shupansea bemerkte amüsiert: »Nun, immerhin kam sie als deine Konkubine hierher, mein Liebling. Und so sehr sie hier auch verwöhnt wurde, hatte sie doch bereits seit langer, langer Zeit nichts mehr zu tun!« Nach kurzer Überlegung fuhr sie fort: »Trotzdem würde ich empfehlen ...«

»Schon gut«, unterbrach Kadakithis sie mit kühler Entschiedenheit. »Ich habe bereits beschlossen, nichts gegen sie zu unternehmen. Das kann kein schlechtes Licht auf mich werfen, sondern wird sogar als weiterer Beweis dienen, wie sehr du und ich einander lieben.«

Shu-sea blinzelte. »Oh! Wie schlau – nein, wirklich außerordentlich *weise* von dir, mein Liebling!«

*Ja*, dachte er. *Und offenbar ist das der Preis, den ich für Stricks Hilfe bezahlen muß, auch wenn es mich das Gesicht kostet.*

Etwa eine Stunde später kam ein Bankbote zu Strick und teilte ihm mit, daß jemand sechzig goldene Reichstaler auf sein Konto eingezahlt hatte – jede Münze mit dem Kopf des ehemaligen Kaisers. Strick lächelte und nickte. Er wußte, von wem das Gold war, und er fragte sich, welchen Peis Kadakithis sonst noch bezahlen mußte.

Kurz danach folgte Hanse Stricks Bitte und besuchte ihn. Auf der Treppe begegnete er der jungen Lady Esaria, die auf dem Heimweg war. Sie erkannten einander nicht, weil sie überhaupt nichts voneinander wußten.

Irgendwo lächelte die Göttin Eshi.

»Hanse«, kam Strick sofort zur Sache, »ein Mann braucht

deine Hilfe. Einer meiner Klienten hat einen Auftrag, den nur du ausführen kannst.«

»Ich kann mir nicht vorstellen, was du meinst«, sagte Hanse mit Unschuldsmiene.

Strick lächelte, wie von ihm erwartet wurde, aber flüchtig. »Eine Mauer, vielleicht auch noch eine, muß erklommen werden. In ein Haus und ein Gemach muß eingedrungen werden. Ein Gegenstand muß geholt werden.«

»Ah! Ich habe von dem Teufelskerl gehört, den dein Klient braucht. Soviel ich weiß, heißt er Nachtschatten.«

»Meinst du, daß er den Auftrag annehmen wird?«

»Wahrscheinlich. Allerdings arbeitet er normalerweise nur für sich selbst. Doch wenn die Bezahlung richtig ist ...« Hanse machte eine beredte Pause. »Erzähl mir von dieser – Mission.«

»Die Bezahlung ist gut«, versicherte ihm Strick und erzählte ihm von der Mission.

»O nein! Kein *Zauberer*!«

»Hanse, nach deiner Erfahrung mit den ganz großen Häuptern da oben in Firaqa, wird dieser *Nachwuchs* überhaupt kein Problem für dich sein! Gewiß, er war Lehrling bei Markmor dem Erzmagier, aber Markmor hatte man schon tot aufgefunden, ehe ich hierherkam. Viele Zauberer sind gekommen und gegangen, Hanse.«

Hanse nickte. »Ich erinnere mich an den großen schlanken mit dem blauen Stern auf der Stirn ...«*

»Lythande«, sagte Strick.

»Lythande! Was für ein seltsamer Name für einen Mann!«

»Dieser Zauberer wird nicht zurückkommen, Hanse. Lythande kann diese Stadt nicht ausstehen und wird deshalb *nie* wieder hierherkommen!«

»Für einen Fremden, der erst ein paar Monate hier ist, weißt du eine Menge, Strick!«

* *Das Geheimnis des blauen Sterns* von Marion Zimmer Bradley, Geschichten aus der Diebeswelt: *Der blaue Stern*, Bastei-Lübbe 20091

Strick nickte. »Ja, ich mache es zu meiner Angelegenheit, so viel wie möglich zu erfahren. Jetzt ist auch Freistatt meine Angelegenheit. Und ich werde hierbleiben. Wir unterhielten uns gerade über einen Auftrag, bei dem es um einen Spitzbuben und einen gewissen Marype geht.«

»Vater Ils! Ich hasse Zauberei!«

Stricks Blick durchbohrte ihn. »Wenn du dann die Güte hättest, mich an einen mutigen Profi zu verweisen?«

»Bastard!« Der Fassadenkletterer seufzte abgrundtief. »Was hat dieser Zauberer, das du – besorgt haben möchtest?«

Strick streckte die Hand aus. Ein Ohrring schimmerte auf dem Handteller, der Anhänger war ein glänzender schwarzer Stein, in gutes Gold gefaßt. »Den zweiten des Paars. Er wurde dem Besitzer aus dem Ohrläppchen gerissen, und jetzt benutzt ihn dieser hinterhältige Magier, um ihm zu schaden.«

»Nadeesh«, murmelte Hanse und seufzte. Er nickte auffordernd.

Strick erzählte ihm ein wenig mehr. Unwillig nannte Hanse einen Preis, und zu seiner Verblüffung versuchte Strick nicht einmal zu handeln, sondern stand nur auf, drückte ihm den Ohrring in die Hand, forderte ihn auf, die Finger darum zu schließen und sich den anderen vorzustellen. Dann legte er leicht die Hände auf die Schultern des besten Fassadenkletterers von Freistatt.

»Gut. Jetzt wirst du ihn finden können, sobald du in seiner Nähe bist. Falls er sich in einem Behälter befindet, bring ihn darin mit. Das ist wichtig!«

Wieder seufzte Hanse. »Ein Zauberer! Ihr Götter, wie sehr ich Zauberei hasse!«

Strick blickte ihn nur an.

Der Jüngere stand auf. »Wird erledigt, Strick«, sagte Nachtschatten schließlich auf dem Weg zur Tür beiläufig.

Strick überraschte ihn mit dem üblichen Segen für einen Dieb. »Möge der nachtdunkle Mantel dich und dein Tun heute nacht bedecken.« Dabei dachte der Zauberwirker: *Wie interessant! Er befindet sich in Begleitung einer Zauberkatze und trägt einen Dolch, der durch Zauber entstanden ist. Und da behauptet er, Zauberei zu hassen!*

Hanse schlenderte durch seine Stadt. Er überlegte und versuchte, sich zu entspannen, wie er es vor einer wichtigen Kletterpartie gern tat. Er bemerkte Arbeiter beim Verputzen mehrerer Häuser und staunte, wie viele Fremde dafür hierhergeholt worden waren. Ihm entging auch nicht, wie geschickt ein Taschendieb am Werk war. Dann und wann erwiderte er einen erstaunten Gruß – oder ignorierte ihn. Er sah Ilsiger und Rankaner und Beysiber kunterbunt durcheinander, und in der Nähe des Marktes große dunkle Augen, die ihn verstohlen verfolgten – es war das Mädchen, das für ihn immer nur Mignureals kleine Schwester gewesen war. Er tat, als bemerke er sie nicht. Bei Ils' Bart! Jileel! Sie war erwachsen und schmuggelte Wassermelonen unter der Bluse – und starrte ihn immer noch an!

Laute Stimmen beim Mauerbau erregten seine Aufmerksamkeit, und er stellte fest, daß es sich um einen regelrechten Aufstand handelte. Aufgebrachte ilsigische Arbeiter murrten und weigerten sich zu arbeiten, und ein großer Kerl stachelte sie an. Er brüllte, er erinnerte daran, *wie* diese Mauern zerstört worden waren, zu welchen Vernichtungen es gekommen war; wie erzürnt die Götter über Freistatt waren, »und warum sollten wir die Mauer für diese verdammten Beysiber wiederaufbauen, die *unseren* Palast besetzt haben!« Die Arbeiter von auswärts hielten sich abseits. Sie taten, was man »einen Streik ehren« nannte, also herumsitzen und die Arbeitspause genießen.

Hanse fand einiges, was der Aufwiegler sagte, vernünftig. *Als ich wegging, waren die Zustände schon schlimm, aber offenbar sind sie in der Zwischenzeit noch schlimmer geworden. Ich hasse diese lautmäuligen Aufrührer, aber …*

Plötzlich erschien ein schlanker, blonder junger Mann, der einen Lederschurz über seinem gut gearbeiteten blauen Kittel trug. Er fing zu arbeiten an. Steinstaub flog. *Mutiger Bursche!* dachte Hanse. Dann runzelte er die Stirn, als der Aufwiegler einen zackigen Steinbrocken aufhob und damit auf den einsamen Arbeiter zielte ...

Fast außer Sicht zogen die drei Harka Bey, die Shupansea gesandt hatte, um auf ihren Liebsten aufzupassen, die Sehnen ihrer Bogen, um den Aufrührer zu erschießen.

Und Hanse warf. Sein flaches Messer schnitt durch den Handrücken des Aufrührers, der aufschreiend den Stein fallen ließ. Sogleich brüllte er erneut auf, denn der Stein war auf seinem eigenen Fuß gelandet. Gelächter erklang, als er auf dem anderen Fuß herumhüpfte und dabei gleichzeitig jammerte und fluchte.

Die Beysiber senkten ihre Bogen und versuchten, sich wieder unsichtbar zu machen, während alle anderen den dunklen, drahtigen jungen Mann beobachteten, der in einer feinen grünen Tunika und geschmeidigem Wildlederbeinkleid auf die Arbeitsstelle lief. Der wagemutige junge Arbeiter im Lederschurz, der inzwischen das Wurfmesser aufgehoben hatte, sah erstaunt zu, wie der Neuankömmling das Großmaul kleinmachte.

»Verzieh dich, Tarkle!« brüllte Hanse. »Der ganze Quatsch, den du da von dir gegeben hast, ist die Mühe nicht wert – jeder weiß, daß du bloß arbeitsscheu bist!«

Der riesenhafte Aufrührer mit der blutigen Hand, der wieder einmal feststellen mußte, daß es immer gefährlicher wurde, andere einschüchtern zu wollen, funkelte ihn wutentbrannt an. Er war sich der durchbohrenden Augen und anderer todbringender Stichwaffen an der Person des wohlbekannten Experten bewußt, den er weit weg von Freistatt gewähnt hatte. Tarkle wich – humpelnd zurück.

Und plötzlich erkannten Hanse und der Blonde im Lederschurz einander.

»Prinz!«

»Hanse!«

Aufgeregtes Gemurmel breitete sich aus, als die Menge zusah, wie der Prinz-Statthalter auf einen Steinblock sprang und Hanse eine Hand entgegenstreckte.

»Seht ihr, wer an Freistatts Mauer arbeitet?« rief Kadakithis mit lauter, klarer Stimme. »Ein *Rankaner*! Und seht ihr, wer ihn vor einem mordenden Großmaul, das nicht weiß, was es tut, gerettet hat? Ein *Ilsiger*! Mein *Freund*!«*

Hanse rollte die Augen. *O verdammt! Das ist das Ende meiner Glaubwürdigkeit!*

Kadakithis sprach weiter und rüttelte alle mit seinem Vertrauen und seiner charismatischen Beredtheit auf. Sie jubelten ihm zu! *Seine Leute* kehrten an die Arbeit zurück – mit Kadakithis.

*Verdammt*, dachte Hanse freudlos und bückte sich nach einer großen Steinplatte. *Jetzt hat's mich erwischt! Ich kann doch nicht einfach abhauen, während der Prinz-Statthalter wie ein Abwinder schuftet! Aber ... Verdammt! Arbeiten! Ich!*

Seit Markmors Tod, wie Hanse am folgenden Nachmittag von dem alten Klumpfuß, dem Straßenkehrer im Labyrinth erfuhr, hatte sich der junge Marype in aller Heimlichkeit in Lastels Villa eingenistet.

»Wie schön«, murmelte Nachtschatten, der durch den Schlangenweg spazierte. Er kannte diese kostbar eingerichtete Villa und das Geheimnis von Lastel/Eindaumen.** Er brauchte nur den Geheimgang zu nehmen, der die Villa mit dem Freudenhaus Liliengarten verband. Sicher, er hatte so

* *Der Vivisezierer* von Andrew Offutt, Geschichten aus der Diebeswelt: *Die Götter von Freistatt*, Bastei-Lübbe 20098

** *Blutsbrüder* von Joe Haldeman in Geschichten aus der Diebeswelt: *Der blaue Stern*, Bastei-Lübbe 20091 einen Plan mit Chollys Trockenkleber, doch den würde er ein andermal ausprobieren. In gehobener Stimmung betrat er das Wilde Einhorn und ließ sich ein Stück Käse und einen Apfel bringen. Eine ordentliche Mahlzeit würde er sich erst danach gönnen, falls sein Magen es zuließ. Er blieb eine Weile, und alte Bekannte stellten erstaunt fest, daß er höflicher war als früher und fast redselig. Er verließ ihre Gesellschaft gegen Sonnenuntergang und nahm eine Kanne Bier mit zu seinem neuen Zuhause, der Kammer im ersten Stock eines alten Hauses. Wunder freute sich über seine Heimkehr und mehr noch über das Bier. Er schlabberte es mit viel Genuß, während Hanse sich ausstreckte, um nachzudenken.

*Hinein komme ich ganz bestimmt mühelos. Aber was werde ich dort brauchen?* Sein zufriedenes Lächeln schwand. Schon früher hatte er sich daran gewöhnt, sich nach Mignues Warnungen und Anweisungen zu richten.

*Angenommen, ich bin in der Villa, und dann stellt es sich heraus, daß ich einen braunen Krug mit Kreuzen hätte mitnehmen müssen,* oder einen Kupferkessel oder …* »Pah!« sagte er laut, um diese ungewohnte Nervosität loszuwerden, die so uncharakteristisch für ihn war wie seine Leutseligkeit im Einhorn.

Wunder, der sich die Barthaare putzte, schaute auf. »'rrau?«

»Ich sagte, daß Katzen nicht rülpsen, du Nimmersatt!«

Hanses Gedanken wanderten zu Nadeesh und dann zu Strick. *Dieser Mann wird die Dinge ändern. Hat schon so allerlei geändert!* Zweimal erschreckte er Wunder, weil er sich kurz aufsetzte und einen Wurf versuchte. Er hatte seinem Hauswirt nicht gesagt, weshalb er sich mit dem alten hölzernen Rad die Treppe zu seiner Kammer hochgeplagt hatte. Es war

* *Der Vivisezierer* von Andrew Offutt in Geschichten aus der Diebeswelt: *Die Götter von Freistatt*, Bastei-Lübbe 20098

ein ungewöhnlich dickes Rad und nicht mit Nägeln, sondern Holzstiften zusammengefügt. Ohne Eisenband lehnte es als Zielscheibe an der Wand gegenüber dem Bett. Mit dem Wurfstern hatte er bereits mühelos die Nabe getroffen. Das schmale Messer aus der Scheide an seinem rechten Oberarm verfehlte sie um etwa einen Zoll.

»Werde wohl alt«, murmelte er und schwang sich aus dem Bett, um beide Geschosse einzusammeln. Auf dem Rückweg zum Bett wirbelte er herum und warf. Das schmale, grifflose Messer steckte in der Nabe. Wunder war dieses hitzigen Unsinns müde, weshalb er auch Hanse ansprang.

»Au! Du willst wohl meine Zielscheibe werden, Wunder, du verdammter Kater!«

Etwa zwei Stunden später stand er wieder auf, zog sich ganz aus und schlüpfte in sein enges Schwarz, seine Arbeitskleidung. Wunder kannte sich mit diesem Ritual offenbar bereits aus, er sprang auf das Fensterbrett und blickte seinen Menschen an.

»Du hast recht«, versicherte ihm Nachtschatten, der sich noch einmal vergewisserte, daß er die Tür zugesperrt hatte. »Auf diesem Weg verlassen wir heute das Haus.«

Und sie taten es.

Eine Stunde später waren sie mühelos in die Villa gelangt, die einst von einem gewissen Lastel/Eindaumen bewohnt gewesen war und in dem sich nun ein junger Magier eingenistet hatte, den man schon lange für tot hielt. Hanse war sicher, daß sie sich da täuschten, obwohl er inzwischen genügend Geschichten über die Legionen von wandelnden Toten gehört hatte, die während seiner Abwesenheit Freistatts Straßen unsicher gemacht hatten. Nein, Marype lebte. Essensreste in der Küche verrieten, daß hier gekocht worden war, und ein Bett im ersten Stock, daß jemand erst kürzlich darin gelegen hatte. Tatsächlich sah das Bett so aus, als habe Marype sich darin mit jemandem vergnügt. Im Schrank hing Oberkleidung, und in den Fächern lag Unterwäsche, doch nicht von Lastels Größe. Hanse entdeckte auch hauchfeine schwarze Handschuhe, deren beide Daumen ein wenig ausgeweitet waren. Fast hätte er sie schon eingesteckt, doch dann entschied er sich im letzten Moment dagegen. Er würde nichts aus der Höhle eines Zauberers mitnehmen, von dem Eigentum eines anderen abgesehen, das zu holen er hier war. Er verließ das Schlafgemach, ohne dort weiter herumzusuchen, denn er erinnerte sich an die Worte des Zauberwirkers, daß er es wissen würde, wenn er sich Nadeeshs Ohrring näherte.

Ein lebender Schatten huschte auf weichen Stiefelsohlen fast so lautlos wie Wunder über kostbare Teppiche und Läufer und blickte flüchtig in gut eingerichtete Gemächer. Manche wurden schon lange nicht mehr benützt, wie er auf den ersten Blick erkannte. Mensch und Katze sahen niemanden und vernahmen keinen Laut, und Wunder schien auch mit anderen Sinnen keine Menschenseele hier zu wittern. Einmal hatte der Kater mit erhobener Pfote und gespitzten Ohren innegehalten, und sein menschlicher Begleiter hatte sich sogleich wie ein Schatten an die Korridorwand gedrückt, während gleichzeitig ein dunkles Messer in seiner Hand erschienen war. Wunder tappte zu ihm. Nachtschatten berührte das Tier nicht, er wartete auf weitere Anzeichen von Gefahr. Von Wunder kamen keine. Nach mehreren stummen Augenblicken tupfte ihm sein Mensch mit dem Messer auf den Rücken.

»Dummkopf!« flüsterte Nachtschatten, und Wunder fing sofort zu schnurren an. »Pst!« mahnte Hanse. Er richtete sich auf und huschte weiter, mit der schnurrenden Katze an seiner Seite.

Schließlich gelangten sie zu einem Gemach mit einem Werktisch und Dingen, bei deren Anblick sich Nachtschattens Nackenhaar aufstellte. Wunders Schnurren verstummte wie abgeschnitten. *Ihr Götter, wie ich Zauberei hasse!*

Im selben Augenblick *wußte* er, daß sich der Ohrring in der hübschen kleinen Mahagonischatulle befand. *Gute Arbeit, Strick.* Als er die Schatulle schon öffnen wollte, hielt er inne, legte den Kopf schräg und machte einen Schritt zur Seite. Von dort aus klappte er den Deckel mit der Spitze eines seiner Messer auf. Er hörte den verborgenen Auslöser und sah, wie der winzige Pfeil geradeaus hoch schoß und sich in die Decke bohrte. Wunder duckte sich, während Nachtschatten nickte, als er den Inhalt der Schatulle sah, vor allem die Blutflecken. Noch einmal tippte er mit der Messerspitze auf den Deckel und wartete. Nichts tat sich, außer daß der Deckel sich fast lautlos schloß. Als er nach der Schatulle greifen wollte, um umgehend aus diesem Gemach zu verschwinden, sah er einige ausgekämmte Haare auf dem Tisch. Er legte sie in die Schatulle und wickelte sie in einen Streifen des scharlachroten Tischtuchs, dann schob er sie ins Oberteil seiner schwarzen Kleidung.

Hastig verließ er dann Marypes Zaubergemach.

*Kinderleicht*, dachte er, während er zur Geheimtür rannte, die zu dem alten unterirdischen Gang führte. *Gut wie immer, auch ohne Mignureals Hilfe!*

In dem muffigen alten Gang hörte er eine Ratte, dann sah er eine und gleich darauf etwas Unheimliches: Gespenster, die in ewigem Zweikampf erstarrt waren. Sie sahen aus wie *– könnte das Eindaumen sein? Nein, gewiß nicht und schon gar nicht doppelt*, dachte er, und in diesem Moment sprang die Ratte.

Sie war groß, groß wie eine normale Katze, was Wunder nicht war. Nachtschatten konnte sich gerade noch ducken und mit den Händen um sich schlagen. Da hatte der Kater die Ratte auch schon mit einem drohenden »Rrrrauuu« angesprungen. Hanse lächelte in Erwartung eines kurzen Quiekens. Doch ein wilder Kampf vertrieb das Lächeln und führte zu einem entsetzten Aufstöhnen, als ein rotes Fellbündel durch die Luft flog und heftig auf dem festgetrampelten Erdboden aufschlug, wo es reglos liegenblieb.

»Wunder!«

Nachtschatten schmetterte ein Wurfmesser in die Ratte, dann ein zweites. Er riß die Augen weit auf. Er sah, wie beide Klingen wirkungslos durch das Tier drangen. Der Schrecken lähmte ihn so lange, daß die Ratte Gelegenheit hatte, ihn anzuspringen und ihre Zähne in seinen Arm zu stoßen.

Hanse stöhnte und biß sich auf die Lippe, während er den unnatürlich schweren Nager mit der Rechten umklammerte. Er hatte das Gefühl, daß die Ratte genauso stark war wie er. Ihre Fänge waren wie dicke Nadeln, und der Schmerz war grauenhaft, als er das riesige Nagetier wegzureißen versuchte. In Sekunden war er schweißüberströmt. Obwohl seine anderen Messer gegen diese Zauberkreatur nichts auszurichten vermocht hatten, konnte er nicht einfach aufgeben. Als die Ratte an ihm zu nagen begann und ein roter Schmerzensschleier vor seinen Augen und seinem Verstand wogte, zog Nachtschatten Chollys Dolch und hieb und stach.

Mit einem Kreischen und einem gewaltigen Ruck, daß Hanse aufschrie, verschwand die Zauberkreatur – und mit ihr der Schmerz und die gräßliche Wunde in seinem Arm. Und ein Blick zeigte ihm einen befriedigenden Blutstreifen auf dem Dolch mit der silbereingelegten Klinge. Hanse rannte zum bewußtlosen Wunder, hob ihn auf die Arme und raste los.

*Ich habe Strick einen viel zu geringen Preis genannt!*

Als er wie der Schatten eines Geists im Liliengarten auftauchte, mußte er um ein eng umschlungenes Paar herumhuschen, das ihn überhaupt nicht bemerkte. Ein Blick zeigte Hanse, daß die große schwere Katze auf seinen Armen ein Auge geöffnet hatte und zu ihm aufblickte.

»O Wunder, du gemeiner Heuchler! Aber du wirst schon sehen, wer nach *dieser* Arbeit das Bier kriegt!«

Wunder gab eine ausgesprochen unfreundliche Antwort. Hanse versuchte mit Amoli, der Besitzerin des Liliengartens, nett zu sein, aber nicht lange.

Wenige Minuten, nachdem er gegangen war, eilte Amoli durch den unterirdischen Gang, um Marype so einiges mitzuteilen …

Früh am Morgen suchte Strick Nadeesh, den Heiler, auf. Mit Hilfe des braunbefleckten Ohrrings konnte er den Arzt mühelos »heilen«. Nadeesh ehrte ihre Abmachung und verkaufte das Wilde Einhorn (das er ohnedies hatte loswerden wollen!) an Strick ti'Firaqa. Strick behielt die Schatulle des Zauberers und die Haare. Marypes Haare.

»Also, Schnapper Jo. Zweifelst du immer noch, daß ich Macht über dich habe?«

Der verängstigte Dämon schüttelte den abscheulichen Kopf.

»Gut, du bist entlassen«, erklärte der neue Besitzer des Wilden Einhorns. »Such dir eine andere Stellung.«

Am nächsten Abend stand bereits ein einheimischer Ilsiger als Schankwirt hinter der Theke, der ehemalige Tischler Abohorr. Als die Gäste sahen, daß er einen Daumen verloren hatte, machten sie sich den Spaß und nannten ihn sogleich Eindaumen. Später an diesem Abend sahen dieselben Stammgäste überrascht und voll Stolz den Weißen Zauberwirker Strick und Lady Esaria (natürlich mit zwei Leibwächtern). Sie schienen sich gut zu amüsieren. Selbst die Besoffenen waren so vernünftig, keinerlei anstößige Bemerkungen über die Lady des Zauberwirkers zu machen.

Niemand wußte, daß das Wilde Einhorn nun Strick gehörte. Es hatte auch kaum jemand gewußt, daß Nadeesh der vorherige Besitzer gewesen war. Die meisten Gäste mochten die neue Schankmaid Silky mit ihrem lustigen Akzent.

In dieser gleichen Mondtag nacht schlenderte Hanse, der an sich halten mußte, nicht zu stolzieren, deutlich wohlhabender durch die Straßen. Als er an einer Gasse vorbeikam, traf ihn ein Stolperzauber. Drei riesenhafte Burschen fielen über ihn her, betäubten, fesselten und knebelten ihn und steckten ihn in einen gewaltigen Sack. Gewissenlose Schurken trugen ihn zum Hafen. Ihre verschnürte Last im Sack erinnerte sich an die Geschichten über Sklavenhändler hier in Freistatt. Noch benommen erkannte es die Stimme eines des Trios: Tarkles. Im verschnürten Sack wurde Hanse an Bord der *Asienta* geschleppt und in den Frachtraum geworfen, wo er mit einem leichten Platschen aufschlug. Er hörte, wie die Luke fest verschlossen wurde und wie jemand sagte, daß das Schiff morgen zu den fernen Bandaranischen Inseln in See stechen würde.

# Personenregister

Am Ende jedes Eintrags wird auf den Band verwiesen, in dem die jeweilige Figur zum ersten Mal vorgestellt wurde. Die Abkürzungen bedeuten im einzelnen:

DF = Die Diebe von Freistatt (Band 20089)
BS = Der Blaue Stern (Band 20091)
WE = Zum Wilden Einhorn (Band 20093)
RW = Die Rache der Wache (Band 20095)
GF = Die Götter von Freistatt (Band 20098)
VF = Verrat in Freistatt (Band 20101)
KD = Der Krieg der Diebe (Band 20107)
HN = Hexennacht (Band 20113)
SF = Sturm über Freistatt (Band 20122)
AN = Armeen der Nacht (Band 20140)
FZ = Die Farbe des Zaubers (Band 20149)
SFE = Die Säulen des Feuers (Band 20155)
HF = Die Herrin der Flammen (Band 20167)
BM = Der Bann der Magie (Band 20179)
IH = Im Herzen des Lichts (Band 20192)

**Die Freistätter**

*Ahdiovizun* – Wirt in Fuchs' Kneipe, einer der verrufensten Spelunken Freistatts, zudem Treffpunkt der ›Volksfront für die Befreiung Freistatts‹. (SF)
*Dubro* – der große, ruhige Schmied und der Ehemann der S'danzo Illyra. (DF)
*Eindaumen* – der Wirt der Kneipe ›Zum Wilden Einhorn‹. Er kontrolliert den Krrf-Drogenhandel. (BS)

*Hakiem* – der ehemalige Geschichtenerzähler der Stadt, jetzt Berater der Beysiber. (DF)

*Hanse Nachtschatten* – ein junger, außergewöhnlich geschickter Dieb. (DF)

*Hort* – Sohn eines Fischers, jetzt gelegentlich der Gefährte Hakiems. (RW)

*Illyra* – eine Seherin, die die Vergangenheit und Zukunft aus den Karten liest. Ihr Sohn *Arton* wurde von den Göttern gezeichnet und ist der Spielgefährte des Sturmkindes *Gyskouras*. (DF)

*Jubal* – ein riesiger Neger, der sich früher als Gladiator verdingte, danach baute er eine eigene Organisation in Freistatt auf, die Falkenmasken, ehe er von Tempus besiegt wurde. Nun wirkt Jubal hinter den Kulissen. (BS)

*Lalo* – ein Porträtmaler, mit einem magischen Talent ausgestattet, das er selbst nicht ganz versteht. Er vermag nicht das Äußere, sondern das Innere eines Menschen abzubilden. (GF)

*Melilot* – Besitzer eines Scriptoriums, wo man Briefe schreiben oder übersetzen lassen kann. (IH)

*Mradhon Vis* – ein Nisibisi-Abenteurer und Spion. Er hat bisher noch jeden verraten und wurde im Gegenzug oft verraten. (RW)

*Schnapper Jo* – ein Schurke und früherer Gehilfe der Dämonin Roxane, der die Vernichtung der Magie in Freistatt überlebte. Arbeitet nun im ›Wilden Einhorn‹. (FZ)

*Stilcho* – einer von den Toten, die die Nekromantin Ischade ins Leben zurückberief. Er wurde vom Tod ›geheilt‹, als die Magie aus Freistatt gebannt wurde. (KD)

*Zip* – Rebell und Anführer der ›Volksfront zur Befreiung Freistatts‹, einer Organisation, die mehr und mehr zerfällt. Mit seinen letzten Gefährten sorgt Zip sich nun um den Frieden in der Stadt. (HN)

## Die Magier

*Enas Yorl* – einer der mächtigsten Magier. Mit dem Fluch des ewigen Lebens belegt, außerdem vermag er ständig seine Gestalt zu wechseln. (DF)
*Ischade* – Nekromantin und Diebin. Gibt den Fluch, unter dem sie steht, an ihre Liebhaber weiter, die dann sterben müssen. Ihre große Rivalin Roxane schafft es, sie in die politischen Intrigenspiele in Freistatt reinzuziehen. (RW)
*Roxane* – die Todeskönigin und Nisibisi-Hexe, wurde beinahe zerstört, als Sturmbringer die Magie aus Freistatt vertrieb. Nun ist sie im Körper *Tasfalens* gefangen, ein früherer Liebhaber Ischades. (KD)
*Strick* – ein weißer Magier, der sich in Freistatt niederläßt. Er hilft allen Leuten, die zu ihm kommen, doch er verlangt mitunter einen ungewöhnlichen Preis für seine Hilfe. (BM)

## Die Rankaner in Freistatt

*Chenaya* – Sonnentochter und Kusine des Prinzen Kadakithis und erklärte Gegnerin der Beysa. Gilt als beste Gladiatorin im Reich, die niemals einen Kampf verliert. (HN)
*Gyskouras* – eines der Sturmkinder. (SF)
*Kadakithis, Prinz* – der charismatische, aber ein wenig naive Statthalter Freistatts. Mit der Beysa liiert, was nicht viele Freistätter äußerst ungerne sehen. (DF)
*Kama* – eine Kriegerin des 3. Kommandos und Tochter von Tempus. Die Geliebte von Zip und Molin Fackelhalter. (HN)
*Molin Fackelhalter* – Hohepriester von Freistatts Kriegsgott (wer auch immer das im Moment ist). Hüter der Sturmkinder, überwacht den Bau der Mauer um die Stadt. (DF)
*Stiefsöhne* – Söldner, die durch einen heiligen Eid aneinander gebunden sind. Tempus völlig loyal, ziehen mit ihrem Führer dorthin, wo sie gerade benötigt werden. Zu den

Stiefsöhnen gehören *Critias*, sein Partner *Straton* und der Magier *Randal*.
*Tasfalen* – ein Lord von Ranke, wurde von Ischade getötet. In seinem Körper ist die Hexe Roxane gefangen. (SFE)
*Tempus* – ein nahezu unsterblicher Söldnerführer, der sein Leben ganz Vashankas, dem Kriegsgott geweiht hat. Mit dem Fluch geschlagen weder lieben noch Liebe annehmen zu können. (WE)
*Walegrin* – rankanischer Offizier. Halbbruder der Seherin Illyra. (WE)

## Die Beysiber

*Shupansea* – genannt die Beysa, die Herrscherin der Beysiber, jenes fischäugige Volk, das Freistatt besetzte. Die Beysa unterhält eine Liebesbeziehung zu Prinz Kadakithis. (HN)

## Besucher in Freistatt

*Jarveena* – eine Frau, die mit Hilfe von Enas Yorl einst ein Attentat auf Prinz Kadakithis verhinderte. Nun Agentin von Melilot. (IH)
*Samlor Hil Samt* – Karawanenmeister aus dem Norden, will seiner Nichte Stern zu ihrem Erbe verhelfen. (IH)
*Stern* – ein sieben Jahre altes Kind des Lichts. Die Kleine ist höchst magiebegabt. (IH)